Deudas de sangre

VLADIMIR HERNÁNDEZ

Deudas de sangre

Grijalbo

Papel certificado por el Forest Stewardship Council®

Primera edición: julio de 2025

Printed in Spain – Impreso en España

ISBN: 978-84-253-6734-2
Depósito legal: B-8.788-2025

Compuesto en Fotoletra, S. L.
Impreso en Impreso en Black Print CPI Ibérica
Sant Andreu de la Barca (Barcelona)

GR 6 7 3 4A

Para Patricia Highsmith, P. D. James y Sue Grafton,
joyas atemporales

Prólogo

El mango metálico del cuchillo enterrado en la carne hasta la empuñadura tuerce la luz que entra desde el corredor y reluce como un faro nocturno.

Issa se aferra al vórtice luminoso. Busca la serenidad, intenta controlar el ritmo de la respiración, acompasarlo a los latidos del mundo, recuperar el resuello. En la penumbra, se escuchan los estertores del moribundo; los estragos de la muerte poseen un hedor psíquico, denso, que emana del olor dulzón de la sangre vertida. Le cuesta horrores cada bocanada de aire. Quizá la idea de que el cerebro controla el dolor es una falacia, piensa. Puede que interfiera —a duras penas— la fatiga, el hambre y la furia, pero el verdadero tormento pertenece a una categoría inalcanzable para el control mental. Y ella se ha dado de bruces con esa certeza de la peor manera.

Agotada y tocada bajo la línea de flotación, ha ido deslizando la espalda contra la pared hasta quedarse sentada en el suelo, las piernas flexionadas, la frente apoyada sobre una rodilla. El frío de las baldosas permea el tejido elástico de los vaqueros y se le mete en el cuerpo.

Cierra los ojos y languidece.

Comienza a considerar que todo ha sido un gran error, desde el principio. La culpa ha sido suya enteramente: miopía ideológica, orgullo y soberbia la trajeron directos a este momento fatal. Decir que sí, hace cinco años, en una vida pasada, revistió de peligro y adrenalina su posterior existencia, pero hoy ha sido ella, con cada paso elegido, quien terminó por acorralarse a sí misma.

Afuera, más allá de la hendija de luz que entra por la puerta entreabierta, escucha música, risas y briznas de conversaciones; alegría y festejo parecen discurrir en otra dimensión. Aquí, el charco de sangre se extiende, cada vez más cercano, demasiado reciente y profuso para coagularse antes de alcanzarla. En cierto modo, la luz apagada es bienvenida; evita que contemple la magnitud del desastre.

El estertor cesa. «Ya está —se dice Issa—, a ese se le acabó la cuerda; veamos cuánta me queda a mí». Está rodeada de cadáveres, pero no piensa capitular; no sabe cómo hacerlo.

Un extractor de aire se activa y emite un zumbido sordo. Abre los ojos y su mirada queda cautiva de nuevo por el brillo del mango del cuchillo que le asoma de un costado.

Tiene un buen palmo de hoja encajado en su propia carne.

El cuchillo ya no es un arma, piensa, es como una antena; capta todo el dolor disperso en el aire y lo introduce en su cuerpo.

Sonríe amargamente. O cree que sonríe, ya no está segura.

La luz regresa de golpe y la ciega.

Murmura algo, palabras de advertencia...

La cabeza se le va: una noria decorada con neón barato gira iluminando un pasado cargado de humedad marítima y efluvios de felicidad infantil.

PRIMERA PARTE

La última causa justa

> Siempre me han gustado las mujeres fuertes, lo cual es una suerte, porque cuando pasas los veinticinco años ya no las hay de otro tipo.
>
> TANA FRENCH,
> *Faithful Place*

1

El día en que los astros se alinean y el destino de Mercè Sardà queda atrapado entre los signos dominantes de fuego de Issa y Elenka coincide con los intensos bombardeos tácticos sobre Kiev, los helicópteros Mi-8 que vuelan bajo sobre el río Dniéper mientras dejan caer las tropas aerotransportadas del ejército ruso.

El termómetro del hotel indica catorce grados al aire libre, pero en Barcelona hace un frío extraño, anímico, que baja desde el lejano norte y estremece la columna vertebral de Europa. Viejos temores, casi olvidados, vuelven a aflorar.

Mercè, jefa de recepción del céntrico HDL Passeig de Gràcia, recién entrada al cambio de turno, está hablando con la gobernanta Maria Dolors por el móvil de empresa mientras observa a su asistente Marc teclear en el terminal táctil del mostrador de recepción y al botones Santiago cargar las maletas de una pareja de mujeres belgas que aferran sus bolsos Louis Vuitton. Con dos tercios de capacidad ocupados y algunas cancelaciones en la última semana, el hotel muestra una relativa calma.

—Sí, claro, señora Maria —dice Mercè al teléfono—, esa es la diferencia entre leer un promocional de hostelería que dice «¡Venga a vivir Barcelona!» e interpretar erróneamente que el mensaje sugiere «Venga a vivir *en* Barcelona». Hay un gran trecho y muchos disgustos y decepciones de por medio.

—Pues por eso mismo te lo digo —replica la gobernanta, y Mercè tiene la impresión de que hay, quizá, una nota de irreverencia en su tono—. Estamos trabajando en ello, pero habrá demoras, así que *no pateixis*, nena.

—Bueno —le dice Mercè—, de momento tengo a los clientes entretenidos en el Garden con *cocktails* y tapas, pero no puedo obrar milagros, así que trate de tener listas esas suites lo antes posible, por favor. No queremos que se enojen por la espera y se nos marchen al Majestic, ¿verdad?

Mientras escucha a la gobernanta refunfuñar y contarle dificultades, Mercè sale de recepción y entra a una oficina contigua cuando Federico, el agente de seguridad, centrado en la pantalla de una tele pequeña donde trasmiten un partido de la Champions League, suelta un silbido justo en el instante en que el portero Courtois ataja un penalti de Messi. A ella no le queda claro si para Fede el gol frustrado es motivo de incordio o regocijo malsano, teniendo en cuenta lo reciente que está aún la partida de Messi del FC Barcelona.

—Tranquila —concluye la gobernanta—, te avisaré tan pronto estén listas las suites.

Mercè cuelga, va al baño y se echa un vistazo en el espejo. Lleva unos chinos de vestir color gris oscuro, blusa de un tono blanco roto y la chaqueta del uniforme con la placa dorada con su nombre grabado ajustada sobre la solapa izquierda. Hoy ha escogido un tono melocotón muy suave para los labios, lleva el cabello suelto hasta los hombros —teñido de negro para ocultar las canas prematuras— y se ha anudado al cuello un fular de seda estampado con motivos navideños que compró en La Maison Hermès hace un par de temporadas. Se arregla un mechón rebelde y regresa a la recepción.

—¿Has visto lo que ocurrió anoche en *Sálvame Deluxe*?

—le pregunta Marc con picardía, a sabiendas de su aversión por los programas de crónica social, pero la respuesta se ve interrumpida por una algarabía en la acera a la salida del hotel. Hay movida, se escuchan voces airadas que corean «*Слава Україні!*», mujeres con pancartas en alto que muestran un puño ensangrentado superpuesto al mapa de Ucrania. Hay también un grupo de chicas muy jóvenes que despliegan una gran bandera ucraniana.

—Esas van a protestar a la delegación del Parlamento —comenta Marc.

—La guerra —murmura ella con agitación. Calamidades. No hay dos sin tres; primero la pandemia, después la pérdida de Clara en el peor momento del confinamiento y ahora la guerra. Otra vez. Un *remake* de la operación militar de 2014, pero a escala nacional. Ella ha estado siguiendo el tema de las tensiones a través del canal de YouTube de Oscar Vara, un economista de la Universidad Autónoma de Madrid devenido en *streamer* sobre geopolítica. En los tiempos que corren, acudir a la televisión para informarse se le antoja un despropósito—. El zar suelta otro zarpazo.

—¿Zarpazo? Va tope *heavy* a por toda Ucrania —dice su asistente con desdén, sin dejar de teclear, un generación Z proactivo bastante domesticado por el arduo oficio de la hostelería—. Qué tío tan plasta, el Putin. Se cree el puto amo de la asertividad política, pero sería mejor que dedicara un poco de su tiempo a ver algún programa ruso al estilo *Sálvame*...

Mercè deja de escuchar lo que Marc está diciendo en el preciso instante en que ve salir del ascensor a la huésped de la 739.

Elenka Vasilyeva —en su opinión— lo eclipsa todo. Bella, elegante, esbelta, uno setenta y cinco. El cabello dorado recogido, pómulos cortantes, piel de alabastro, los labios perfectos repasados con un lápiz labial rosa salmón y ojos de iris azul eléctrico que resalta con un rabillo *cat eye* estilizado y sombra color cobalto. La chica, que luce un vestido cárdigan color borgoña y zapatos negros de tacón alto, se detiene en seco, como indecisa al ver al grupo de ucranianas protestando en la calle, pero cambia de rumbo y se acerca al mostrador. Aunque el ocaso es un resplandor áureo sobre Collserola, ver sonreír a Elenka es como contemplar un amanecer en miniatura. El corazón de Mercè abandona el trote y galopa cuando la ve aproximarse.

—*Dobryj Dyen*, señorita Vasilyeva —saluda Mercè, que ya ha aprendido a darle los buenos días, las buenas tardes y las buenas noches en ruso. Advierte que la huésped se ha detenido en el extremo del mostrador más alejado de Marc, como buscando complicidad, y se le acerca.

—Buenas tardes, Mercè —responde la chica. Su pronunciación es perfecta. La mayoría de las personas con las que trata en su día a día no son capaces de decir su nombre correctamente, pero Elenka, una niña bien cuya dicción sugiere años de academia o en la Escola Oficial d'Idiomes, clava el «marsé» de manera impecable—. Deberías dejar de llamarme Vasilyeva y decirme Elenka.

—¿Elenka?, ¿no sobrepasaría un poco las normas de cortesía? —le pregunta Mercè divertida, moviéndose en el plano informal y esperando que Marc no tenga el oído puesto en conversaciones ajenas.

—Pero ya no somos unas extrañas —insiste ella, y le sonríe con la mirada—. Incluso si de estrechar lazos se trata, deberíamos tomarnos un café una tarde de estas en que haga buen tiempo.

La sugerencia dispara un rubor en las mejillas de Mercè; le sorprende descubrir su propia vulnerabilidad. Tiene la impresión de que después de perder a Clara, se ha convertido en una persona más frágil a nivel emocional. Tomar un café una tarde de buen tiempo podría significar mucho o nada, pero desde luego es un cambio de registro para tratarse de una chica con aires aristocráticos que disimula muy bien a lo que se dedica. Elenka está etiquetada con un perfil de hospedaje que la designa como «nómada digital» en clave autónoma, pero está claro que es una *escort* de lujo y probablemente tenga montados chanchullos de sexo por webcam. Lo cierto es que es muy discreta, y sus clientes nunca se hacen notar. A veces ha venido a buscarla un hombre llamado Maxim —que paga las cuentas mensuales del hospedaje—, un eslavo de mediana edad con aspecto rudo, el cabello muy negro y sin lustre por cuenta del tinte y una chaqueta de cuero que le da un aspecto juvenil, pero el señor Maxim no suele subir a la habitación y tampoco parece ser un familiar.

—Pues un café será —asiente Mercè—. Un día de estos.

—Un café. Y lo que surja —añade Elenka divertida.

Se ríen. Los límites formales se desdibujan, el rubor se disipa.

—Me parece que necesito tu ayuda —le dice la rusa.

—Ajá. ¿Qué puedo hacer por ti?

—Tengo una emergencia con la puerta de la habitación.

—¿Qué le pasa?

—Creo que es de lo más impertinente.

—Lo dudo. No nos permitimos tener puertas impertinentes en el HDL.

—Se me ha cerrado. Decidí salir a dar un paseo, pero mientras esperaba el ascensor me di cuenta de que había olvidado algo y al volver a la habitación, descubrí que la tarjeta se me había quedado dentro.

La tarjeta de apertura RFID, de identificación por radiofrecuencia, claro. La habrá dejado metida en la ranura del interruptor de luces, un error muy común en muchos huéspedes. Mercè está a punto de decirle que desde el ordenador de la oficina de seguridad ella puede operar la red RFID del hotel y desbloquear la cerradura de la 739, pero, con la intuición adquirida a lo largo de casi diez años de trabajo, decide otro curso de acción. Saca de un cajón una tarjeta maestra de proximidad y dice:

—Venga, subimos y te la desbloqueo.

En el ascensor, hay un breve silencio que Mercè se apresura a romper.

—Me encanta ese remate que te dibujas con el delineador. Ya me gustaría saber hacerlo, pero me temo que carezco de talento.

El ascensor ronronea y ella evita mirar a la esquina en el techo donde está disimulada la cámara de videovigilancia.

—Es posible que no sea una cuestión de talento —replica Elenka con cierta indulgencia—, sino de paciencia o de falta de tiempo. Todas podemos ser bellas si disponemos de tiempo suficiente. —Hay una nota exótica en la sonoridad de sus palabras que a Mercè le resulta de lo más sensual.

Llegan a la séptima planta y enfilan un pasillo alfombrado.

—Tendrás que sugerirme un tutorial de delineador.

—No será necesario —dice Elenka—. Yo misma te puedo enseñar.

—Te tomo la palabra. Planifícalo para el día que nos tomemos ese café.

Ante la puerta de la 739, la jefa de recepción introduce la tarjeta maestra en el lector de radiofrecuencia y la cerradura se libera con un chasquido. Luego le abre la puerta y declara:

—Problema resuelto.

—*Spasiba* —agradece Elenka, y la invita a pasar con un ademán.

Dentro, la luz está encendida. La llave de la huésped, en efecto, sigue insertada en el interruptor de tarjeta. Mercè cruza el umbral y abandona el ángulo de visión del pasillo. Una tenue fragancia floral flota en el ambiente. La cama está tendida, impecable, y hay un ordenador portátil cerrado sobre la mesa junto al smartTV de cincuenta pulgadas instalado en la pared. Nada turbio que advertir, ningún indicio de actividad licenciosa.

—¿Puedo ofrecerte algo de beber? —pregunta la huésped señalando la mininevera.

Ella quiere responder que no se le permite beber en horario de trabajo, pero las palabras se le atascan en la garganta y no dice nada. La puerta se cierra. Se miran a los ojos.

Mercè suelta un suspiro. «Ya no somos unas extrañas». Ciertos silencios son más elocuentes que las palabras.

Elenka se inclina y la besa en los labios.

El corazón delator, a doscientos por hora.

Lo que *a priori* Mercè cree que será un pico se convierte en un beso profuso, sereno, de ostentosa intimidad.

2

Dan con ella en Barcelona. Por segunda vez en tres años han tenido suerte; les ha costado muchos meses y esfuerzo, pero terminan por rastrearla y ubicarla.

Por fortuna para Issa, ella también los detecta.

No ha olvidado el adiestramiento, así que se da cuenta de que la están siguiendo al salir del Buenas Migas por el acceso de Diagonal; ahí está, en medio del gentío, el rostro de un hombre con el que se ha cruzado quince minutos antes cuando regresaba del trastero por la calle Minerva y entraba a comprarse una focaccia genovesa y una bebida isotónica.

Ha ocurrido otra vez. Lo acepta. Tarde o temprano iban a encontrarla.

Se detiene junto a la avenida mientras evalúa sus posibilidades. La luz en rojo del semáforo le da una excusa. Se aproxima a la papelera urbana y, mientras deja caer en su interior la focaccia a medio comer, aprovecha para echarle un vistazo disimulado a la muchedumbre. Su ojo entrenado detecta enseguida al segundo operador. Por supuesto. Sabe que habrá un tercero en algún lado; conoce al dedillo los esquemas de seguimiento del DOE, su estilo tenaza previsible y sus procedimientos. Esta vez Issa no reacciona de súbito, no echa a correr, ni siquiera se envara como hizo cuando la rastrearon en Berlín un año antes y estuvieron muy cerca de atraparla.

Cruza la Diagonal y deja atrás la escultura *La jirafa coqueta* para sumarse a la gente que transita por el paseo de rambla de Catalunya aguzando los sentidos, atenta a ojos avizores y gestos sospechosos. El moderado bullicio en los cafés y terrazas del boulevard que discurre en dirección mar-montaña le resulta reconfortante y la ayuda a mantenerse enfocada, en sintonía con las señales de peligro. Va bajando despacio rumbo a la calle Mallorca, hacia el lugar donde ha dejado aparcado el scooter Honda de Xavier; se pregunta cómo han vuelto a encontrarla.

Tampoco tiene mucha importancia. La alternativa es una opción binaria: rendirse y terminar con el problema o escapar y seguir ganando tiempo.

Al llegar a la esquina, cruza la vía a su izquierda y entra en la *pastisseria* Mauri por la puerta principal, en Provença. El decorado de Mauri tiene un encanto decadente, con pinturas al fresco en el techo y expositores detrás del mostrador que le traen recuerdos de la droguería Johnson en La Habana. Amparada tras la vidriera del local, haciendo ver que está examinando el surtido de turrones, confitados y bombones, escudriña la calle y observa con atención a los dos hombres del DOE detenerse desorientados en la terraza a continuación del chaflán. Ambos tienen el cabello oscuro, la superan en estatura y, aunque sus chaquetas abultan, ninguno parece especialmente corpulento. En el lenguaje corporal se les nota el temor creciente ante la posibilidad de haberle perdido la pista en pleno Eixample. Les aterra fallar, y ella imagina lo que deben de estar sintiendo, las presiones a las que los estarán sometiendo sus oficiales de campo. Pero se rehacen al verla dentro de Mauri, recuperan la confianza y se quedan a la espera.

Sale por la puerta lateral que da a la rambla y cruza Provença, avanza media manzana, se detiene y se sienta en un banco de madera. Junto a la acera, al otro lado del boulevard, a la salida de una joyería que se asoma al chaflán de Mallorca, está la zona de estacionamiento de motos. Da un trago al botellín de la bebida isotónica y simula hacer una llamada por el móvil. Observa a los dos agentes, que han optado por mantenerse a una distancia prudencial. Deliberan, enmarcados en el halo blanco de la luz de una boutique de calzado deportivo.

Si no fuera una situación de vida o muerte, Issa les regalaría una sonrisa despectiva; son criaturas tropicales de rostro severo, incómodos con esas chaquetas baratas, molestos por el frío húmedo y los cielos nublados, víctimas de una inquietud epidérmica como si fueran seres extraterrestres vestidos con piel humana.

A diez metros del banco, recostado sobre una farola junto a los tilos y vigilando las motos aparcadas, Issa detecta al tercer operador. Le da la espalda y parece más bajo que ella. De pronto se lleva la mano al bolsillo y saca el móvil para atender la llamada entrante de uno de sus compañeros. Está claro que lo están alertando. El tipo se da la vuelta con tal disimulo que resulta ridículo para ubicarla y, entonces, Issa le ve el rostro: cejijunto, rasgos del oriente cubano, la piel color estraza, pálida por haber estado meses lejos del sol.

Le asalta una duda: ¿es la moto la clave de cómo han dado con ella o simplemente están asegurándose de cubrir todas las bases? Quizá la seguridad de Xavier está comprometida. Decide llamarlo al móvil, pero no obtiene respuesta. Salta el contestador, lo cual es un mal indicio.

Issa se incorpora y, como quien recuerda que tiene un trámite pendiente, ignora el estacionamiento y cruza la calle Mallorca, echa el botellín en un contenedor de reciclaje para envases plásticos y luego sigue en dirección a paseo de Gràcia a buscar un terreno despejado, donde sus perseguidores sean más visibles y se sientan más expuestos.

El viento de febrero en la avenida más céntrica y lujosa de la ciudad parece tener colmillos y la obliga a cerrarse la chaqueta vaquera. Issa sabe que el frío es un elemento que juega a su favor; a los operadores del DOE, tan propensos a operar en los climas cálidos de América Central y el sur de la Florida, les cuesta reaccionar y pensar con claridad por debajo de los doce grados centígrados junto al Mediterráneo. Lo sufren. Da igual el tiempo que lleven destinados en Europa, la mayoría de ellos nunca se acostumbra al frío.

Atraída por los rótulos retroiluminados del hotel HDL Passeig de Gràcia, un ardid comienza a rondarle la cabeza y cruza la avenida hacia el edificio. Ya ante la puerta del HDL enciende el móvil y le deja un mensaje de audio a Xavier en el buzón.

—Xavi, da señales de vida, por favor. Es urgente.

El reflejo revelador en el cristal del vestíbulo deja en evidencia a los tres agentes que cruzan el paseo de Gràcia a lo lejos, tan patentes como si sus cuerpos despidieran estelas de calor.

Guarda el móvil y entra en el recibidor.

La acogen la bienhechora calefacción y una recepcionista de ojos amables, fular al cuello y un rostro de nariz griega y grandes pestañas que la asemejan a Adele cuando va tuneada para salir a escena. La empleada, cortés, sonríe y le dice:

—Hola. ¿En qué la puedo ayudar, señorita?

3

Después de solventar los problemas surgidos al final de la tarde y atender los compromisos pendientes con los huéspedes de la tarifa premium, hay un breve remanso de paz en la recepción. Mercè cae en un embeleso al rememorar lo ocurrido con Elenka. En cierto modo, a un nivel profundo, vive un leve estrés postraumático. El beso ha sido un evento parteaguas en su ética laboral, pero también la puerta a un sitio emocional más despierto y vertiginoso.

El interés mutuo, la tensión sexual que ambas estaban deseando resolver, le hizo tomar conciencia de lo deprimida que había estado tras la muerte de su pareja, una circunstancia terrible en los peores días del confinamiento: Clara padecía fiebre muy alta y problemas de respiración; vino a buscarla una ambulancia y ya no regresó a casa. Se enteró de su muerte diez días después por la llamada que un enfermero del Clínic le hizo desde el móvil de la fallecida. Y no pudo enterrarla, por supuesto. Desde entonces, el vacío y la desesperanza se cebaron en ella. Pero ahora, renovada por el beso, se siente vibrante una vez más.

Rememora el calor en el pecho, el gesto trémulo de sus manos, la voz sedosa de Elenka al susurrarle al oído: «Esto lo cambia todo». ¿Qué quiso decir con eso?, reflexiona. ¿Qué pasará cuando vuelvan a verse?

—Esta noche estás en algún sitio muy distante de aquí —le comenta Marc, que regresa de la cocina con dos tazas y un termo y los coloca en una sección bajo el mostrador, oculta de la mirada de los clientes—. ¿Estás pensando en vacaciones en las islas Seychelles?

—Me has leído la mente —responde ella siguiéndole la chanza, y le da un sorbo discreto al té que el asistente le ha preparado—. Estaba haciendo cuentas, pero al final me falta presupuesto. Tendré que conformarme con Punta Cana.

La taza de Marc es blanca, de cerámica termoactiva que forma parte del *merchandising* del HDL; el logotipo del hotel, impreso en la superficie externa del recipiente, reacciona al calor del café que Marc vierte dentro y brilla con un efecto fosforescente.

—Yo de ti no me desanimaría —dice él—. *Pretty Woman* sonará a tópico, pero nunca se sabe cuándo va a aparecer un millonario en tu vida.

Mercè le hace una mueca burlona a falta de una buena respuesta.

Entonces la puerta de la calle se desliza y entra una chica al recibidor.

Joven, menos de treinta, piensa Mercè. Grandes ojos marrón claro, el cabello corto y castaño con reflejos más claros y una boca voluptuosa forzada a una expresión de dureza. Envidiable cuerpo de reloj de arena —pero entrenado hasta alcanzar la definición muscular—, senos pequeños y cónicos, piernas bien torneadas y cintura estrecha. Viste unos *jeggins* azules, chaqueta de tela vaquera sobre una camiseta negra y botas de piel Dr. Martens de un rojo apagado y suelas gruesas.

Antes de llegar al mostrador, la chica gira la cabeza para mirar hacia fuera y Mercè, que hoy anda con ojos de lince, se fija en que bajo la luz de la farola-banco Falqués hay tres hombres reunidos. Algo le dice que esa expresión severa está relacionada con ellos.

Espera a que la recién llegada se acerque más y la saluda:

—Hola. ¿En qué la puedo ayudar, señorita?

La chica se detiene un instante, como si el ofrecimiento interrumpiera sus cavilaciones. Luego se repone y le explica que está buscando un sitio de ocio, que si ella le puede recomendar alguno. Habla un catalán diáfano, sin acento, muy urbanita, pero se intuye que su dicción es producto del aprendizaje y que no ha nacido en la ciudad. Mercè le sugiere que suba al Terrace Bar en la planta más alta del HDL: música, ambiente, *cocktails* y una panorámica inmejorable.

Se abre la puerta y la chica vuelve la vista, alerta, pero se trata de dos turistas que conversan en alemán y muestran rostros distendidos. La recién llegada le da las gracias y se dirige al ascensor y los dos turistas la imitan. Esperan.

El más alto de los tres hombres que ha visto junto a la farola-banco se separa de los otros, entra al hotel y se apresura hacia el ascensor. Esos tipos le dan mala espina. Cuando pasa junto al mostrador, Mercè le pregunta qué puede hacer por él, pero el tipo no le responde y sigue su camino hasta el final del recibidor; a todas luces, otro turista que no habla español y que no necesita información, pues sabe a lo que va. El ascensor se abre, los alemanes le ceden el paso a la chica antes de entrar y el tipo alto los sigue.

Pero Mercè no se fía. Esos tres hombres —los que esperan fuera, el que ha subido— transpiran algo siniestro y no parece que se trate de simple acoso. Hay algo más elaborado, de naturaleza hostil en sus miradas.

Y la chica en sí también transmite una vibra particular. Si Elenka le había parecido un astro luminoso, esta desconocida es, de algún modo, un fenómeno gravitatorio singular, una anomalía que curva la luz y arrastra consigo una oscuridad inconsciente.

En el ascensor los alemanes conversan divertidos; uno aporta la anécdota y el otro suelta una carcajada. Issa comprende el chiste —refiere a amigos comunes e involucra cierta cuota de un bochornoso *Schadenfreude*—, pero no da muestras de enterarse de lo que dicen. Está pendiente del lenguaje corporal del tercer hombre, el tipo moreno que lleva las riendas de la cacería. Ella tiene la mano derecha en el bolsillo de la chaqueta y los músculos en tensión; se pregunta cuál será la reacción del tipo si los turistas se bajan en alguna planta intermedia y ellos se quedaran solos en el ascensor.

Se fija en el rostro del agente: ve un mapa de carencias nacionales, cicatrices de déficit alimentario en el pasado, líneas de tensión recientes, cansancio en la mirada y la severidad de quien no tiene en mente una noche de asueto. Estas no son para los perros de presa. Y él es un perro rabioso. Uno que vive para acatar órdenes y morder.

Una vez, hace tiempo, intentaron convertir a Issa en algo así.

A Mercè se le ha quedado mal cuerpo. Siente una comezón en la base del cuello, que es la forma en que suele reaccionar al enfrentarse a lo imponderable. Olvida el té, deja a Marc en el mostrador y entra en la oficina de seguridad.

Federico está reclinado en su asiento frente a los monitores, con los ojos cerrados y la respiración regular de quien duerme. Tiene suerte de que el señor Miquel Folch, gerente del hotel, ya se haya ido a casa. Ella usa el ratón y hace clic para ampliar la ventana que muestra la imagen en tiempo real captada por la cámara del interior del ascensor. El dispositivo de videovigilancia está en una esquina propicia, encima del tipo alto, que permite ver a la chica recostada contra el espejo, la rigidez de su postura, la mano oculta en el bolsillo. Mercè maniobra sobre el teclado para rotar la lente de la cámara y observar mejor la expresión del desconocido cuya presencia la inquieta.

—¿Te preocupa algo? —pregunta Federico; ha abierto los ojos al escuchar el golpeteo de los dedos sobre las teclas.

—Me preocupa todo, aunque no haga aspavientos por nada —le dice ella—. No todos podemos darnos el lujo de dormir en el puesto de trabajo.

—Venga, jefa, no seas así —protesta él un tanto divertido—, si en vez de ser una loba solitaria estuvieras casada, como estoy yo, y tu mujer embarazada se desvelara todas las madrugadas llorando por los ataques de ansiedad que le provocan los cambios hormonales de la gestación y encima tuvieras dos críos pequeños que te despertaran constantemente dando berridos, sabrías que eso que llamas «dormir» es un privilegio que se acabó para ti.

—¿Me estás contando milongas, Fede?

—Ojalá lo fueran. ¿Tú por qué crees que prefiero el turno de noche? Porque entre intentar dormir en casa y quedarme sobado aquí, lo segundo me renta más. Así que, por favor, ten un poquito de empatía con los compañeros de trinchera.

Ella guarda silencio mientras consigue efectuar la rotación y enfoca el rostro del hombre moreno a partir del reflejo en el espejo. El hecho de que esté ignorando la mirada de la chica lo hace aún más sospechoso; nadie esquivaría los ojos de una mujer guapa en un espacio tan estrecho.

Para alivio de Issa, los alemanes no abandonan el ascensor en ninguna planta intermedia —está claro que no son huéspedes del HDL—, de modo que suben sin escalas hasta el *rooftop* del edificio. La música chic, las luces tenues y el frío atemperado por las estufas de combustión y el techo articulado de vidrio que cubre parcialmente el Terrace Bar los reciben.

Hay poca gente, la noche recién abre los ojos. Issa se aleja del resto y escoge un lugar al fondo del local donde pueda vigilarlo todo con tranquilidad y evitar que Rabioso se coloque detrás de ella. Se sienta en un sofá con cojines mullidos junto a una mesa redonda de madera laminada. En el centro de cada una de ellas hay una cuba de aspecto rústico donde crece un helecho y un cesto en miniatura con servilletas de papel que llevan impreso el logo del hotel.

El camarero viene con la carta. Issa pide un Aperol spritz que no piensa tocar y paga en efectivo. Hay un pinchadiscos a cargo de la mezcla de las pistas de música y cinco mujeres que frisan la cincuentena charlan animadas a dos mesas del sofá donde está Issa mientras beben vino espumoso; hablan en francés sobre una boda reciente en algún lugar de la Costa Azul cerca de Cannes.

Protegida por la tenue iluminación, observa lo que hace Rabioso. Ha pedido whisky con hielo —tan predecible, ha evitado el ron para no delatar su cubanía—, un platito con olivas y un surtido de quesos; ahora mismo está enfrascado en una conversación por el móvil, presumiblemente compartiendo con sus compañeros información de contexto y logística. Él también ha pagado con efectivo; en ese oficio nadie quiere dejar rastro digital de su identidad.

Desde su posición privilegiada fuera del techo articulado, Issa contempla la panorámica de la Barcelona nocturna. Abajo reluce la Milla de Oro de la ciudad, desde plaza Catalunya hasta los jardinets de Gràcia y el hotel Casa Fuster. Los haces de luz que brotan del Palau Nacional de Montjuïc hienden la noche húmeda y sin estrellas.

El móvil le vibra en el bolsillo de la chaqueta y le arranca un sobresalto. Tiene la esperanza de que se trate de un mensaje de texto de Xavier para saber de ella o un audio en el buzón de voz. Lo comprueba. No usa un smartphone, sino una antigualla Nokia de conectividad 3G, un modelo básico sin grandes funciones multimedia, teclado clásico y tarjeta prepago, pero que sirve a sus propósitos sin ponerla en peligro.

Se lleva un chasco. El SMS es una promoción comercial; alguna empresa debió de asumir que el propietario del número puede ser un cliente potencial para su producto. Pero ninguna noticia de Xavier.

—Mierda —murmura preocupada.

Mercè los tiene bien enfocados a ambos. Ha ido explorando las imágenes de varias cámaras instaladas con mucha discreción en el decorado del Terrace Bar y no les quita la vista a ninguno de los dos. Tampoco hay razones para estar alarmada. La chica está acomodada y el moreno habla por el móvil, una actividad típica, nada sospechosa, de alguien que espera compañía mientras se bebe una copa sentado en una terraza.

Entonces, si no hay razones para alarmarse, ¿por qué la maldita presión en la base de su cuello se niega a desaparecer?

A ella también le vibra el móvil en el bolsillo de la chaqueta. Lo mira.

Es un mensaje de WhatsApp de Marc: «Necesito que vuelvas pronto».

Qué inoportuno.

Vuelve al recibidor. Su compañero viene hacia ella.

—¿Qué pasa? —le pregunta Mercè—. ¿Adónde vas?

—Tengo que ir al lavabo.

—¿Ahora?

—Sí, ahora mismo —responde él, sin ponerse a la defensiva—. Se trata de una urgencia número dos, por si te interesa saberlo. —Le guiña un ojo—. Y a juzgar por los retortijones que me están dando, creo que la cosa puede ir para rato, así que no me esperes despierta, cariño.

Mercè se queda en silencio un momento y entonces repara en que afuera, bajo las estructuras de hierro forjado de las farolas-banco, ya no se encuentra el dúo siniestro. ¿Dónde están?

—Espera —alcanza a decirle a Marc, que está a punto de entrar a la oficina.

—¿Qué ocurre? —dice él—. Este número dos no admite demoras...

—Los dos tíos que estaban allá fuera, junto al banco, ¿se fueron?

—No —responde Marc—. Entraron hace un momento, preguntaron cómo se iba al Terrace y subieron...

—¿Y ahora me lo dices?

—No sabía que tuvieras algún interés en ellos.

—¿Cómo hablaban? ¿En qué idioma?

—En español latino. Acento caribeño —dice Marc, y se escurre dentro.

Mercè se queda varada en el mostrador, nerviosa y sin reaccionar.

—Joder —murmura.

4

Issa advierte que los secuaces de Rabioso llegan y toman asiento junto a él. Nerviosos, convencidos de que disimulan al observarla, pican del platillo de olivas y queso. Usan las manos para ocultar los labios al hablar, un vestigio idiosincrásico, casi inconsciente, pero reconocible para Issa, lo que significa que ignoran que ella sabe que la han estado siguiendo. Le conviene que piensen eso, que se descuiden. Recuerda el entrenamiento, a su instructor cuando le decía: «Que tu oponente crea que te encuentras en desventaja es una gran ventaja para ti. No la desaproveches».

Desde el momento en que se dio cuenta de que la seguían, al abandonar el Buenas Migas por la salida de Diagonal, Issa ha estado debatiéndose entre dos alternativas probables: ir directamente al plan de evasión o contenerse hasta averiguar cómo diablos han logrado rastrearla hasta Barcelona después de año y medio. ¿Cómo sabían dónde hallarla? Tres años antes se le había esfumado al DOE en las afueras de la ciudad flamenca de Alost, y hacía menos de un año, tras detectarla en el Altstadt Spandau en el noroeste de Berlín, se las arregló para romper el cerco operativo que los agentes habían montado para atraparla en la Breite Strasse. En Lyon, una semana después, le entró la paranoia y se largó enseguida, y aunque decidió evitar Madrid, quizá debió de optar desde el primer momento por abandonar Europa y volar a Sudamérica. Pero, a pesar de saber que el DOE tenía una sombra alargada, con operadores y casas de seguridad en cada ciudad importante, se empecinó en permanecer en la Unión Europea. Prefería las grandes ciudades; tenía que ver con deformaciones de carácter durante su infancia, con el hecho de que en los pueblos y ciudades pequeñas se sentía más expuesta. En las urbes multiculturales se le daba mejor encontrar nichos, mimetizar las costumbres y ocultar su presencia.

Aunque, por lo visto, no lo ha estado haciendo muy bien.

Tampoco es que Mercè se lo tome con calma.

La maldita presión en la base del cuello no la libera y Marc ya lleva más de diez minutos metido en el lavabo —es de suponer que, urgencias fisiológicas aparte, esté sentado en el inodoro texteándose con algún amigo o posteando algo en las redes sociales, probablemente acerca de *Sálvame Deluxe*— y nada indica que vaya a regresar pronto. Marca el número de Federico y tras dar seis tonos, el de seguridad le responde con voz soñolienta.

—¿Sí?

—Escucha —le dice ella—. Estoy sola en la recepción y necesito mirar las cámaras del *rooftop* ya mismo. ¿Puedes enviarme el link para entrar en el sistema desde mi terminal?

—Poder, puedo, pero también lo podría hacer yo. Es mi trabajo.

—Déjalo. No quiero interrumpir tu sueño de padre y marido desvelado y luego cargar en mi conciencia que te hayas dormido al volante de camino a tu casa en Collbató y tengas un accidente. Haz lo que te digo y sigue durmiendo.

—Joder, jefa. Tampoco es eso. No me seas resentida…

—Olvida lo que te he dicho —replica ella—. No estás al tanto de lo que quiero verificar. Es algo que quiero hacer yo personalmente.

—Bueno, doña Perfecta —le dice Federico con sorna—, si me lo explicas, seguro que puedo ayudarte. ¿Está pasando algo que deba saber?

—No —contesta ella con impaciencia—. Quizá no esté pasando nada, pero hay tres tipos que me dan mala espina.

—¿Te refieres a variantes A-12?

—No, Fede, no es eso. No se trata de una cuestión de estereotipo étnico. Es solo que me han dado muy mala sensación, ya te lo dije.

—¿Y qué están haciendo? Nadie sube al *rooftop* de un cinco estrellas para robar teléfonos...

—¿Ves lo que te digo? Ese es el tema. Tal vez no estén haciendo nada concreto excepto beber y tratar de ligar, pero por eso mismo quiero tenerlos bajo observación.

—Bah, te estás imaginando cosas...

—Quizá. Pero necesito estar segura.

—Odio tener que ser yo quien te lo señale, jefa, pero me parece que te estás excediendo en tus obligaciones contractuales...

—No te pongas socarrón, Fede, y haz lo que te pido de una vez.

—Lo estoy haciendo, lo estoy haciendo. Ya va.

—Me corre prisa.

—Ya debe de haberte llegado. Ahora ¿puedo volver a mi más que merecido simulacro de descanso reparador?

Ve aparecer el link en el terminal y cuelga el teléfono sin responderle. Total, como decía su madre: «*D'on no n'hi ha, no en raja*». Entra en el subsistema de vigilancia y abre las cinco cámaras del Terrace Bar. Respira aliviada. Los sujetos están sentados picando de un platillo y la chica sigue en su sitio entre cojines en el extremo más alejado del local. Todo tranquilo, sin novedad.

Pero no dura.

Una breve ráfaga de viento frío la azota por un costado, le mueve el cabello y hace oscilar las ramitas del helecho en el centro de la mesa. El pinchadiscos —apegado a hits ochenteros— se las arregla para hacer una transición bastante elegante de «Ni tú ni nadie», de Alaska y Dinarama, a un remix de «Careless Whisper», de George Michael, en el momento en que Issa se pone en pie.

Se dirige resuelta a los baños, al fondo del *rooftop*, mirando de reojo la reacción de Rabioso y sus dos secuaces. Tras una puerta batiente hay un pasillo y tres aseos señalizados con pictogramas para caballeros, damas y personas con movilidad reducida.

Issa abre el de mujeres, enciende la luz y cierra la puerta desde fuera. Luego entra en el cubículo para personas con movilidad reducida, que está en el costado del pasillo opuesto a los otros dos aseos, deja la luz apagada y la puerta abierta, y se queda en la oscuridad espiando a través de la rendija.

Los ve venir por el pasillo; dos de ellos, avanzan con sigilo.

Sabe lo que planean hacer. Van a ignorar el aseo de caballeros e irán directamente al de las damas. Se lo encontrarán encendido y asumirán que ella está dentro de la cabina del retrete. Se detienen frente a la puerta. Uno lleva en la mano derecha una jeringuilla plástica —escopolamina para la sumisión exprés— y Rabioso empuña una pequeña pistola a la que le adosa un supresor de sonido que tiene toda la pinta de ser una Baby Glock 26 para, en caso de que la anulación de voluntad se tuerza, aplicar la solución drástica de ejecutarla *in situ*. Rabioso y Vacunador entran en el aseo de damas.

Issa mete la mano en la chaqueta y saca el cuchillo táctico. La hoja es de acero al carbono; tiene un lado recto y filoso y el otro, dentado, con un mango de nudillos que se ajustan a la mano para evitar deslizamientos.

Sale al pasillo y se detiene ante la puerta que los dos operadores han cerrado tras ellos. No hay rastros de Cejijunto; debe de haberse quedado afuera, vigilando a los clientes del Terrace Bar. Respira profundo. Sabe que tiene tres, a lo sumo cuatro segundos para actuar. Los imagina ahí adentro, posicionándose a los costados de la cabina (donde ella no está), preparados para sorprenderla cuando salga a usar el lavabo.

Suelta el aire. Con los músculos tensos como resortes de tungsteno, el arma empuñada en agarre invertido, entra y los ataca por la retaguardia.

Los depredadores cazados se demoran un segundo y medio en reaccionar, un segundo y medio precioso, elemental, disruptivo, que Issa invierte en cercenar la carótida de Rabioso con un tajo rápido. Aprovecha el impulso para utilizar su cuerpo como parapeto y evitar recibir de lleno la carga de Vacunador. La Glock se desliza de la mano de Rabioso y cae al suelo. Vacunador le lanza una puñalada furibunda con la jeringuilla y la clava por error en el hombro de su compañero, pero consigue aprisionarla contra la pared al empujar contra ella el corpachón de Rabioso. Issa, con la mano del cuchillo atrapada, le suelta una patada en la rodilla y escucha el crujido y el grito de dolor; el surtidor de sangre arterial que brota del cuello de Rabioso le da de lleno a Vacunador en el rostro mientras este sigue lanzando golpes a ciegas con la jeringuilla, que golpea la pared embaldosada y se le escapa.

Vacunador deja de hacer presión para escurrirse del rostro la sangre de su compañero y ella consigue sacarse de encima el cuerpo de Rabioso, que se viene abajo. Issa le lanza otro tajo al cuello, pero la sangre en el suelo provoca que Vacunador resbale hacia atrás y falla por muy poco. Ella reevalúa el espacio, toma impulso con la pared, se apoya sobre el cuerpo desmadejado y salta; el rodillazo le acierta en la nariz a Vacunador, que cae sentado en el suelo, casi fuera de combate. Issa se agacha ante él, le asesta un rápido tajo transversal en el cuello con la parte dentada y luego le clava la afilada hoja por la clavícula.

Contempla el rostro sorprendido de Vacunador. Los ojos de ella dicen: «Se acabó. Estás condenado. Relájate y déjate ir».

Un relámpago le cruza el cuerpo. El dolor subsiguiente, como un trueno lejano acoplado a los latidos del mundo, se abre paso desde su costado derecho hasta la sien. Se vuelve, en un movimiento instintivo. Cejijunto está detrás de ella con una expresión más asustada que furiosa... y le ha clavado un cuchillo por debajo de la cintura.

Un descuido. Un error imperdonable. Se ha dejado sorprender.

Al menos no ha sido una jeringuilla con escopolamina. Qué detalle.

Issa jadea y, en un movimiento que es puro acto reflejo, esfuerzo supremo y entrenamiento, aferra con todas sus fuerzas la muñeca del atacante antes de que el hombre pueda retorcer el arma, saca su cuchillo del músculo subclavio de Vacunador y, con un giro rápido hacia arriba le clava a Cejijunto las cinco pulgadas de acero al carbono por debajo de la mandíbula, atravesándola hasta el paladar. El hombre se envara, pone los ojos en blanco y cae fulminado.

Issa se queda contemplando el desastre. El manto rojo escarlata.

La sangre que ha brotado de la carótida de Rabioso ha ido formando un charco que se extiende hacia ella con lentitud. Recuesta la espalda contra la pared. Luego, cediendo a la debilidad, se desliza hasta quedar sentada sobre el suelo de baldosas frías. El olor dulzón en el ambiente cerrado le da náuseas.

Extiende la mano buscando el interruptor y apaga la luz para no ver la sangre, pero la puerta está un poco abierta y deja pasar un haz luminoso que se refleja en el mango metálico del cuchillo que Cejijunto le ha enterrado en la carne hasta la empuñadura.

«A ver cómo consigues salir de esta», se pregunta.

La mente no ofrece paliativos al dolor.

Los estertores del moribundo cesan.

Escucha: un extractor de aire se activa, el quejido de las bisagras de una puerta, briznas de risas y música. Freddie Mercury y David Bowie, acoplados, se burlan de su circunstancia al entornar un «Under Pressure» que va languideciendo, apagándose.

Sonidos de tacones apresurados. Alguien enciende la luz del aseo y suelta una exclamación. Issa, con los ojos cerrados, murmura:

—No llames a la policía, por favor…

Luego, la noria de neón empieza a girar de manera vertiginosa en su cabeza y se la lleva muy lejos.

5

Marc está regresando del lavabo en el mismo momento en que, en la imagen de vídeo, el tercer hombre se pone en pie y acude a los aseos. Mercè le echa una mirada de desaprobación a su asistente.

—Ya era hora —le reprocha. Cierra el link en el terminal y sale de detrás del mostrador.

—Esta noche estamos un poco exigentes, ¿verdad?

—No eres el primero que me lo dice. Voy a subir un momento.

—¿Pasa algo de lo que deba estar al tanto?

—Espero que no —responde ella mientras se dirige al ascensor.

No tiene necesidad de atravesar el Terrace Bar. Sale del ascensor y toma un atajo; abre una puerta interior con su tarjeta RFID maestra que conecta directamente con el pasillo de los aseos. Se apresura hacia el lavabo de las damas y se tropieza con el fenómeno.

En realidad, es peor de lo que había imaginado.

Sangre por todos lados, cuchillos encajados, un arma de fuego en el suelo, extremidades descoyuntadas, rostros deformados por los golpes y las muecas de dolor. Es como una maldita escena gore. Tres cadáveres y la chica herida de gravedad a punto de perder el conocimiento.

Mercè no es consciente de su propia exclamación de sorpresa.

Tiene que avisar a la seguridad del hotel, llamar a la policía.

Pero no. Nada es tan fácil. La chica es la víctima, no los cadáveres. Según su perspectiva del mundo, la empatía es incompatible con la idea de que tres tíos de avieso proceder necesiten reducir con armas a una mujer. Ella no piensa otorgarles su confianza. La desconocida ha demostrado mucho brío, mucho empeño en sobrevivir, queda patente en toda esa sangre.

Se agacha ante la chica que, sin abrir los ojos, le pide que no la delate, que no llame a la policía. Debe ayudarla. Siente que, de algún modo extraño, ha estado flotando sin tocar tierra durante muchísimo tiempo. Flotando a la deriva en un mar de autocompasión, como un barco apestado que no encuentra puerto seguro.

No le da más vueltas. Hace lo que tiene que hacer. La agarra por las axilas y la incorpora con esfuerzo. El cuerpo de reloj de arena ha perdido lustre, el tiempo se le escapa por la herida, pero su voluntad se muestra admirable, saca fuerzas y coopera para salir de allí. Sin tocar el cuchillo cuyo mango sobresale grotesco por debajo del faldón de la chaqueta vaquera, se apresura con ella por el pasillo hacia la puerta trasera, invirtiendo el camino que la trajo. Tampoco usa el ascensor normal, sino uno de carga pequeño que también funciona con su tarjeta.

Es una suerte que las suelas de las Dr. Martens no hayan pisado la sangre en ningún momento.

Dentro del ascensor, se queda un instante pensativa. Luego oprime el botón de la séptima planta y empiezan a bajar.

—Resiste, resiste. Yo me encargo —susurra Mercè, aunque no le queda muy claro si se lo está diciendo a la chica o si se trata de una proyección, de un recurso motivacional para darse fuerzas a sí misma e impedirse pensar en todas las reglas laborales y cívicas que está rompiendo por una completa desconocida.

Reza para que ningún huésped salga de la habitación en ese momento y espera que Federico siga sobado frente a los monitores y no la vea ir dando tumbos con la desconocida por la séptima planta hasta la puerta 739.

Pero, sobre todo, espera que Elenka no le dé con la puerta en las narices.

Es tan absurdo, tan pretencioso, que no tiene tiempo de meditarlo.

Elenka Vasilyeva le abre.

Tres astros se alinean, entran en conjunción. Campos de fuerza. Voliciones.

Va vestida con un conjunto de pijama de Hello Kitty de seda de color morado cuyo pantalón corto favorece la esbeltez de sus piernas; también lleva unas gafas de montura grande con lentes transparentes estilo «ojo de gato» que hace que sus preciosos ojos azules se vean mayores de lo que son. Todo en ella es deliberado.

Elenka no dice una palabra al verlas. Se aparta del umbral para dejarlas pasar. En su gesto hay aquiescencia y en su rostro no se mueve un músculo, pero en sus ojos Mercè cree vislumbrar un pozo de contradicciones —sorpresa, reproche, contrariedad, decepción, curiosidad—, aunque es muy probable que esté imaginándose cosas, y tampoco tiene mucho tiempo para considerarlo mientras pasan a su lado con rapidez y entran al baño para evitar dejar rastros de sangre en el enmoquetado. Elenka cierra la puerta en silencio y las sigue.

—Tendrás que perdonarme —le dice Mercè, consciente de que hoy está cruzando todos los límites establecidos durante diez años de rigor laboral—. Esta chica corre peligro de muerte y no sabía a quién acudir para ayudarla. Por favor, entiéndeme.

Durante un momento, Elenka luce como una muñeca de porcelana: el rostro exquisito, hiperrealista, carente de expresión. Sin embargo, algo cede en su interior y el velo de mujer aristocrática que Mercè siempre ha querido ver en la huésped cae y revela otra actitud, de una madurez inusitada, como si un alma más vieja y encallecida habitara en ella. Actúa como si hubiera visto muchas cosas tras una larga vida, eventos terribles, situaciones extremas que se han convertido en cotidianeidad. Sin importarle que su conjunto de Hello Kitty de diseño pueda mancharse de sangre, entra al baño y ayuda a Mercè a sentar a la mujer bajo la ducha contra la esquina de la pared. Un hilo de sangre se escurre desde la ropa y se desliza por el blanco del plato de ducha hacia la rejilla del desagüe.

—Creo que tenemos que hablar —le dice— sobre la proporcionalidad de esta relación.

—Lo sé —replica Mercè sintiéndose culpable.

—Yo te doy un beso y tú me traes una chica herida a la puerta. —Una insinuación sardónica aparece en la comisura de sus labios—. No sé, pero tengo la impresión de que salgo perdiendo en el intercambio.

Mercè está a punto de echarse a llorar por el alivio que siente.

—¿La conoces?

—No. Nunca la había visto antes de esta noche.

—Entonces ¿por qué la socorres?

—Porque me parece justo —responde Mercè con vehemencia—. ¿No conocen la parábola de la última causa justa allá de donde vienes?

El azul eléctrico de los ojos se ilumina.

—De donde yo vengo no ha habido justicia verdadera en más de mil años. Pero me interesas tú. Si no sabes quién es, ¿por qué pones en riesgo por ella tu trabajo, tu libertad ciudadana?

Es difícil explicarse, lo sabe.

—Esa chica vale la pena —responde la recepcionista—. Puedo verlo.

—Oh, sí. Y ¿dónde? Está inconsciente y tú no la habías visto antes, dices.

—Lo percibí en su mirada. Sé lo que hizo. No debe de pesar más de sesenta kilos y peleó como una fiera contra tres hombres dispuestos a asesinarla. Eso habla de voluntad y propósito, ¿no?

—Confundes voluntad con aptitudes. Es un error.

—Vale, quizá me gusten las causas justas por perdidas que parezcan, Elenka —replica Mercè, que disfruta al pronunciar su nombre.

La desconocida tose con fuerza; suena como un fuelle que ha perdido integridad.

—Joder —se lamenta Mercè, y se arrodilla junto a ella.

—No está tosiendo sangre —dice Elenka—, eso casi siempre es una buena señal. Lo preocupante es el *nozh* que tiene clavado.

—¿Qué vamos a hacer con ese cuchillo? —pregunta Mercè.

—Lo vamos a dejar ahí para evitar que se desangre. La está matando, pero lo hace muy despacio. Nos da tiempo para llamar a un especialista en remiendos que venga a encargarse del asunto como es debido.

—¿Quieres decir un médico?

Ahora la sonrisa es amplia y desvergonzada. Todo un descubrimiento.

—Médico, especialista en remiendos..., es lo mismo.

—Tengo que irme —dice Mercè.

—Sí, claro. Y me dejas a mí el muerto.

—No seas cruel. Está viva. Y tengo que avisar a seguridad para llamar a la policía o sospecharán de mí. No nos conviene si queremos salvarla.

—De acuerdo —asiente Elenka—. Ve y da la voz de alarma. Yo llamaré a un amigo que nos puede ayudar.

—¿Harás eso por mí?

—Acabo de decírtelo.

—¿Vive cerca ese amigo tuyo? No quiero que se tropiece con la movida que va a armarse en cuanto avisemos a las autoridades. Ni siquiera sé si nos permitirán evacuar el local donde ha ocurrido el... incidente. En realidad no sé lo que va a pasar cuando lleguen.

—Mi amigo vendrá muy pronto, vive cerca —le asegura Elenka, y abre un bolso Gucci de piel matelassé de color negro para sacar el móvil—. La bañaremos y luego él la remendará.

Mercè se incorpora, se acerca a Elenka y la abraza con fuerza, como si fuera una tabla de salvación que flota en medio de un mar encrespado mientras la luz de los relámpagos está cada vez más cerca. Luego se aparta y la mira a los ojos.

—Estoy en deuda contigo.

—Por supuesto que lo estás —dice Elenka muy seria, como si fuera un juramento. Se lleva el puño al pecho—. *Navsegda*.

—¿Qué?

—Para siempre.

6

—Menudo follón el que se ha armado —le dice Marc a Mercè. Mira con aprensión el furgón de los Mossos d'Esquadra que han aparcado sobre la acera de modo que obstaculiza el paso de los transeúntes, aunque tampoco es que haya muchos en una noche de invierno a tan avanzada hora. Las luces violáceas del vehículo alargan las sombras detrás de las letras de color oro viejo a relieve que conforman el logotipo en el recibidor—. Esto es cualquier cosa menos discreto. No quisiera estar en el lugar de Miquel.

Miquel Folch, el gerente, parece contrahecho en su traje Gregory de Ralph Lauren de sarga hecho a mano, la camisa ejecutiva Purple Label sin corbata a la vista, como si hubiera salido a la estampida de su casa de Sarrià-Sant Gervasi cuando Mercè se puso en contacto con él. De pie en la oficina, con la puerta abierta, despeinado y más pálido que de costumbre, escucha consternado lo que le dice la subinspectora de los Mossos.

—Pobre hombre —comenta Mercè—, tiene que aguantar la presión hasta que llegue la directora general y el representante del operador hotelero. Míralo, parece algo que tuvieran que armar por piezas cada mañana antes de sacarlo de la cama y a su mujer se le hubiera olvidado recargarle las baterías.

—Lo dice para ocultar su propio nerviosismo. Ella ya ha repetido su versión varias veces; primero se la contó a los tres agentes uniformados de Seguridad Ciudadana, que fueron los primeros en acudir cuando ella le informó a Federico y él llamó al 112, luego al señor Folch por teléfono, al agente de los Mossos a cargo del furgón de la BRIMO (que acudió por pura solidaridad o para verificar que el crimen no constituya un peligro relacionado con la seguridad pública), y más tarde a los subinspectores del turno de noche que vinieron en un coche policial.

Síntesis de su reiterada declaración: un individuo entró al hotel para ir al bar del terrado y poco después otros dos sujetos —que hablaban en español con acento latino— subieron para reunirse con él. Se los vio conversar en una mesa del local. Ella le había pedido al responsable de seguridad que los vigilara y luego, intrigada, había dejado a su asistente en recepción y subido a echar un vistazo. Por lo visto, tardó más de lo debido, pues cuando llegó no estaban allí, pero los gritos histéricos de una clienta que había ido al aseo de las damas la alertó y así descubrieron los tres cadáveres.

Ninguna mención sobre la existencia de una chica conectada con los sospechosos. Confía en que el testimonio de sus compañeros no ponga en entredicho los lapsus temporales de la declaración. Federico no puede decir lo que no ha visto por estar dormido y, al parecer, Marc nunca reparó en la chica.

Otro detalle omitido: el individuo que entró por la puerta, maletín en mano —poco después de que ella llamara al director general—, que le comunicó con acento de Europa del Este y una mirada de complicidad que iba a la habitación 739. Ahora estaría allí, en medio de una intervención crucial, ayudando a Elenka a salvarle la vida a la desconocida y, de paso, haciéndole a ella un gran favor.

«En torno a Elenka hay muchos satélites —piensa—. Tienes que ser parte de un grupo muy especial para mostrar *esprit de corps*, sentirte un hilo en el entramado de honor y orgullo. *Navsegda*. Para siempre».

Tendría que tomar nota.

—Espero que no te culpes por lo ocurrido —dice una voz de mujer. Se vuelve. La subcomisaria, que antes se ha presentado como Teresa Fortuny, tiene el cabello moreno algo ensortijado y unos ojos color café oscuro que a Mercè la hacen pensar en hojas secas a finales de otoño en la sierra de Collserola.

—No es que me culpe exactamente —replica Mercè—, pero tengo la impresión de que he fallado en algo fundamental durante mi turno y que esto puede dañar la imagen del hotel.

—Yo que tú no pensaría en eso —dice la subinspectora—. No había manera de que pudieras anticipar una explosión de violencia como la que hemos visto ahí arriba. ¿Sabes lo que pienso?

Mercè la mira expectante.

—Creo que en este asunto tú eres la heroína —declara Fortuny.

—Tampoco es para tanto.

—Por supuesto que sí. Se necesita olfato y perspicacia para sospechar de tres tíos tan comunes y corrientes que van a un bar a echar un trago. Quizá te has equivocado de trabajo y tengas madera de mossa. ¿Por qué tu compañero no observó los movimientos de esos tíos? ¿Qué estaba haciendo, viendo porno o echando una cabezadita?

Detrás de la mirada dulce de Fortuny aletea una urraca lista e inquisitiva.

Mercè no dice nada. No quiere hablar de más.

—No te preocupes, no me voy a chivar al director —dice la subinspectora sonriendo—. Estuviera durmiendo o masturbándose, él tampoco podría haber evitado lo ocurrido. Tendremos que dedicarnos a repasar las grabaciones de las cámaras para ver si surgió alguna discusión entre ellos o si fue otra cosa lo que ocurrió. Tal vez pasaste por alto a otra persona, algo que suscitara el conflicto.

Ella no quiere decir nada más, no quiere que se le note vacilación al hablar, pero es su deber aclararle una cosa.

—Las grabaciones no mostrarán nada —dice.

—¿No? ¿Y eso por qué?

—Básicamente porque no existen. El sistema está montado en exclusiva para la supervisión en directo. Creo que se trata de un asunto de política empresarial y protección de identidad, pero no grabamos nada de lo que ocurre en nuestras instalaciones.

Los ojos color café siguen fijos en ella.

—Uff —se queja la subinspectora—, eso lo complica todo.

«Supongo», piensa Mercè, pero no lo dice.

Fortuny saca el móvil de la chaqueta gris y pregunta:

—¿Podrías darme tu número? Me gustaría tenerte localizada por si me surgen más preguntas o si a ti te surgen más recuerdos.

Mercè se encoje de hombros.

—Ya le dije todo lo que recuerdo, inspectora Fortuny...

—Subinspectora —apostilla la poli—, subinspectora con aspiraciones. Y no me digas Fortuny, que me hace lucir más vieja de lo que soy. Llámame Teresa.

—Teresa —repite ella—. De acuerdo, le doy mi número, pero le aseguro que ya le he dicho todo lo que...

—La memoria no funciona como crees; es holográfica, y a veces un shock emocional afecta el modo en que los nodos neurales se interconectan. Ahora mismo, después de lo que has visto ahí arriba, podrías estar ignorando detalles de forma inconsciente, detalles que podrían serme útiles en esta investigación.

Mercè asiente y le dicta el número. Fortuny lo anota y le hace una llamada perdida.

—Ahora ya tienes mi contacto —dice—. Puedes llamarme a cualquier hora. Me han delegado este caso y voy a estar pendiente veinticuatro por siete hasta que esté resuelto. —Aprieta los labios sin pintar y añade—: O, bueno, hasta que aparezca otro caso más urgente y pertinente, ya me entiendes.

El furgón de la policía científica hace su aparición.

—A ver qué nos cuentan estos mañana que no sepamos ya hoy —dice Fortuny, como si pensara en voz alta, y se aleja del mostrador.

7

En el sueño de sepias y grises, Issa está en el camino polvoriento que separa el sembrado de cañas de las chozas que conforman el batey del ingenio azucarero San Isidro, un pueblito perdido al norte de Santa Clara. Su madre se yergue junto a ella, con lágrimas en los ojos y los huesos de la cara muy marcados.

—Ten cuidado con esos sitios donde hay nieve —le advierte, hablándole en ruso—. Allí, si te suenas los mocos con mucha fuerza, puedes largar trozos de cerebro por la nariz. El frío es muy peligroso.

Issa se despide sin besarla, sin mirar atrás, decidida a no regresar jamás al sitio donde nació, y echa a andar por el camino de tierra para luego torcer el rumbo y atajar por el cañaveral. Por alguna razón, al cruzar una guardarraya el sueño la conduce a la taiga siberiana, frondosa y bastante fría, donde el viento la hace tiritar. Sortea abetos y pinos al caminar, respira con dificultad y, de pronto, escucha un rugido. Un oso pardo, corpulento, corre entre los árboles para darle caza. Ella se queda tensa y espera el choque.

Sonríe desafiante cuando el oso se detiene a tres pasos y se alza en dos patas, como un hombre. Es enorme y su gruñido la despierta de golpe.

Una habitación de hotel, el sonido de la tele sintonizada en un programa de animales salvajes que luchan por sobrevivir en la estepa, la voz de una mujer joven hablando en ruso que viene del baño. Está desnuda bajo las sábanas y le han vendado con cuidado el costado herido. Nota la presión de unas grapas recientes donde antes estuvo encajado el cuchillo; alta costura quirúrgica. Bajo las sábanas huele a antiséptico de acción rápida, clorhexidina probablemente, y sobre la mesita de noche hay un recipiente de antibiótico intravenoso.

Alguien se ha tomado un montón de trabajo para salvarle la vida.

—Antoshka —dice la voz de mujer desde el baño, hablando en ruso por teléfono con un acento del norte marcado—, no tienes que preocuparte por nada. Te dije que esto es asunto mío y que te pagaría, ¿cierto? Maxim no tiene que enterarse de nada de esto, así lo habíamos decidido.

Del otro lado de la línea, el tal Antón refunfuña algo que Issa no logra escuchar, pero por el tono de voz se le puede deducir ansioso o preocupado.

—Mira, Antoshka —replica la mujer con energía—, te he dado mi palabra y tú me has dado la tuya. Que no se te congelen los pies ahora. Recibirás el dinero esta misma se... —Una pausa por interrupción—. No, no, de eso no tienes que hablar con nadie. Solo tienes que decirle a Maxim que he pillado la gripe y que no podré trabajar en unos días. Explícale que estoy fatal, con fiebre y mal aspecto, que tuviste que medicarme y que recuerde que desde la pandemia, la mayoría de los clientes andan muy sensibles con el tema del contagio. Dile que en cuatro días estaré como nueva.

Antón alega algo.

—Descuida —dice ella—. Él no vendrá aquí a comprobarlo. Nunca sube y le tiene tanto miedo al contagio como cualquiera.

Más preguntas del otro lado y suspiros de impaciencia por parte de ella.

—No. Ya te dije que no sé quién es. Pero lo importante es que no tiene nada que ver con nuestros asuntos. Es un caso aparte relacionado con una amiga. No sigas preguntándome, no puedo darte más detalles. —Un resoplido—. Escucha, sabes que Maxim no es mi dueño. Aunque nadie lo diga en voz alta en el Mashenkas, todos saben que sigo siendo la chica de Kurkov.

Y cuelga. Al parecer, mencionar a Kurkov tiene ese efecto: sometimiento.

Issa cierra los ojos al sentir que la chica se dirige hacia el dormitorio. Finge que sigue durmiendo para estudiar la situación un poco más. Los pasos se alejan por el pasillo y escucha el sonido de un tono de llamada. Alguien contesta, pero no consigue escuchar si se trata de hombre o mujer.

—Ey —dice la mujer en tono casi conspirativo—. ¿Está todo bien? Sí, ya hablé con él. Mantendrá su palabra. Confía en mí. Si surge algo, me avisas. Por supuesto. Adiós.

Luego vuelve a colgar. Vuelve a la habitación.

—*Privyet* —la saluda Issa desde la cama, saltándose el *zdrástbujtye* formal y continúa hablando en ruso—: No quiero sonar descortés, estando tan bien tratada y tal, pero me muero de ganas por saber cómo llegué a este lugar.

Hay una nota de sorpresa en la mirada de la chica rubia.

—No sabía que hablabas ruso —dice.

—Fui entrenada —explica Issa—. Pero, claro, no sabes nada de mí. Ni yo de ti, excepto que eres guapa, educada, tienes acento de algún óblast del norte y das la impresión de tenerlo todo bajo control.

—¡Vaya! ¡Ver para creer! —dice la rusa divertida—. ¡Me has pillado por el acento! Mi nombre es Elenka y soy del óblast de Vólogda. Pero tú no eres rusa, ¿cierto? ¿De dónde eres?

—De un país hermano —responde Issa jocosa.

—Lo dudo —dice Elenka—. Cuando tú y yo nacimos, hacía ya tiempo que Rusia no tenía países hermanos.

—Soy de Cuba, del socialismo caribeño. No sé si oíste hablar de nosotros.

—Algo escuché. Hicieron mucho ruido hace tiempo, pero, de nuevo, eso fue antes de que tú y yo naciéramos, ¿no es cierto?

—Ajá. Pero los dinosaurios del Estado siguen dando guerra. Y mi dramática circunstancia actual tiene mucho que ver con eso.

—Lo cual explica lo ocurrido —asiente Elenka—. Intentaron matarte.

—Sí. Y casi lo lograron. Lo que nos conduce a: ¿cómo diablos terminé en esta habitación? ¿No me digas que aún sigo en el HDL?

—Me temo que sí, que este hotel ha sido tu salvación. Tienes un ángel de la guarda que velaba por ti y te trajo aquí.

—¿Un ángel de la guarda?

—Sí, una chica. Alguien cuya amistad ahora compartimos.

—No lo creo. No conozco a ninguna mujer en esta ciudad.

—Pues se arriesgó por ti sin saber quién eras. Me dijo que valías la pena, que tus ojos y tus actos hablaban de voluntad y propósito y que eso es algo por lo que vale la pena luchar contra todo riesgo. ¿Has visto qué raro y retorcidamente maravilloso puede resultar el mundo?

Issa permanece en silencio, pensativa. Elenka la observa.

—¿Quién es esa mujer, la última idealista del mundo?

—Eso parece. Se llama Mercè. Trabaja en la recepción del hotel.

—Ahora la recuerdo. Una muchacha de mirada amable.

—Ya ves, toma un instante salvar la vida ajena y una eternidad saldar esa deuda. Y ahora estás en deuda con ella, y ella conmigo. Quizá un día puedas hacer algo por mí y completar el círculo.

—Puede, si antes no vuelven a atraparme los hombres grises.

Elenka se sienta al borde de la cama donde Issa está acostada, un gesto que sugiere acercamiento, complicidad y camaradería.

—Intentaremos que eso no ocurra —dice—. Pero me sigue sorprendiendo lo bien que hablas mi idioma. Me pregunto si habrás estado escuchando mis conversaciones telefónicas.

Issa se encoge de hombros y siente la comezón de la culpabilidad.

—Un poco —asiente—. Lo suficiente para saber que Kurkov es el gran jefe, que Maxim es crédulo y respeta las jerarquías y que tienes al médico Antón y a otra persona cuyo nombre desconozco comiendo de tu mano.

—Me das miedo —dice Elenka burlona.

—No tienes por qué. Solo soy un gorrioncillo mojado y con el ala rota.

—Al menos estás en mi bando.

—No sabía que hubiera bandos. ¿Contra quién luchamos?

—Es un decir —responde Elenka, y marca un número en el móvil.

—¿A quién llamas?

La boca sonríe, pero los ojos de un azul intenso, no.

—A tu ángel de la guarda. Es hora de que os conozcáis.

—¿Ella trabaja hoy?

—Eso espero.

Por el móvil se escucha la voz de Mercè, casi un susurro.

—¿Sí?

—Querida, hay novedades por aquí —dice Elenka en castellano, y le guiña un ojo a Issa con picardía—. Adivina qué gorrioncillo mojado y con un ala rota acaba de despertarse.

SEGUNDA PARTE

El fuego sagrado

Todo es cuestión de encontrar la forma de vivir
de una manera decente en un mundo indecente.

DON WINSLOW,
El poder del perro

8

Hace un día soleado y Mercè sale del bar-cafetería Els Tres Tombs cargando una bolsa de papel con comida para llevar y una cajita con un surtido de *croissants*. En un principio pretendía encargar comida a domicilio por la aplicación de Glovo, pero Issa —que lleva recuperándose de su herida más de una semana en el piso donde vive Mercè en la calle Parlament— le había dicho que no se molestara.

La convalecencia de Issa ha ido muy bien gracias a sus cuidados, a la batería de antibióticos de amplio espectro y a su fortaleza natural. No fue difícil sacarla del hotel HDL dos días después del incidente del Terrace Bar, cuando la llevó al aparcamiento soterrado donde Mercè había aparcado su coche previamente. Una salida limpia, directa al barrio de Sant Antoni. En la semana transcurrida han conversado y se han conocido hasta donde es posible y deseable por ambas partes. Ahora Mercè sabe quién es la desconocida y de quiénes huye.

Sabe lo suficiente para seguir arriesgando el pellejo por ella.

El altruismo es un fenómeno anómalo, en extinción, pero sigue siendo una forma poderosa de cambiar el mundo para mejor.

Mercè cruza la ronda de Sant Antoni, libre ya de las carpas

provisionales del mercado que durante años obstruyeron el paseo, y sigue Comte d'Urgell hasta encontrar una farmacia donde comprar lo que Issa requiere y luego vuelve a casa por Tamarit —abarrotada de turistas y hípsters en pleno *brunch*— bordeando el mercat de Sant Antoni hasta llegar a los números 49-51 de la calle Parlament. Al entrar, saluda con un gesto al señor Francisco —un gallego septuagenario que, tras décadas cubriendo la portería doble, casi un arcaísmo laboral, está a punto de jubilarse y regresar a su natal Pontevedra en la costa atlántica, ahora que los dueños de ambas fincas han decidido prescindir de sus servicios para instalar porteros automáticos—, entra a un pasaje y sube por las escaleras correspondientes al 51 hasta el primer rellano, donde está su pequeño piso de alquiler.

Issa está en la salita, embutida entre las estanterías de libros y el mueble donde Mercè almacena su colección de álbumes de funk reeditados de los años setenta, sentada en el sofá frente a la tele apagada; viste unos vaqueros negros de diseño que pertenecieron a Clara y una camiseta de mangas cortas demasiado holgada para ella. Aparta la mirada de los desnudos árboles caducifolios que ve a través de la ventana y asiente al ver regresar a Mercè.

—¿Lo tienes?

—Sí —responde esta, depositando sobre la mesa el envoltorio de plástico con el extractor de grapas cutáneas B. Braun que ha comprado en la farmacia, y entra a la cocina para servir la comida y los *croissants*—. Espera un momento, que ahora regreso para ayudarte.

—Ya puedo hacerlo yo sola.

Sin importarle que la ventana esté abierta y puedan verla desnudarse desde los edificios del otro lado de la calle, Issa se quita la camiseta y se queda en sostén, se pasa una gasa con líquido antiséptico por la piel, la herida libre de infección, y sin soltar un quejido procede a cortar una a una las grapas de acero inoxidable.

Mercè regresa con los platos de bocadillos y los *croissants* y la observa. Issa está concentrada, sudando junto al radiador eléctrico. Tiene el vientre plano, duro, y los abdominales oblicuos muy definidos. Bajo la piel, los músculos fibrosos y tensos insinúan fuerza y poseen una suerte de sensualidad viril que a Mercè le recuerda las competidoras de Bikini Fitness.

La chica cubana se mete un *croissant* en la boca y mastica con fruición.

—Veo que vas muy elegante —dice—. ¿Alguna cita?

Mercè asiente, un poco aturdida, incapaz de explicar por qué se siente de pronto culpable por no haberlo mencionado antes.

—Sí. He quedado con Elenka. Ya sabes...

—Es una buena pieza —dice Issa; ignora la comida y echa mano de otro *croissant*. Están calientes, casi recién horneados, y su fragancia se esparce por toda la salita—. ¿Confías en ella?

—Nos hizo un gran favor, a ti y a mí. ¿No debería ser suficiente?

—Depende. Parece una chica demasiado lista para ser tan guapa, y eso significa que debe de haber pasado por un montón de dificultades. Y es muy joven, así que sus disgustos habrán empezado temprano y habrá quemado un montón de etapas, lo que suele conducir a un endurecimiento del carácter.

Mercè asiente. Piensa en su propia familia, en un barrio de Vic, en la comarca de Osona. Le explica a Issa que se largó de Vic por su legado medieval, pero no por el arquitectónico, sino por la mentalidad. Su homosexualidad era motivo de vergüenza para sus padres, así que se fue a Barcelona. Eso, a su modo de ver, también la había endurecido.

—No es lo mismo —opina Issa—. Elenka ha estado rodeada de gente peligrosa desde que tiene uso de razón. Insisto, eso perfila el carácter de forma singular.

—Gracias a ese carácter, tu culo y el mío están a salvo ahora —le reprocha Mercè con vehemencia—. Sobreviviste. ¿Acaso no te sientes agradecida?

—Oh, no, no me malinterpretes —dice Issa, pasando suavemente un dedo sobre la superficie de la herida cerrada—. Estoy muy agradecida por todo lo que hizo por mí: protección, alojamiento y ayuda médica incluidos. Así se lo hice saber en los dos días que estuve en su habitación. Pero no soy yo la que tiene que preocuparse por ella. Eres tú la que está enamorada, me parece a mí.

—No estoy enamorada —replica Mercè a la defensiva—. Estoy interesada.

—Pues eso. Solo te digo que no la conoces y que vayas con cuidado. Las emociones nublan el raciocinio y Elenka posee ese tipo de magia que va más allá de la belleza física y actúa como un hechizo.

—Tengo treinta y dos años, Issa, ¿crees que no lo veo?

—En el Renacimiento, Nicolás Maquiavelo dijo: «Pocos ven lo que somos, pero todos ven lo que aparentamos». ¿Entiendes adónde quiero llegar?

Mercè suspira.

—Te diré algo. No puedo explicar por qué ocurren ciertas cosas o si existe algún tipo de esquema providencial en todos nuestros actos, pero esa chica ha sido huésped del hotel durante meses y siempre hemos sido amables, incluso muy formales, la una con la otra. Sin embargo, el mismo día en que te encontré sangrando en el aseo, rodeada de peña muerta y a punto de palmarla tú también, Elenka y yo nos habíamos besado por primera vez unas horas antes.

—Felicidades. Pilla el amor donde lo encuentres.

—Pero ¿sabes qué? Que hasta ese momento yo misma no

era consciente de cómo me sentía. Estaba muerta. Me sentía así desde el día en que mi pareja falleció durante la pandemia. Y aquello, ese instante, me trajo de vuelta. No fueron sus labios, sino el beso. Por eso creo que, cuando me pediste que no llamara a la poli, reaccioné en contra de toda formalidad y te llevé a la habitación de Elenka. No me preguntes por qué lo hice, porque no puedo darte una respuesta lógica. Podría decirse que, en cierto modo, antes de conocerte, el beso de Elenka ya te había salvado la vida.

Issa asiente. Se mete un tercer *croissant* en la boca y se limpia los restos de hojaldre de los dedos en una servilleta de papel. Termina de masticar y dice:

—Mira, no quiero que te tomes esto a mal porque aprecio mucho tu ayuda y veo el tipo de persona que eres. Pero me gustaría que entendieras algo: puedo honrar mi deuda con Elenka en cualquier momento, mientras no se demore mucho, pero luego voy a desaparecer y seguir con mi vida en otra parte. En cambio, tú te quedarás aquí, con ella, y me preocupa que no sepas afrontar cualquier adversidad que se presente.

—Está bien —dice Mercè—. Dejémoslo así. Tendré cuidado.

—Es todo lo que pido.

Fin del lance. Empate técnico. Por ahora.

Mercè va al zapatero y se cambia el calzado. Se pone unos Manolo Blahnik que le gustan mucho y se ríe para sus adentros al pensar que Marc siempre los critica cuando se los ve porque dice que tienen un look demasiado *Sexo en New York* para la sensibilidad *fashion* del 2022 postpandemia.

Issa se pone en pie y mira a través del cristal de la ventana. Abajo, en la tarima peatonal legado del *urbanisme tàctic*, sentado en un banco junto a una barrera New Jersey de hormigón que el ayuntamiento ha olvidado retirar, hay un tío que mira ceñudo hacia la finca. No quiere ponerse paranoica, pero permanece observándolo un momento. Al poco rato el tío se levanta, sale al encuentro de una chica y le da un abrazo efusivo. Falsa alarma.

—¿Vas muy lejos?

—No. Iremos al Raval, probablemente a la rambla. ¿Por qué?

—Necesitaré que me dejes tu coche. Hay algo que tengo que hacer.

—No irás a desaparecer ahora, ¿verdad?

Issa capta la broma sobre la confianza implícita y se ríe.

—No —le responde—, a menos que por culpa mía tu vida corra peligro. En ese caso, tendré que poner distancia entre nosotras. Por ahora necesito tu coche para verificar algunas cosas. Tengo que averiguar qué pasó con mi novio, Xavier, el chico con el que he vivido los últimos seis meses.

—¿Dónde vivíais?

—En Roquetes.

—Vale —dice Mercè. Le lanza las llaves del coche—. Supongo que te gustan las vistas.

9

El coche de Mercè es una cucada eléctrica, un Fiat 500e color oro rosa de dos puertas, cristales tintados y cero emisiones de CO_2. Es cómodo y va como la seda por el asfalto urbano, pero Issa tiene la seguridad de que —dejando a un lado las carencias de las estaciones de recarga—, si surge la circunstancia aciaga de una persecución y tuviera que usarlo para escapar de la ciudad e improvisar rutas a campo traviesa, el coche no estaría a la altura.

Se ha puesto un jersey, se ha encasquetado un gorro de lana para ocultarse el cabello y unas gafas de cristales sin graduación que, confía, enmascaren su rostro en caso de que tenga que abandonar el amparo de los cristales tintados. Quiere echarle un vistazo al aparcamiento de motos de la rambla en el chaflán de Mallorca —sin acercarse a pie, para evitar probables acechanzas— y verificar si el scooter de Xavier ha desaparecido o sigue allí. A estas alturas, más de una semana después, Xavier tiene que haber dado con la moto mediante la app GeoKeeper o, como mínimo, haber denunciado el robo a la Guardia Urbana.

Mientras se aproxima a Mallorca, crece su aprensión; sobre el asiento junto al conductor descansa la antigualla Nokia, que está apagada y sin la batería, una precaución que nunca está de más para evitar la triangulación.

El semáforo está en rojo, así que le permite observar el boulevard y las aceras en busca de algún centinela del DOE. No ve ninguno, así que deben ir cortos de personal o quizá estén haciendo su trabajo mejor que los anteriores.

Efectivamente. La Scoopy, toda negra metalizada y asiento gris acolchado, sigue allí aparcada, y su presencia sugiere malas noticias. Xavier podría estar muerto, convertido en un daño colateral de la guerra que el Departamento cubano de Operaciones en el Extranjero libra contra ella.

Sigue de largo calle arriba y aprovecha el semáforo en rojo de Córcega para ponerle la batería al Nokia, encenderlo y hacerle otra llamada a Xavier.

Directo al contestador. Teléfono apagado o fuera de servicio.

Únicas explicaciones: usuario secuestrado, hospitalizado o muerto.

Se le empañan los ojos al pensar en la sonrisa de su novio, en sus bromas y su atento cariño, pero sobre todo en lo amable y discreto que fue durante medio año de relación, sin cuestionar las lagunas de información familiar, su actitud alerta permanente, las decisiones de cautela redundante, sin preguntarle mucho sobre su pasado y procedencia —daba por sentado que Issa era una venezolana llamada Soledad, sin estatus migratorio legal en España, tras una mala experiencia amorosa en Roma—, respetando su espacio y sus asuntos al margen de la relación de pareja. Encontrar a alguien así, con las cualidades de Xavier, era algo que difícilmente volvería a suceder.

Por esa razón ha de tomar precauciones extremas para evitar que la localicen mientras esté en Barcelona. Hay otras vidas en juego y ella no está dispuesta a permitir, bajo ningún concepto, que el altruismo de Mercè se convierta en un riesgo mortal. Tiene que protegerla a toda costa, asegurarse de no dejar ningún rastro que lleve a los sicarios de DOE hasta su puerta.

Dobla a la izquierda y enfila Balmes en dirección a Gran Vía; según avanza, la silueta del Hotel Vela, erguida a lo lejos y encuadrada entre los edificios, crece en el parabrisas, mientras el templo del Sagrat Cor que corona el Tibidabo va desvaneciéndose en el espejo retrovisor.

10

Quedan por WhatsApp en un local del Raval cerca del MACBA y Mercè ya está sentada en la terraza cuando llega Elenka, que hoy viste elegantes vaqueros de diseño de color azul índigo con estampados florales, botines negros Saint Germain de Hermès y un plumífero blanco que le cae hasta las caderas y tiene toda la pinta de haber costado el equivalente a un par de meses del sueldo de Mercè. Lleva el cabello recogido en un peinado complicado y se ha pintado los labios de un rosa pálido que le aporta una juventud innecesaria a su rostro.

Los hombres de la calle se voltean para admirarla al verla pasar y Mercè se ruboriza cuando Elenka —centro de todas esas miradas carnívoras— se inclina para besarla en la boca.

—¿Podríamos ir dentro? —pide la recién llegada—. Aquí afuera hace frío.

—Pensé que para vosotros los rusos esto no es un invierno de verdad.

—No lo es —le confirma Elenka—, pero este frío no es el nuestro. Es una cosa húmeda que te cala hasta la médula.

Entran al local y se sientan junto al cristal de la entrada. El sitio está a rebosar de guiris. A Mercè le llama la atención la transformación del Raval que, perdido su mito de antiguo asentamiento extramuros, ha ido abandonando de manera progresiva y acelerada su condición de barrio marginal para convertirse en una zona *cool* y bohemia, y ahora da muestras de una acusada gentrificación que, además del rostro y la historia, pretende cambiarle el alma al vecindario. Elenka no se quita el plumífero y mantiene el bolso de Gucci en el regazo.

—¿Qué bebemos?

—Yo quiero un agua mineral sin gas y un muffin relleno de manzana y canela —responde Elenka—. Tengo que conducir más tarde.

Mercè pide un té matcha y unas pastas artesanas. Conversan, se toman de las manos por encima de la mesa redonda de mármol veteado. Es la tercera vez que se reúnen después del traslado de la convaleciente Issa al piso en Sant Antoni. Ahora Elenka sabe que Mercè dejó Vic hace diez años para venir a Barcelona a trabajar en hostelería y estuvo viviendo con una anestesista de Guipúzcoa que trabajaba en el hospital Clínic hasta que la pandemia las separó para siempre. Y ahora Mercè tiene la confirmación de que Elenka ejerce de *escort* y que trabaja para clientes exclusivos —a veces hombres y a veces mujeres— que cierran tratos con el señor Maxim.

Pero hoy no hablan sobre eso.

—Bueno, y ¿qué tal le va a nuestro gorrioncillo con el ala rota?

—Restablecida por completo —responde Mercè—. Hoy se ha quitado los puntos y podría decirse que está lista para echar a volar.

—Lo más probable es que lo haga. Si ya la encontraron un par de veces, según me contó, podrán volver a hacerlo. Ya está avisada. La próxima vez no intentarán tomarla prisionera. El hacha caerá directamente y sin avisar.

Traen el pedido. Mientras sirven, se escucha el tema «Malamente», de Rosalía, por los altavoces del local.

Mercè echa un poco de sacarina en el café humeante y bebe. Dice:

—Lo que me recuerda que aún no hemos hablado del dinero que te debo.

—No me debes nada.

—Perdona, no pretendo ofenderte, pero me gustaría que nuestra relación no se viera afectada por deudas de índole económica. Sé que pagaste de tu propio bolsillo la intervención médica de Issa y quiero devolverte ese gasto.

—¿De dónde sacas esas conclusiones?

—Issa me contó que te escuchó hablar con un tal Antón, el médico que la atendió aquella noche y que vino a toda prisa. Tienes que haber comprado su silencio. No quiero que le debas favores a nadie por un impulso mío.

—Te repito que no me debes nada —insiste Elenka—. Lo que hice fue un gesto, no tiene importancia. Me gustas, y sobre todo me gustó tu actitud. Me arriesgué porque me pareció que tu generosidad tenía un valor que pocas veces he presenciado. Las cosas pudieron haber salido muy mal, lo reconozco, pero no resultó así. Salieron bien y ahora nuestra amistad está cimentada en detalles. Para nosotros, los rusos, estos tienen una importancia trascendental. Y aquí estamos, tú y yo.

—Siento que me pones contra la pared —dice Mercè.

—Sí, claro, pero tratándose de nosotras, no creo que sea una mala posición para ninguna de las dos.

En los altavoces, Rosalía parece leer la mente de Mercè y declama que mientras sueña que camina por un puente, este persiste en temblar mientras más desea ella cruzarlo.

—Hablando de favores y de gestos —dice Elenka—, me gustaría saber si puedes acompañarme en un viaje en coche fuera de la ciudad.

—Depende del día. ¿Cuándo quieres ir?

—Hoy. Ahora, si te parece bien.

—¿Quieres que conduzca?

—No. Quiero que vengas conmigo. Conduciré yo.

—Y ¿adónde vamos? —Mercè sonríe—. Puede que la playa esté bastante despejada, pero seguro que el agua estará helada.

—¿Y eso te asusta?

—¿A mí? No, qué va —replica Mercè—. Clara y yo teníamos la tradición de ir al delta del Ebro a comienzos de enero cada año a darnos el primer chapuzón; una experiencia revitalizante. Mi cuerpo está acostumbrado a la mordedura del agua fría. Lo decía por ti.

—Muy considerada —dice Elenka, y le da un último trago al agua mineral—, pero no, iremos a una casa que está entre Montcada i Reixac y La Llagosta. Tengo que hacer un recado para Maxim.

—¿Por qué te envía a ti? ¿No tiene gente para hacerle los recados?

—Tengo que hacerlo. Me toca. Y me alegraría no ir sola.

—No está muy lejos. ¿Sabes ir?

—Eso da igual. Nos llevará el GPS. Yo solo me siento al volante.

—Pues vale —dice Mercè. Le hace señas al camarero para que traiga la cuenta—. Nos ponemos en marcha. ¿Dónde tienes el coche aparcado?

—Estará cerca. Y, porfa, permíteme pagar —añade Elenka dándole un billete al empleado—. Déjame invitarte, por la compañía durante el viaje.

Se ponen en pie. Mercè se acomoda la chaquetilla mientras Elenka teclea algo en el teléfono móvil. Se oye un pitido de respuesta.

—¿Y eso? —le pregunta Mercè.

—Me están confirmando dónde puedo recoger el coche.

—Ah, ¿no es tuyo?

—No tengo coche. Es uno de los que usa Maxim. Vamos a buscarlo.

—¿Te gusta tenerme en desventaja, ¿verdad, Elenka?

—Me gusta, sí —dice la chica, y le ofrece aquella sonrisa embriagadora—, pero ¿a que no me dirás que no te resulta excitante?

«Intrigante, sí —piensa ella—. Excitante, no».

El cielo se va nublando mientras caminan hasta el sitio donde, según Elenka, le han dejado el vehículo, un aparcamiento cerca de la calle Pelai. El coche es un Audi Q3 Sportback de carrocería azul navarra, un color que a Mercè se le antoja demasiado severo. Le han dejado la llave, pegada con imán, en la cara interior del guardabarros delantero del lado del conductor.

Elenka lo activa con el mando, desbloquea las puertas y abre el maletero. Le indica a Mercè que dé la vuelta y se siente en el asiento del copiloto mientras ella va a comprobar algo y esta, más torpe que curiosa, va detrás de la chica y alcanza a ver que el contenido del maletero consiste en dos maletas de viaje rígidas fabricadas en ABS con tirador cromado, ruedecillas dobles y cierres de combinación de tres dígitos, lo cual no es especialmente digno de interés.

Lo que sí le llama su atención es el arma que asoma por detrás de las maletas, la culata de polímero gris de una escopeta de corredera.

11

Primero a la plaza Lesseps, luego por la avenida de Vallcarca hasta llegar a la ronda de Dalt y después seguir todo el trayecto de circunvalación de la B-20 hasta llegar a las alturas de Les Roquetes del Garraf. Issa es consciente de que ir en metro significa un viaje más rápido y directo, menos tedioso, pero también sabe que de ese modo toda su autonomía de escape y maniobrabilidad queda seriamente reducida y ese es un lujo que no puede permitirse. En los pequeños detalles subyace la semilla de la derrota, y esta significa la muerte.

Considerar la muerte la lleva a pensar en Xavier. Está casi segura de que no volverá a verlo. Si Xavi se ha cruzado con los del DOE y lo han interrogado, deben de haberlo ejecutado; a ellos no se les permite dejar cabos sueltos.

Se las agencia para remontar con el Fiat 500e de Mercè la ladera de la colina en torno a la cual ha crecido el barrio y, tras seguir los meandros de asfalto, sube por una calle bordeada por casas adosadas y edificios bajos. Gracias a la altura y a la inclinación del relieve, las vistas de la ciudad y los confines del Barcelonès Nord son increíbles. Un poco más arriba parece que se ha llegado al borde del fin del mundo y que pueda tocarse el cielo plomizo.

Va despacio al pasar por delante del piso de Xavier. El

edificio tiene una entrada singular porque está construido en una depresión de veinte metros de profundidad con respecto al nivel de la calle y para acceder a él hay que bajar una escalera de cuatro tramos largos. Al otro lado de la vía han aparcado un Toyota Corolla, en paralelo a la acera, con la mitad izquierda del vehículo sobre el pedregal al borde la cuesta. Al pasar por su lado, Issa ve a un tío en el asiento del conductor con la cabeza recostada, probablemente dormido.

Un poco más arriba hay otros coches estacionados, pero no puede detenerse a mirarlos todos. Con lo que ha visto ya le basta. Sigue bajando la cuesta y al doblar el primer recodo, aparca el Fiat a la derecha y sale del coche. No hay gente en la calle, el vecindario está callado y el viento ulula en las arboledas.

A pie, caminando con aparente desgana, va remontando la cuesta por la acera en dirección a la barandilla de la escalera, pero al comprobar que el tío del Corolla tiene los ojos cerrados, cruza la calle y se acerca con sigilo por el lado del conductor.

Sonríe.

El DOE se nutre de incompetentes. Es el drama nacional cubano desde hace sesenta y tres años: pérdida del *know how*, fuga de capital humano.

Su sigilo no atempera el sonido que hacen las suelas reforzadas de las Dr. Martens al avanzar sobre la grava, pero el tío, en vez de tener la ventanilla bajada, la ha cerrado para disfrutar del confort de la calefacción y no la escucha llegar. No tiene ninguna posibilidad de reaccionar.

Issa recoge un pedrusco pesado del suelo, abre la puerta del conductor con rapidez y golpea al hombre en la sien con la superficie del canto, todo en un solo movimiento fluido. Se escucha un crujido cuando el hueso parietal se quiebra; el hombre abre los ojos sorprendido y cae de costado sobre el asiento.

Fulminado. No es necesario maniatarlo. Tendrá mucha suerte si alguna vez recupera la mitad del coeficiente intelectual y la motricidad fina.

Issa se inclina sobre el cuerpo y busca armas que pueda incautar. Nada. Luego registra la guantera, pero tampoco hay suerte ahí. En los bolsillos del hombre hay un NIE de extranjero residente a nombre de Armando Desnoes, un mechero Bic de encendido eléctrico y una billetera con casi doscientos euros en efectivo. Ninguna tarjeta del CAP, de transporte ni bancarias. Sobre el salpicadero encuentra un móvil Xiaomi de gama baja que se mete en el bolsillo.

Sale del Corolla y cierra la puerta. Mirando hacia los lados, se dirige a la escalera que conduce a los bajos del edificio. Abajo hay un cantero de metal con arbustos escuálidos y arena rastrillada que siempre le hacen pensar en un jardín zen japonés, aunque la similitud sea pura coincidencia. También hay un banco de madera vacío y las abundantes colillas de cigarrillo en el suelo son indicio de una larga y aburrida espera de días. La portería es el umbral de un pasillo que conduce a la entrada a las escaleras, pues el edificio no tiene ascensor.

Llega al primer rellano y se detiene ante la puerta de Xavier. El silencio de adentro es rotundo. Quizá no haya nadie más apostado. Quizá el dormilón del Corolla es el único operador que tienen hoy a mano. Saca la llave.

A punto de entrar, el sonido de un móvil resuena en el interior de la casa.

Se queda helada.

No es el de Xavier.

Hay alguien dentro. La están esperando.

Se aparta de la mirilla de la puerta.

Un hombre de mediana estatura y hombros abultados abre la puerta de sopetón y se asoma con el teléfono todavía junto al oído. Issa se abalanza desde el costado, con la llave sujeta entre el pulgar y el índice a modo de punzón y se la hunde en el ojo. El tío suelta el móvil y cae hacia atrás aullando, fuera de combate, con sangre en los dedos de la mano que se lleva al ojo. Issa no pierde tiempo y empieza a bajar las escaleras del rellano a toda prisa antes de que aparezca el resto. Sabe que desde alguno de los coches estacionados más arriba en la cuesta, otro operador debe de haber avisado al que esperaba en el interior del piso y ahora vendrá corriendo a cerrarle el paso.

Llegar al pasillo es su estrategia de escape. Intuye que ellos vendrán por las escaleras, pero hay otras rutas de salida. El primer día que llegó al edificio, por fuerza de costumbre, se aprendió todas las salidas y pasillos.

Los que vienen a cerrarle el paso son dos hombres, y el hecho de que uno de ellos sea más ágil y delgado de manera considerable, y por tanto más rápido que su compañero, se convierte en una ventaja para Issa. Se dan de bruces a la salida del pasillo y ella es la primera en reaccionar; le lanza un golpe directo al rostro que él, sorprendido, consigue esquivar a duras penas y ella aprovecha la guardia alta para romperle la rodilla de una patada. El operador gruñe y cae de lado contra la pared, perdido el equilibrio. El rezagado aparece, jadeando y aquejado por el sobrepeso. Su rostro rubicundo suda copiosamente.

Issa lo mira. Hay quince metros entre ellos. Evalúa si vale la pena perder el tiempo enfrentándolo. No quiere volver a equivocarse.

El que está en el suelo intenta incorporarse apoyándose en la pared, pero le cuesta horrores con una pierna rota por la rodilla.

El rezagado resopla. Se lleva la mano al pecho, como si le fuera a dar un infarto, pero lo que hace es meter la mano en el bolsillo interior de la chaqueta y sacar una pistola. El condenado a cojear durante el resto de su vida se yergue mirando a Issa, se interpone entre ella y la línea de tiro, y esta aprovecha el instante de indecisión del hombre armado para dar media vuelta y correr por el pasillo que conduce a la otra salida del edificio.

No se detiene, esperando que al tipo con sobrepeso le falte valor y resuello para apresurarse hasta la salida y dispararle por la espalda en pleno día en vez de batirse en retirada y ocuparse de sus compañeros caídos antes de que llegue la policía.

No hay disparos.

Treinta segundos más tarde, va sentada al volante del Fiat. Resuella por el esfuerzo y lidia con el subidón de adrenalina. Baja la cuesta a toda pastilla para meterse en el tráfico de la ronda de Dalt.

12

—Tendrás que disculparme —dice Elenka mientras conduce por la avenida Meridiana rumbo al Vallès Oriental—, pero la escopeta Mossberg que viste, al igual que el coche, no es mía.

Mercè ha estado muy callada, la mirada fija en la carretera, reflexionando sobre lo que implica llevar un arma de fuego en el maletero. Eso significa que pueden presentarse problemas.

—Entiendo —asiente—. No es tuya. Va con lo que estamos cargando.

—Dicho así suena a desconfianza, querida. Es de los muchachos de Maxim. Probablemente la usen en las temporadas de caza menor en Lleida o tal vez para practicar el tiro deportivo en algún polígono.

—Sí, seguro que el señor Maxim tiene en nómina a los medallistas rusos del equipo olímpico de tiro.

—Noto un tonillo sarcástico en tus palabras —dice Elenka, que para nada suena ofendida—. No tengo la culpa de que sean tan deportivos.

—No te culpo. Pero me preocupa que esa arma sea para defender lo que estamos transportando a... a donde quiera que me lleves.

—¿Ves un arma y automáticamente concluyes que corremos peligro? Si esa es tu preocupación, te aseguro que nadie se atreverá a meterse con nosotras. No corremos ningún riesgo.

Dejan atrás el Hipercor.

—¿Puedo preguntarte qué transportamos?

—¿De verdad quieres saberlo, querida?

Mercè asiente sin añadir nada más.

—Ganancias —contesta Elenka—. Llevamos ganancias.

—Tenía miedo de que fueran drogas. Si nos parara la policía...

—No. Los chicos de Maxim no se dedican a eso, que yo sepa. El tema de las drogas lo gestiona la gente de Salou. Llevamos el dinero que Maxim tiene que entregar a la persona que está por encima de él en el esquema jerárquico. Si fueran drogas, no me pedirían que lo hiciera. Pero, lo que es más importante, a mí jamás se me ocurriría involucrarte a ti en un asunto como ese. Dame un voto de confianza.

—Te lo estoy dando —dice ella. «O al menos lo intento», piensa—. Pero nos conocemos desde hace muy poco y, en mi cultura, construir la confianza y la amistad lleva tiempo y muchas muestras de honestidad.

—El tema es que la honestidad está muy sobrevalorada en los tiempos que corren —replica Elenka concentrada en la C-33; de tanto en tanto le echa un vistazo al navegador GPS—. He visto a mucha gente ocultar su ambición y maldad detrás de una perfecta máscara de ciudadano honesto y leal. Y ya que hablamos de confianza, ahí está el ejemplo de Issa, una completa desconocida por la que arriesgaste tu empleo y tu seguridad y, de paso, la mía. ¿Cómo consiguió ganarse tu confianza?

—¿Lo dices por celos o para picarme?

—Un poco de ambas, querida —responde Elenka—, para

poner las cosas en perspectiva. Celebro tu empatía, pero también aspiro a comprenderte.

—Ya te lo expliqué —dice Mercè mientras contemplaba desfilar el paisaje urbano de Sant Andreu a través del cristal de la ventanilla—. Fue un salto de fe, al igual que lo diste tú por mí cuando aparecí en tu puerta con una emergencia.

—Comprendo. Fue un compromiso y, a mis ojos, estuviste acertada. Pero me preocupa vuestro vínculo. Creo que Issa es una chica complicada. Ahora vive en tu casa, tal vez por un tiempo largo, y puede que sus problemas vengan detrás y te atropellen a ti.

—Me dijo que estaba trabajando en eso, que piensa marcharse, pero para hacerlo necesita dinero y contactos para trazar una estrategia. Los que van a por ella tienen recursos y la firme decisión de no cejar.

—Esa es justo mi preocupación, que vuelvan a localizarla y que tú sufras las consecuencias —asiente Elenka—. ¿Te ha dicho por qué la persiguen?

—Me ha comentado algunas cosas. Fue una agente cubana de operaciones en el exterior durante dos años y luego desertó. Al parecer, tuvo que ver con cierta crisis personal contra los valores que su institución defiende y propaga. Manipulaciones y traiciones. Dejó de creer en la causa.

—No le gustaron las cosas que se vio obligada a hacer, me imagino.

—Supongo. Y puede que el empujón final fuera una conversación que tuvo con su padre, antes de que el hombre muriera y a ella la destinaran a París.

Elenka obedece la sugerencia del GPS y toma un desvío y deja la C-33 para cambiar a la C-17. Mantiene la velocidad a ochenta kilómetros por hora.

—Es una chica educada, con recursos, hay que reconocerlo —comenta—. Se nota que ha viajado y la han entrenado bien. Durante el tiempo que estuvo en el hotel conmigo habló en ruso con fluidez, y también habla inglés, catalán, francés y alemán. Me contó que conocía Nevski prospeckt, en San Petersburgo, y Arbat en la zona del centro histórico de Moscú, que había estado en la plaza Roja, en el GUM, el mausoleo y la catedral de San Basilio, y yo me preguntaba todo el tiempo cómo hace una tía de veintisiete años oriunda de un pueblito de mala muerte de la zona central de Cuba para conocer con tanto detalle lugares donde yo misma nunca he estado.

—La entrenaron, como dices. Ha visto mundo.

—Sí, pero en mi opinión está marcada, señalada por la *t'my*.

—No entiendo qué quieres decir con eso.

—¿La *t'my*? Oscuridad. Esa chica está marcada por la oscuridad.

Mercè busca su mirada.

—¿Qué oscuridad? ¿De qué hablas?

La conductora sigue con la vista fija en la autopista.

—Son cosas nuestras. Tú no las entenderías.

—¿Cosas vuestras? ¿A qué te refieres? Venga, no me dejes en ascuas.

Elenka suspira. Luego dice:

—En la tradición mitológica eslava existe un espíritu en pena llamado Sery Volchitsa, la «loba gris». Según el folclore norteño, Volchitsa vive en la oscuridad del inframundo, pero a veces consigue encarnarse en las mujeres desoladas para caminar por el mundo de los vivos. Sin embargo, cuando toca un alma humana con su *t'my*, la oscuridad del abismo transforma a la persona encarnada. Yo veo esas señales de tormento en Issa.

Mercè está convencida de que se trata de superstición, aunque no se atreve a expresarlo. Elenka lo ha explicado con reticencias, pero su tono ha sido firme.

Va a objetar algo, pero cambia de opinión y se queda callada.

El motor del Audi ronronea y el paisaje afuera sigue pasando veloz.

—No me crees, ¿verdad? —pregunta Elenka.

Mercè permanece en silencio.

—Vale —dice Elenka—, te advertí que no lo entenderías. Ahora llámame supersticiosa si lo deseas, pero te diré algo por tu propio bien: Issa, aún sin saberlo, está luchando contra ese espíritu y nadie sabe cuál será el desenlace, porque Volchitsa es una guerrera feroz y muy fuerte. Pero la luz y las tinieblas no pueden convivir juntas. Una de ellas prevalecerá.

13

Issa deja el coche en un aparcamiento público cercano a las Ramblas y cruza el puente basculante de Port Vell en dirección al Maremagnum. El puente de madera vibra: amantes que se besan, guiris que se hacen fotos y gaviotas que chillan. Las Golondrinas, estacionadas al pie del puerto, rebosan de turistas ávidos de una travesía marítima frente al litoral.

Atraviesa el centro comercial y se aleja de las carpas de los restaurantes al aire libre y los establecimientos de comida rápida de la plaza Odissea. Por detrás del cerrado Cinesa sigue el sendero adoquinado del muelle hasta llegar a la espalda del Acuarium. Hay un yate de lujo enorme amarrado al muelle. Se apoya en un bolardo de hierro fundido pintado de negro y saca el viejo Nokia. Mira hacia los lados. Dispone de tres rutas de escape: de vuelta a L'Odissea y al puente basculante, a través de la plaza Ictíneo hacia el nacimiento de la vía Laietana y, en caso de urgencia extrema, puede saltar al agua y atravesar el puerto a nado hasta la otra orilla.

Marca en el teclado un número que ha memorizado hace mucho.

Escucha los tonos de línea internacional. Siete pitidos.

Un hombre que habla con voz profunda y acerada atiende la llamada.

—Soy yo —dice ella.

—Sí —replica el hombre—, supuse que eras tú. No diré que no me alegra escuchar tu voz, pero la verdad es que, cuando menos, me resulta bastante decepcionante. ¿Tienes alguna justificación?

—Circunstancias excepcionales.

—Me imagino. Por lo menos no es una videollamada.

—Nunca uso smartphones —dice Issa—. Tú no lo habrías recomendado.

—¿Has tomado precauciones o tengo que asumir que tus actuales circunstancias excepcionales te lo impiden?

—Sí, he tenido cuidado. Pero sé que tú también. Debes de haber encendido el codificador en cuanto viste un prefijo europeo en el móvil.

—Eso asumiendo que yo siga estando de tu parte...

—No tengo que asumirlo —dice Issa con firmeza—. Sé que estás conmigo hasta la muerte. No necesito llamarte cada seis meses para renovar nuestra lealtad mutua y absoluta. Si no fuera así, ya te habrían convencido para venir a capturarme. Saben que eres el mejor.

—Lo intentaron hace un año y medio cuando rompiste el cerco en Berlín. Estaban tan frustrados que decidieron pedírmelo. Qué desfachatez. No creo que, después de lo que pasó, a ningún oficial se le vuelva a pasar por la cabeza tal ocurrencia.

—Podrían presionarte.

—No tienen dónde ejercer presión, créeme.

—¿Cómo está mi madre?

Un breve silencio del otro lado de la línea. El silbido del viento.

—Ella está bien, dentro de lo que cabe —responde el hombre—. Después de la muerte de tu padre me he estado encargando de que no le falte nada. Lo hago con discreción, a través de canales apropiados. Tu madre es consciente de que no debes llamar. Pero ¿sabes una cosa?, todo esto está pasando porque nadie escucha, nadie hace caso. Hace seis años, cuando me pidieron que te entrenara, les dije que la cosa no saldría bien a largo plazo. Que estallarías, que no podría convertirte en un soldado autista, como lo fui yo mismo durante mucho tiempo. Se lo dije y no me hicieron el menor caso. Te vieron como una herramienta de acción inmediata y eso les bastó. Su mentalidad cortoplacista no dio para más.

—Es una plaga, el cortoplacismo de los políticos en todos lados, la miopía de los que toman decisiones... Qué se le va a hacer. ¿Dónde estás?

—Donde siempre —dice él—. En mi feudo, ya sabes. Hace un día soleado, pero el mar está inquieto y el viento del norte se comporta como si este febrero quisiera acordarse de lo que fue ser febrero cuando yo era niño.

—Lo que daría por estar contigo allí...

—Lo que no tienes. Y tampoco te conviene. Ahora dime qué pasa.

—Estoy corriendo.

—Ajá, pero ese correr tuyo empezó hace ya tres años, no es nada nuevo. ¿Qué ocurre ahora, te rompiste las piernas?

—Sigo con piernas, pero me han cortados las alas y no puedo volar.

—Te has quedado sin liquidez, ¿no? —pregunta él.

—Exacto. Pero no te he llamado para que me envíes dinero.

—No pensaba que fuera por eso. Te enseñé casi todo lo que sé, y una de esas cosas fue agenciarte presupuesto a voluntad.

—Sí, pero necesito el tiempo para trabajar en conseguirlo. Y me tienen casi arrinconada. Estoy varada en una ciudad.

—¿Varada? Será la primera vez que te ocurre.

—Lo que pasa es que me gusta mucho este sitio. Lo conozco y pensé que podía echar raíces aquí. Pero me encontraron hace pocos días y la cosa se me ha complicado bastante.

—¿Estás durmiendo en la calle?

—No. He conseguido un islote; algo temporal, con fecha de caducidad.

—Okey. ¿Qué quieres de mí?

—Tiempo. Necesito tiempo.

—¿Ves?, eso es algo que una persona joven como tú no puede esperar de un viejo como yo. El tiempo es una de las pocas cosas que no puedo darte.

—Sí que puedes —dice ella—. Puedes ayudarme a ganarlo.

—Veo que tienes en mente algo concreto. ¿Te explicas?

—A eso iba. Necesito hacerles un crochet. Uno que les deje con la cabeza dando vueltas, tan mareados que necesiten tiempo para reubicarse y yo pueda maniobrar para resolver mis carencias y salvar el obstáculo.

—Entiendo —dice el hombre—. Necesitas un golpe lateral contundente. Pero yo no tengo acceso a los expedientes de esas operaciones. Ni siquiera sé en qué ciudad estás.

—Estoy en Barcelona. Necesito la localización de la casa refugio local.

—Eso tomará cierto tiempo. Tengo que desempolvar contactos seguros.

—Te puedo ayudar con algo —replica ella—. Hoy tuve un encontronazo con un equipo de vigilancia y conseguí la tarjeta de residencia de uno de ellos. El susodicho se llama Armando Desnoes y en su NIE aparece una dirección fija de Gijón, Asturias, pero el tipo está destinado aquí.

—Suelen moverlos por toda la península —comenta él—. Los del CNI los descubren de vez en cuando en movidas turbias y los expulsan del país. Léeme el resto de los datos del tal

Desnoes y veré qué puedo hacer por ti con la mayor brevedad posible.

Issa lo hace. Él toma nota mental; tiene una memoria prodigiosa.

—Bien —concluye él—. ¿Podrás mantenerte a flote durante una semana?

—No creo. Están muy activos. Ese oficial al que sacudiste hace año y medio debe de seguir echando chispas. Se lo ha tomado demasiado personal.

—No me eches a mí la culpa de tus pesares. Llámame dentro de tres días. Algo en firme tendré para entonces.

—Gracias.

—Sí. Sé cuidadosa. Adiós.

Issa cuelga y se queda pensativa por un instante, un poco triste. En el cielo, una bandada de gaviotas cruza sobre el puerto en dirección a la Barceloneta.

Toma impulso, lanza el móvil al agua y se marcha de allí.

14

—Su nombre es Oleg Medved, pero todos lo llaman Oso —le explica Elenka mientras abandonan la autovía autonómica a la altura del pasaje Ripoll y toman un desvío por la carretera Puigcerdà, las siluetas rectas de los abedules blancos pasan veloces a un costado del camino y un frondoso pinar piñonero destaca a lo lejos.

—¿El Oso? —repite Mercè.

—Sí. Lo llaman así por tres razones. Primero, por su apellido, Medved, que significa literalmente «oso», aunque nunca se sabe si él mismo se lo cambió con tal intención. Segundo, porque Oleg es un tío muy alto y con el cuerpo bastante velludo y, además, lleva barba. Y tercero porque su carácter es... —Hubo un momento de duda.

—¿Taciturno?

—No —la rectifica Elenka—. A Oleg le gusta vivir solo, alejado de cualquier interferencia, pero no es taciturno. Todo lo contrario, es un hombre dado a bravatas, alardes de maldad y abusos de poder. Le encanta meterle el miedo en el cuerpo a la gente, provocarles inquietud.

—Un mal bicho, por lo que dices.

—Sí, bastante. No tienes idea. Muchos cuentan que la principal razón de que lo llamen Oso es porque Oleg es un tipo excesivamente iracundo, dado a la violencia, como nuestro oso pardo siberiano, un animal irritable y bastante temible.

—¿Y a ese espécimen violento es a quien le llevamos dos maletas llenas de dinero de dudosa procedencia?

—Exacto —asiente Elenka—. Él es el encargado de verificar el monto exacto de la entrega y hacérsela llegar al destinatario. Temas de jerarquías y rangos de responsabilidad. Oleg es un soldado veterano de las campañas en Chechenia, estuvo con las tropas rusas mercenarias en África y desde hace unos años está asociado con los negocios de Maxim en calidad de intermediario. Es una bestia curtida en mil batallas. Hay que tener mucho cuidado con él. Ser firmes, pero actuar con tacto, sin menoscabar su orgullo o provocar su ira.

—Me traes a la guarida de un asesino volátil e inmanejable y me adviertes que tenga extremo cuidado con lo que diga o haga —dice Mercè con recelo—. Ahora soy yo la que empieza a cuestionarse la desproporcionalidad de nuestra relación.

—Sí, pero tampoco tiene mucha ciencia. Compórtate de manera protocolar, como cuando estás en la recepción del hotel. O, si lo prefieres, no hables.

—¿Peligra nuestra seguridad? Dime si tengo que entrar en ese sitio escoltándote con la escopeta que llevas ahí.

Las comisuras de los labios de Elenka se curvan en una sonrisa.

—Ah —dice con mofa—, ¿sabes disparar una escopeta?

—Nunca usé una como esa, pero cuando era adolescente acompañaba cada temporada a mi padre al coto de caza del Segre en Lleida y he disparado más de una vez, básicamente contra perdices y codornices. Es cuestión de apuntar y apretar el gatillo, ¿no?

—Bueno. Ahora ya sé que, además de empática y dulce, puedes manejar un arma.

—Te burlas, ¿verdad?

—No. Lo digo con satisfacción. Me hace sentir mejor acompañada.

—Bueno, nunca disparé a nada mayor que una perdiz.

—Por algo se empieza. Pero no, no te preocupes. No tendremos ningún problema con el Oso.

Suben por un camino de tierra apisonada y avanzan hasta divisar una casa de dos plantas y techado de tejas terracota; piedra, hormigón y carpintería metálica en las ventanas y un gran porche delantero. La propiedad está rodeada por un vallado alto de barras de acero por detrás del cual surge una tupida hilera de moreras que impiden inspeccionar el patio desde fuera. Sobre el conjunto se alza, como reliquia, una araucaria australiana de unos veinte metros de altura que destaca sobre el paisaje circundante de abedules.

La verja de entrada está cerrada, asegurada con un Yale Smart Lock, lo cual es ya una declaración de intenciones en sí: mantente alejado.

Elenka detiene el Q3 frente a la verja, saca el móvil y hace una llamada. Le responde una voz ronca.

—Estoy aquí —dice ella, y cuelga.

Esperan en silencio algo más de un minuto con las ventanillas bajadas. El viento les trae el olor ahumado de los abedules y una tenue fragancia a lavanda que baja del norte. El graznido de un arrendajo posado en la conífera le da un mal pálpito a Mercè.

El dispositivo Yale emite un pitido corto seguido de los chasquidos de unos pernos al deslizarse y la verja se abre de par en par a un caminito de cemento que llega hasta el porche delantero de la casa. Hay tres perros a la vista: una dóberman de pelaje negro, orejas puntiagudas y cuerpo tenso y dos rottweilers enormes y musculosos de actitud amenazadora. Ninguno les ladra, lo cual significa que morderán sin avisar y sin dudarlo.

Elenka detiene el Q3 junto al porche y apaga el motor.

—Vamos —le dice a Mercè antes de bajarse del coche.

—No lo creo —dice Mercè, amedrentada por la mirada de la dóberman, que ha dado la vuelta al vehículo y se ha sentado a un par de metros de su puerta.

—Olvídate de los perros —dice Elenka con una expresión muy seria.

—Perdona —replica Mercè, y señala con la barbilla a la dóberman—, pero cuando me desperté esta mañana no se me ocurrió pensar que podría terminar el día masacrada por esa cabrona que no deja de mirarme.

Elenka ignora a la pareja de rottweilers y da la vuelta. Abre la puerta del asiento de Mercè y le tiende la mano.

—No seas dramática. No te morderán si su dueño no se lo ordena. Están bien adiestrados.

—Ese es el problema. ¿Qué pasa si le caigo mal al dueño?

—A Medved le cae mal casi todo el género humano —dice Elenka, y los tres perros alzan las orejas al unísono al escuchar el apelativo «Oso» en ruso—, pero no creo que sus perros se atrevan a tomarse atribuciones. Vamos, querida, lo único que tienes que hacer es no mirarlos a los ojos.

—No me atrevo ni a salir del coche. Ahora mismo me cuesta mover un músculo. No para de observarme.

Elenka se interpone entre Mercè y la perra, que está sentada sobre el césped.

—Esa es la especialidad de Baba Yaga —le explica. La dóberman cambia de postura al escuchar su nombre, pero no aparta la atención de Mercè—. Te mira a los ojos para desafiarte, para ver si respondes. Si la ignoras, te dejará en paz.

—¿Baba Yaga? ¿Cómo la bruja del folclore ruso?

—Así es. Y los rottweilers se llaman Leshi y Gorynych. Los tres perros tienen nombres de demonios eslavos porque Oleg es un tradicionalista empedernido.

—No sé. Y ¿no podría esperarte aquí en el coche mientras tú entras ahí y entregas esas maletas? Seguro que ese tradicionalista empedernido no habla ni castellano ni catalán. Y yo no hablo ruso.

Elenka se inclina un poco hacia ella y dice:

—Querida, estás aquí para acompañarme. Es un favor que me haces. Uno muy especial, créeme.

Hay algo que vibra en su voz y activa un resorte emotivo en Mercè, una tenue súplica en los ojos azules de Elenka. «Necesita tu presencia —piensa—. Llegó el momento de honrar la deuda. Ella respondió a tu requerimiento aquella noche en el hotel. Ahora tú debes responder al suyo».

Quid pro quo.

Acepta su mano y sale del coche.

Baba Yaga protesta con un silbido, casi un quejido, pero no se mueve de su posición. Los rottweilers parecen estatuas corpulentas que observan en silencio.

Las dos chicas van a la parte trasera del coche y sacan las maletas. Los billetes, o lo que sea que cargan, pesan bastante. Las ruedecillas dobles rechinan bajo el peso al rodar sobre el cemento rugoso de la entrada.

Suben al porche y tocan la puerta.

—*Dabay, dabay* —escuchan una voz ronca desde el interior que les ordena que pasen; una voz gutural, carente de amabilidad, paciencia o indulgencia.

Entran en la casa, donde hace más frío del que Mercè espera, aunque pudiera tratarse de una impresión muy subjetiva, y se toma la libertad de cerrar la puerta a sus espaldas, dejando a los tres perros fuera.

El Oso Oleg no está a la vista.

Mala iluminación. Pocos muebles: taburetes de madera sin respaldo y una mesa abarrotada de botellas de vodka vacías. Olor a humedad, a bosque y pelaje mojado de perro, a comida echada a perder... Y a miedo, olor a miedo, como si hubieran sometido a alguien a torturas en algún rincón de aquella casa y el sufrimiento, la angustia y el dolor exudados por la víctima se hubieran quedado impregnados en las paredes.

O tal vez Mercè se ha dejado llevar en exceso por la autosugestión y está imaginando cosas. El montón de tópicos sobre hombres violentos y mafias sanguinarias que acude a su cabeza quizá le juegan una mala pasada.

En la pared de detrás de la mesa, sobre la estufa de butano, cuelga un tapiz tradicional ruso cuyo tejido colorido ilustra la figura de un oso pardo que parece contemplar la silueta lejana de una basílica ortodoxa en la cumbre de una montaña. Sobre una suerte de altar rústico pagano descansa un tótem ejecutado en madera blanca y hay velas de cera negra y roja encendidas, máscaras hechas con corteza de árbol y cálices de plata, como si Oleg tuviera debilidad por el sincretismo.

Elenka le hace un gesto y dejan las maletas junto al altar.

Mercè se fija en un anillo enorme que descansa al pie del tótem. Es de plata bruñida con los costados del chatón decorados con letras cirílicas y en la cabeza rectangular hay un grabado que muestra a un caballero con una armadura medieval sobre un corcel encabritado que lancea a un dragón. Mercè pensaría que se trata de una imagen de Sant Jordi si no fuera porque la criatura tiene tres cabezas. Se pregunta de qué tamaño serán las manos de un hombre cuyo dedo anular encaje en ese aro descomunal.

No tiene que esperar mucho.

Sienten la presencia del Oso —o tal vez la huelen— a sus espaldas.

La voz cavernosa escupe las palabras al hablar. Dice algo que Mercè no puede entender, pero en ningún caso parece expresar júbilo o bienvenida.

El Oso está parado en el umbral de un pasillo que conduce

al interior de la casa. Y, en efecto, sus dedos y sus manos son enormes. Él es enorme, un gigante, más de dos metros de estatura, con evidentes signos de acromegalia en la frente abultada, la mandíbula excesiva y el mentón prominente.

El costurón de una herida mal cicatrizada le cruza en vertical el lado izquierdo del rostro, desde el nacimiento del pelo sobre la frente hasta la barbilla oculta. Hace una mueca horripilante, consciente del efecto que es capaz de causar. El oro reluce en su dentadura y los ojos tienen la mirada más cruel que Mercè ha visto en su vida. El cabello del Oso es hirsuto, salpicado de hebras grises al igual que su barba, y tiene el cuerpo cubierto de pelo negro en el pecho, los brazos y las piernas. Porque va desnudo, completamente desnudo, excepto por la botas del ejército que calzan sus pies enormes.

Y hay sangre en su pecho. Sangre reciente: cuajarones rojizos, manchas que chorrean y se escurren sobre la piel del abdomen y el miembro viril enorme que le cuelga entre la pelambre de la ingle y gotean sobre el embaldosado del suelo.

Tiene las manos tan manchadas que parecen pintadas de rojo.

Elenka se enfurece al verlo sin ropa.

—¡Oleg! —le grita Elenka con ojos sorprendentemente furibundos. Suelta algo en ruso que suena a imprecación y empieza a decirle palabras veloces que, a oídos de Mercè, contienen grandes dosis de recriminación.

El Oso sonríe con desdén al escucharla y dice en español:

—En las entrañas del moribundo está escrito el destino del superviviente.

Se da media vuelta —tiene la espalda y los glúteos cubiertos de vello—, inclina la cabeza para no tropezar con el arco de piedra que forma la entrada al pasillo y desaparece en la oscuridad.

—¿Qué ha querido decir con eso?

Elenka niega con un gesto de cabeza.

—Nada. Cosas de borracho. Ignóralo.

Esperan en silencio. El viento ulula al pasar entre las persianas abiertas. Por el pasillo reaparecen los corpulentos Leshi y Gorynych, que han dado un rodeo a la casa y entrado por la puerta del patio trasero. Deben de pesar sesenta kilos cada uno. Se achantan en el suelo de la sala, con la lengua afuera y las orejas pegadas a sus grandes cráneos sin dejar de mirar a las dos mujeres. En sus ojos amarillentos, lejos de haber nobleza, arde el desafío.

Baba Yaga no los acompaña. Quizá ha perdido el interés en las visitantes.

Pasan alrededor de cinco incómodos minutos y Oleg regresa. Su idea acerca de ponerse algo de ropa consiste en unos pantalones de camuflaje multiescala recortados por las rodillas, pero su torso sigue manchado de sangre, aunque se ha lavado las manos y los antebrazos. Trae vodka Beluga y tres vasos de cristal y da la impresión de creer que ellas están interesadas en beber con él. Aparta una botella con restos de Stolichnaya y la deja caer en un cubo metálico que hay bajo la mesa y que hace de cementerio de vidrios vacíos, coloca los tres recipientes de cristal sobre la mesa y los llena a rebosar.

—Adelante —invita. Habla bien castellano, aunque tiene mucho acento.

—Yo no puedo beber alcohol, Oleg. Hoy tengo que trabajar y, además, estoy tomando medicamentos —dice Elenka—. Y mi amiga es la que conduce, así que tampoco puede beber.

La caverna de los dientes de oro hace otra mueca burlona. El aliento del Oso es similar al olor que despide el pelaje oscuro de los dos rottweilers.

—Entonces déjala beber a ella y conduce tú cuando vayáis de vuelta.

—*Nyet*. No tiene gracia. Ella no va a beber.

—¿Me vais a obligar a beber solo? Eso trae mala suerte.

—No te inventes excusas —replica Elenka—. Sabes muy bien que esto no es una visita social. Vine, en contra de mi voluntad, porque Maxim necesitaba que te trajera la recaudación, *ty panymaech?*

—Sí, claro que te entiendo. Pero has venido acompañada y no quiero que luego vayan por ahí acusándome de descortesía. Ya bastante mala fama tengo, ¿verdad? —Y suelta una estruendosa carcajada que rebota en las paredes.

Elenka es una dama de hielo, pero la tensión empieza a afectar a Mercè.

Él acerca un taburete que tiene las patas y el asiento de hierro reforzado y se sienta frente a ellas. Las patas rechinan bajo su peso. Incluso sentado es más alto que Mercè. Coge uno de los vasos llenos de vodka y se lo tiende. Ella lo agarra de manera mecánica, sin saber qué hacer.

—¿Y bien? —pregunta Oleg.

—No va a beber —repite Elenka con tono gélido—. ¿Acaso no vas a hacer el Plan 11 con la recaudación?

—Ya es muy tarde para eso —dice. Se bebe el contenido del vaso de un solo trago y se sirve otro—. ¿Vais a condenarme a la mala suerte por beber solo teniendo compañía? Venga, sentaos...

—No vamos a beber, ya te lo dije, Medved.

—Venga, pequeña, no seas aguafiestas...

—Aquí no hay ninguna fiesta. Solo estás tú y tus estúpidos animales que viven sin amor y ese afán tuyo por avasallar a los hombres.

—¿Avasallar? No sé qué significa esa palabra.

—Tampoco sabrás lo que significa si te la repito en ruso —le dice Elenka despectiva, que se deja llevar por una furia inusitada, y se ve tan hermosa que Mercè siente deseos de besarla—. Porque eso es lo que haces: avasallas al resto de los hombres para sentirte invencible. Para llenar tu existencia vacía.

Él vuelve a tomarse la bebida de un trago. Llena el vaso por tercera vez.

—¿Piensas que mi existencia está vacía? —dice Oleg, entrecierra los ojos llenos de oscuridad. Por un instante es el abominable hombre de las nieves que rumia en la soledad de un páramo.

—Sí —le contesta Elenka—. Los avasallas y aplastas porque estás vacío y roto. Pero aquí, ahora, no hay hombres frente a ti. Solo somos dos mujeres a las que estás intentando atemorizar.

Oleg se bebe el tercer vodka y pregunta con calma:

—¿Va a beber tu amiga conmigo o no?

—No creo. ¿Y tú vas a hacer el Plan 11 ahora o nos largamos? Me basta con decirle a Maxim que hice la entrega y que tú...

—Me importa mil cojones lo que le digas. Maxim no es nadie. Es solo un maricón que se tiñe el pelo, se hace las cejas y usa perfumes y ropa interior de marcas italianas. Dicen que incluso se afeita las pelotas...

—Pues nos vamos.

—Si una de vosotras no bebe conmigo, voy a tener que obligarla...

—Primero vas a tener que pasar por encima de mí.

—Ay, pequeña, podría dominarte con una mano y con la otra obligar a tu amiga a hacer lo que yo quiera.

Elenka suelta un resoplido y avanza un paso hacia el titán.

—Ya lo hiciste una vez, Medved. ¿Crees que Kurkov te lo dejará pasar si lo vuelves a hacer?

Los ojos del Oso bizquean un instante. Sin levantarse, lanza el vaso contra la pared y barre la botella de encima de la mesa. El vaso estalla contra el marco de la ventana y la botella se hace añicos al caer al suelo.

A Mercè le empieza a temblar la mano que sostiene el vaso lleno que Oleg le ha dado.

El Oso se pone en pie con ímpetu y vuelca el taburete al suelo. Sus puños son tan grandes como el corazón de un toro Miura y su espalda abultada es tan ancha como una puerta. Los rottweilers se incorporan, esperando la señal de su amo. Desde lo alto, el gigante ruge:

—¡¿Te crees que le tengo miedo a Kurkov?! No me jodas. Cuando tú aún no habías nacido, yo me desayunaba a dos chechenos más duros que él antes de las nueve de la mañana cada día. Cuando estuve con los Wagner en África y Siria, me hacía collares de orejas cortadas de tipos que aplastarían a Kurkov con las manos desnudas.

Elenka, contra toda prudencia, se mantiene firme.

—Pero ahora ya no estás en Chechenia, ni en África ni en Siria. Estás borracho y causando problemas para no tener que cumplir con tu deber.

El gigante y la dama de hielo se miran con odio.

—Beberé —interviene Mercè—. Me beberé el puto vodka.

Ambos se vuelven a mirarla. Ella levanta el vaso y se lo apura. Le quema la garganta, pero el Beluga es excelente y tampoco es la primera vez que Mercè se echa al coleto un chupito de vodka.

—*Nazdarovya* —dice ella, y se tapa la boca para atenuar un eructo.

Elenka palidece.

Oleg sonríe con fiereza y declara:

—*Nazdarovya!* No era tan difícil, después de todo. ¿Quieres otro?

Mercè niega de manera enfática y dice:

—No. Lo que quiero es saber por qué hay sangre en tu pecho.

—¿Qué? —pregunta Elenka.

Mercè deja el vaso sobre la mesa y repite:

—¿De dónde ha salido esa sangre, Oleg? Estamos socializando, ¿no?, así que me merezco una respuesta.

El Oso se queda en silencio. Todo asomo de furia se ha desvanecido de su rostro. Mete la mano bajo la mesa, recupera del cubo la botella con restos de Stolichnaya y le da un trago.

—He estado matando animales para comer, como estuvieron haciendo mis antepasados durante miles de años. —Sus ancestros, explica, eran una tribu de gigantes cuya sangre se había mezclado con la de los tártaros del Volga y que había controlado vastas regiones en los Urales hasta que los descendientes de la Rus de Kiev llegaron y destruyeron su hegemonía.

—¿Y qué significa eso de que en las entrañas está escrito el destino?

—¿Dije eso?

—Sí, lo hiciste... —dice Mercè; siente el calor del vodka revolviéndole el estómago. Le sobreviene una arcada, pero la contiene. Levanta la mano—. Me siento mal... Espera, ya luego me lo cuentas. Ahora necesito un lavabo con urgencia. Creo que voy a vomitar.

Elenka inquiere a Oleg en ruso y lo culpa. Palabras de desconfianza. Él niega con un gesto y luego le responde algo.

—El lavabo está al final del pasillo, a la izquierda —le explica Elenka.

Ella apura el paso en la dirección indicada. Leshi y Gorynych la siguen con la mirada y se incorporan. Oleg les grita algo en ruso y vuelven a echarse.

Las náuseas se le van pasando a medida que va alejándose de la atmósfera caldeada de la sala, deja atrás el olor a pelaje mojado y el ardor del estómago remite. De todos modos, quiere echarse agua fresca en la cara para despejarse por completo. Se siente como si hubiera estado metida en un tanque de agua turbia y hedionda, reteniendo la respiración durante mucho tiempo.

Se confunde al llegar al final del pasillo.

Entra en la habitación de la derecha. Le ocurre a cualquiera.

Y se tropieza con los cadáveres.

Sobre el suelo de la habitación hay cuatro cuerpos desnudos envueltos en plástico de embalaje. Es transparente y se ven las muecas de terror en el rostro. Es evidente que han muerto chillando, encogidos y crispados de dolor. Los signos de tortura son visibles, pero definitivamente han muerto atacados por los perros de Oleg; se notan las mordeduras en el rostro, desgarramientos en los genitales, en la garganta y en el torso. La sangre —la misma que cubría el cuerpo desnudo del Oso cuando ellas llegaron— se ha escapado por algún doblez del plástico y, al extenderse por el suelo, adquiere un brillo extraño bajo la luz halógena.

Mercè da marcha atrás y siente la vorágine resurgir en el estómago de golpe, entra corriendo en la habitación correcta, se arquea sobre el lavabo y vomita todo lo que ha comido desde que despertó esa mañana.

Luego se le aflojan las piernas y se sienta en el suelo, abrazada al pedestal de cerámica del lavabo; agradece el frío de la loza en su mejilla. El suelo es antiguo, con un diseño de damero, de baldosas cuadradas que alternan dos tonos. Piensa en la noche que encontró a Issa herida, aovillada y a punto de perder el sentido. Se estremece.

Cuando cree que la cosa ya no puede empeorar más, escucha el sonido de las patas de la dóberman entrar al baño y pararse junto a ella. Ojos fríos y feroces. Le acerca las fauces al rostro y, cuando sus miradas se encuentran, Baba Yaga retrae los labios, saca los colmillos y gruñe.

El aliento de la perra es nauseabundo.

Entre los afilados molares aún quedan rastrojos de carne humana.

15

En la noche, la luz de las farolas de la calle Parlament alargan las sombras.

Issa está sentada en posición de loto, arrebujada entre mantas en el sofá que hay junto a la ventana mientras espía el movimiento de la calle. A su lado, el radiador eléctrico hace ruidos raros y da la batalla con timidez, como una máquina indolente e insatisfecha. La tele está encendida con el volumen al mínimo, ponen una peli titulada *La llegada*. En la pantalla, Amy Adams y Jeremy Renner, vestidos con trajes espaciales, se deslizan por el embudo de un constructo para ir al encuentro de unos seres extraterrestres que han venido a la Tierra para ofrecerle un nuevo don a la especie humana.

Issa sonríe con amargura al pensar en ciertos dones de la especie humana.

Astucia y crueldad. Paranoia y agresividad. Persistencia e instinto asesino.

Es tarde y Mercè no ha vuelto a casa, pero tampoco lo espera. Tenía una cita con Elenka y ella es consciente de que los derroteros trazados por el amor y el deseo son imprevisibles y están llenos de bifurcaciones. Por otro lado, al tirar el móvil al agua, ha dejado a la mujer sin posibilidades de llamarla.

Se queda dormida y vuelve a soñar con cosas que nunca ocurrieron: cenizas de la chimenea del ingenio azucarero caen sobre el cañaveral mientras ella avanza por el sendero y la voz de su madre se va desvaneciendo en la distancia.

El sonido agudo del interfono la despierta con un sobresalto.

«Ya están aquí —le grita el complejo-R desde lo más profundo de su cerebelo—. Han terminado por volverte a encontrar. Otro cerco».

Se pone en pie de un salto y se acerca al aparato, que vuelve a sonar con insistencia. Es un modelo reciente, así que la pantalla se ilumina y le muestra a una mujer de cabello moreno, con el flequillo cortado y rasgos fuertes, que mira fijamente a la cámara. Viste un abrigo largo y grueso de color gris verdoso y lleva pendientes de perla en las orejas.

Issa escruta la mirada, la expresión de la mujer.

No parece demasiado sospechosa. Pero tiene ojos sagaces.

Cautela. Lo mejor es esperar, sin responder.

Se queda mirando la imagen. Ve que la desconocida se pone a marcar otros números de la finca por probar a ver quién le abre, cosa que al final ocurre. Le preguntan quién es y dice que es policía; su acento marcado la identifica sin dejar duda. Es una agente local, o dice serlo. La mujer entra en la finca, pero está sola. Tiene que ser muy buena si el DOE la ha enviado sin refuerzos a enfrentarse a ella.

Issa va a la cocina y toma un cuchillo de la marca Huusk, de acero inoxidable y mango de roble macizo, ideal para cortar y deshuesar y, por descontado, un arma adecuada en manos expertas. Quizá lo que debería hacer es ponerse vaqueros y zapatillas —habida cuenta de que, aunque viste un jersey de lana con la figura tejida de un estúpido reno en el pecho, va en bragas y descalza—, salir a toda prisa por la ventana de la cocina, descolgarse hasta el patio de luz cuya puerta da al pasaje entre las dos fincas y escapar.

Pero no. No va a hacer eso. Si es una operadora del DOE, la enfrentará. Con suerte, podrá sacarle información sobre el estado de la cacería.

Tocan a la puerta. Han usado los nudillos para reforzar la idea de actitud y autoridad, en consonancia con el proceder de los agentes de la ley. Issa echa la cadena de bloqueo, como actúa un inquilino prudente a horas intempestivas, y abre la puerta medio palmo. Fuera está la mujer del abrigo largo, cuya estatura rebasará el metro sesenta y cinco. Sobre sus pendientes de perla hay un botón de circonita. Tiene ojos inquisitivos, pero su expresión manifiesta sorpresa al verla, como si Issa no fuera ni por asomo la persona que esperaba encontrar.

—*Bona nit* —saluda la mujer.

Issa le responde en catalán y a partir de ahí la regla tácita del lenguaje empleado en el primer encuentro se pacta entre ellas.

—¿Dígame? —añade Issa. Tiene el filoso Huusk bien agarrado, pero oculto tras la espalda.

—¿Quién eres tú?

—No, discúlpeme —le dice Issa—, pero ha sido usted la que ha llamado a la puerta. ¿Quién es y qué quiere?

La mujer saca la placa y le informa que es subinspectora de los Mossos. Le da su nombre y explica que quiere hablar con Mercè. No hay duda de que se trata de algo relacionado con los acontecimientos fatales en el hotel HDL.

—¿Eres la compañera de piso de la señorita Sardà?

—No —contesta Issa—. Me estoy quedando aquí unos días.

—¿Y quién eres tú? —insiste Fortuny.

—Una amiga.

La mujer la observa. Le ve el muslo y el pie descalzo que asoman por la rendija.

—¿Puedo pasar?

Issa asiente y dice:

—Un momento, que quito la cadena.

Cierra la puerta. Esconde el cuchillo en el interior del paragüero de madera que hay junto a la entrada, se pone a la derecha de la puerta mientras retira la cadena —un último recurso para evitar que le estampen la puerta en la cara en caso de que todo sea un sofisticado engaño del DOE— y vuelve a abrirla.

—Adelante.

La mujer entra y cierra. Le echa un vistazo rápido a la estancia. En la tele sin sonido la peli ha terminado y ahora hay un grupo que toca guitarras y bailaores sobre un tablao flamenco.

—¿Por qué no abrías?

—Acabo de hacerlo.

—No —dice Fortuny—. Antes, cuando toqué el interfono, ¿por qué no me contestaste?

—Está roto. O desconectado, qué sé yo. No es mi casa.

—¿Y cuál es el motivo de tu presencia?

—Estoy de visita. Es lo que hacen los amigos.

—¿De dónde eres?

—De Sant Cugat.

—No tienes acento de allí —dice la poli.

—Nací en Soria, pero me crie en Sant Cugat. Y allí, en el País de Winnie the Pooh, no tenemos mucho acento.

—¿Todo bien por aquí?

—Claro.

—¿Dónde está la señorita Sardà?

—Ha salido.

—Con una amiga, supongo...

—Ajá. Esa es otra cosa que suelen hacer los amigos, salir de copas.

—¿Y por qué no fuiste con ellas?

—Es colega de Mercè, no forma parte de mi círculo de amistades. Digamos que no quiero interferir con sus viejas relaciones.

—Entonces eres una amistad reciente de Sardà.

—Se podría decir así. Nos conocemos de hace relativamente poco.

—¿De dónde?

—¿De dónde qué?

—¿De dónde os conocéis?

—Ah, de aquí, de la alegre nocturnidad de Barna. Copas, fiestas, música y afinidades varias.

—Hablas muy bien catalán.

—Sí, claro. Ya le he dicho que me crie en Sant Cugat. Allí lo hablamos bien.

—¿Puedo al menos saber tu nombre?

—¿Por qué?

—Curiosidad de poli, llamémoslo así —contesta Fortuny, y en su rostro aparece aquella sonrisa sagaz que compite con la astucia de sus ojos—. No te preocupes, tampoco voy a ir aireándolo por ahí.

—Artemisa.

—Artemisa —repite la mujer—. Ya no se llevan esos nombres. A tu madre la ponían las diosas griegas, ¿verdad?

—No lo sé —dice Issa—, pero el nombre no me lo puso ella. Se le ocurrió a mi padrino y es una vieja historia, llena de anécdotas y secretos familiares que no estoy dispuesta a compartir con usted, como comprenderá.

—¿Puedo ver tu identificación?

—No, no puede.

—¿Y eso por qué?

—Pues porque no hay ninguna razón por la que esté obligada a mostrárselo. Que yo sepa, este no es un espacio público, no he cometido ningún delito y no veo que mi identificación pueda saciar su curiosidad. Cuando yo me siento curiosa, me visto con ropa sexy y me acerco a un bar de lesbianas. Por lo general, me da resultado.

La mujer la mira, vagamente divertida.

—Veo que eres muy elocuente, Minerva.

—Minerva, no. Artemisa —la corrige Issa—. Minerva es una apropiación romana de Atenea, diosa griega de la sabiduría y la hija predilecta de Zeus. Nunca hay que confundir griegos con romanos.

—Muy elocuente, insisto —repite Fortuny.

—No lo soy. Pero sí soy muy consciente de mis derechos.

—Ya veo. Quizá hasta tengas un título de abogada en algún lado.

—Puede. La gente es una caja de sorpresas. Aunque tampoco me busque en las listas de egresados de la UB.

—Antes te dije que soy subinspectora de los Mossos, ¿no?

—Sí, pero olvidó decirme que es subinspectora de los Mossos sin causa probable para pedirme la identificación cuando estoy de visita en el piso de una amiga ausente y a punto de irme a la cama.

—Tienes la tele puesta.

—Ajá. Es un muermo y eso me ayuda a conciliar el sueño.

—Es cierto. Yo suelo hacer lo mismo.

—¿Ve?, una cosa que tenemos en común. También tengo piercings en lugares que solo le enseño a mis amigas especiales. ¿Usted tiene?

—No estarás tratando de tirarle los tejos a una subinspectora, ¿verdad?

—Líbreme Dios. Claro que no, mujer. Estoy tratando de darle a entender, de manera educada, que me está entrando sueño y que quiero cortar esta charla para irme a dormir de una vez.

—Claro, claro. —La mujer abre la puerta del piso y sale al rellano. Se vuelve y dice—: ¿Podrías darle un recado a Sardà de mi parte cuando vuelva?

—Por supuesto.

—Dile que me llame.

—Asumo que tiene su número de contacto.

—Lo tiene. Dile que me llame lo más pronto posible.

—Lo más pronto posible. Se lo diré.

—Te dejo para que descanses.

—Gracias.

—Que duermas bien, Artemisa.

—Lo haré —dice Issa, y cierra la puerta.

16

Cierra los ojos y jadea cuando el placentero fuego le sube como lava desde el clítoris y le estalla en el cerebro para luego dejarla en brazos de la *petite mort*.

La ansiedad se esfuma. La oxitocina y el sueño obran milagros.

En la oscuridad, abrazadas bajo las sábanas, escuchan el runrún apagado de la calefacción central del hostal. Los dígitos LED del smartwatch de Elenka emiten un destello cuando se activa una notificación que se refleja en el cristal de la ventana, empañado por la condensación.

—Pensé que iba a arrancarme la cara de un mordisco. ¡Qué horror!

—Te dije que no te atacaría si no le sostenías la mirada. Lo hiciste bien.

—Estuve al borde del desmayo. Menos mal que viniste a buscarme.

—Tenía que respetar tu privacidad, pero estabas tardando mucho en el lavabo. Pensé que podías necesitar mi ayuda.

—Muy oportuna. Gracias por eso. Me has salvado, en el

mejor de los casos, de una reconstrucción facial y de un trauma psicológico largo y tendido.

—No creo. Esa perra sabe lo que le conviene.

Elenka reacomoda la cara sobre el pecho de Mercè.

—Tuvimos suerte de que esa mala bestia nos dejara salir de allí después de lo que vi en la casa —dice Mercè.

Elenka levanta la cabeza y le busca la mirada en la oscuridad.

—¿Qué viste? —susurra con temor en la voz.

—Muertos.

—¿Qué? ¿Viste fantasmas?

Mercè suelta el aliento despacio y responde:

—Nada de fantasmas. Vi cuatro cadáveres. Los cuerpos de una mujer y tres hombres asesinados, embalados en plástico como animales sacrificados, listos para que los enterrasen. Algunos tenían los miembros dislocados.

—¿En serio? Yo no vi ningún cuerpo en ese baño.

—No dije que fuera en el baño. Antes me equivoqué y entré a la habitación del otro lado del pasillo. Allí estaban los cadáveres. Eran de piel morena, pero no puedo decirte si se trataba de marroquíes o latinoamericanos.

—La competencia de Kurkov —reflexiona Elenka, y Mercè siente en su propio pecho el ritmo del corazón de la chica.

—¿Y sabes qué es lo peor? —añade—, que todos tenían desgarramientos y mordeduras espantosas en el cuerpo. Estoy segura de que esa mala bestia de Oleg los tortura y luego se los entrega a los perros para que rematen la faena.

Elenka suelta una expresión en ruso que muestra enfado y estupefacción.

—O puede que él mismo les diera esas mordidas…

—¿Crees que es un caníbal?

—Corren rumores… —admite Elenka—. Cosas que cuentan las chicas del Mashenkas, suelen escuchar conversaciones ebrias entre los hombres que frecuentan el club y que conocieron a Oleg durante las guerras en Chechenia. Empiezo a temerme que cuando el Oso dijo que se desayunaba a dos chechenos antes de las nueve de la mañana, estaba hablando literalmente.

—No —dice Mercè—. Eran mordidas de perro. No quiero ni pensar en ello. En cualquiera de los casos, ese tipo es un asesino perverso.

—Lo sé —declara Elenka—. Es un sicario en nómina de Kurkov.

Mercè intenta tragar saliva, pero su garganta está seca.

—¿Lo sabías?

—Todos los que trabajamos para Maxim sabemos que el Oso es un asesino a sueldo de la Troika con un extenso historial de asesinatos.

—¿La Troika?

—Sí. Una organización mafiosa de Moscú con brazos por toda Rusia, en varias ciudades de Europa y con fuertes conexiones con los jerarcas *siloviki*, los oligarcas cercanos al poder estatal ruso. Todos los negocios legales e ilegales de la Troika en España los gestiona el clan Efremov.

—No puede ser.

—Pues lo es —dice Elenka—. Y Nikolái Kurkov, mi jefe y la persona ante la cual Maxim responde, es el hombre fuerte de ese clan en Catalunya.

—Joder. ¿Todos trabajáis para ese tal Kurkov?

—Sí. Maxim y sus chicas, los «hombres de la calle», los especialistas, incluso Antón Alexandrovich, el médico que curó a Issa en el hotel, todos trabajan para Kurkov. —Luego añadió—: Y yo.

—¿El médico? —Mercè se incorpora y se sienta para recostar la espalda desnuda contra el cabezal de la cama. La cabeza le da vueltas—. ¿Ellos están al tanto de que Issa...?

—No. No lo saben. Yo arreglé eso para que Antón no dijera nada.

—¿Cómo lo conseguiste?

Elenka se estira un poco y toma una botella de agua de la mesita de noche. Da un buen trago y le pasa la botella a Mercè.

—No es lo que piensas. Le pagué con mi propio dinero para que guardara el secreto, eso es todo. Además, a ninguno de ellos se le ocurriría cruzar esa línea roja conmigo. El trabajo que hago para Maxim en el hotel es un servicio de alto *standing* y exclusivo porque Kurkov así lo quiere.

El agua le alivia la garganta. No sabe cómo encajar toda esa información, pero mucho menos desea hablar de la naturaleza del trabajo de Elenka.

En la pantalla esférica del smartwatch, los dígitos vuelven a destellar.

—Alguien intenta decirte algo —sugiere Mercè.

Elenka coge el reloj y comprueba la derivación de mensajería. Las letras que Mercè distingue en la pantalla luminosa son caracteres cirílicos. Ininteligibles.

—Es una nota de Maxim —explica la chica—. Está preocupado porque no le he confirmado la entrega y tengo el móvil apagado. Sabe que ir a la guarida de Oleg siempre supone una especie de riesgo.

—Pero, al ser un recadero, ¿Oleg no está por debajo de Maxim?

—El Oso no es un recadero, te lo expliqué. Maxim le teme y no puede darle órdenes de ningún tipo. En todo caso, Oleg acepta las instrucciones de Kurkov, pero tampoco se fía de él, ya que solo actúa para beneficio de Efremov. Es complicado. Es evidente que el clan Efremov lleva décadas sirviéndose de Oleg para sus chanchullos criminales, incluyendo los asesinatos.

El silencio que sigue es denso. Mientras reflexiona sobre la confidencia, Mercè se pregunta cómo una cosa ha conducido a la otra en tan poco tiempo.

—¿Por qué me llevaste a ese lugar? —pregunta al rato.

Elenka suspira en la oscuridad. Se acerca a Mercè y la besa brevemente en los labios como una forma de disculpa carnal.

—Por mí, querida —le confiesa—. Te llevé para protegerme. Para que tú fueras mi escudo.

—No parecía que necesitaras protección. Te vi furiosa, olvidaste tus propios consejos de cautela y te enfrentaste a él.

—En ese momento ya no temía por mí.

—¿Y por quién...?

—Temía por ti —dice Elenka con la debilidad aflorando en su tono—. Creía que Oleg iba a...

—¿Qué pasa? Háblame claro. ¿Qué creías que Oleg iba a hacerme?

—Pensé que te iba a drogar.

—¿Por qué? ¿Por qué iría a drogarme ese animal?

—Para violarte. Por eso me opuse a que te obligara a beber aquel vodka, porque no tenía forma de saber si le había echado algo a la bebida para dejarte...

—Pero, Elenka... —la interrumpe ella—, ¿por qué? ¿Por qué pensaste eso?

La chica le pone las manos sobre los hombros a Mercè. Da un largo suspiro y dice:

—Es complicado. Hace un tiempo... me pasó a mí. Allí mismo.

—¿Te hizo algo?

—Oleg me violó, sí. Hace seis meses. Fui a hacerle una entrega y me recibió muy conversador. Mientras esperaba a que hiciera cuentas, me convidó a beber un trago en nombre de la Madre Patria y, aunque yo no quería compartirlo con él, me dejé sugestionar por el miedo a rechazarlo y por el impulso tradicionalista que aún conservo y acepté la bebida. Luego la cabeza se me fue un poco, pero no tanto como para olvidar las cosas sexuales que me hizo.

—Déjalo, déjalo ya —le pide Mercè, sobrecogida.

—Cuando regresé al Mashenkas y conté lo ocurrido a Maxim, se vio obligado a llamar a Kurkov a su mansión en Calella de Palafrugell. Debatieron mucho, pero no hicieron nada. Oleg es intocable. La cosa se quedó ahí. En el fondo, todos temen al Oso, o temen su vínculo primordial con Efremov, que viene a ser lo mismo. Nadie hizo nada por mí.

—Basta. No digas nada más —Mercè la abraza muy fuerte y tiembla al hacerlo. Siente la humedad en sus propios ojos, pero se resiste a llorar porque la víctima, estoica, mantiene el aplomo—. No quiero oírlo.

—Sé que, en parte, yo tengo la culpa de lo que me hizo Oleg...

—¡No digas eso! —exclama Mercè con un estremecimiento. Siente que un dique enorme, cuya existencia desconocía hasta ese momento, se le quiebra en el interior y las emociones anegan su voluntad—. No te atrevas a culparte... Tú no tienes ninguna...

—Hay algo en mí que enloquece a los hombres —declara Elenka—, lo sé. Lo he visto desde que tenía trece años. Soy una mujer maldita. La fatalidad del alma rusa me persigue adonde quiera que vaya, y hay personas que han sufrido castigos salvajes, hombres y mujeres que han muerto quizá, solo por el hecho de estar relacionadas conmigo. Y no quiero eso para ti, Mercè, no quiero que te pase nada por enamorarte de un alma maldita.

Mercè la aferra con más fuerza en medio de la oscuridad, sin decir nada. Siente la humedad de las lágrimas caer sobre su hombro.

—No quiero que sufras por mi culpa —repite Elenka con un

sollozo—. A veces pienso que toda la gente que ha desaparecido de mi vida, los amigos que vienen y se van, los amantes que se me han acercado interesados y luego se han esfumado sin explicación, de algún modo los borraron de la existencia unas fuerzas sobrenaturales de ultratumba porque quisieron salvarme, porque intentaron interferir con los designios de otros.

Mercè se aparta un poco. Se inclina y las frentes de ambas se tocan.

—No justifiques con supersticiones las acciones malvadas de los hombres —le dice a la chica—. Si quieres amarme, hazlo a despecho de todos los pesares.

Más tarde, tendidas otra vez muy juntas, con cada curva de la piel húmeda de transpiración, Mercè dice:

—Tenemos que pensar en alguna forma de liberarte.

—¿Liberarme?

—Sí —asiente Mercè—. Tengo que librarte de ese yugo.

—Ya estás hablando como esos que quisieron ayudarme a ser libre y luego salieron de mi vida como por arte de magia. ¿Ves lo que te decía?

—No. Hablo de seguir una estrategia. Hablo de denunciar ante la policía las actividades de Kurkov y los crímenes del tal Oleg. Dios mío, aun si ese tipo no resultara ser un caníbal, es un peligro público en potencia. Deberían encerrarlo de por vida. Deberían expulsar a Kurkov y sus secuaces del país. Si denunciamos, estoy segura de que los Mossos d'Esquadra investigarán a Oleg, harán un registro de la casa y encontrarán evidencias de todos esos asesinatos.

—¿Hablas en serio?

—Muy en serio. De hecho, sé a quién tengo que llamar mañana mismo. Nada de comisarías y denuncias. La noche en que tú yo le salvamos la vida a Issa, conocí a una oficial de la

Policía, una subinspectora de los Mossos. Creo que acudir a ella es un buen sitio por donde comenzar a destruir la mafia de Kurkov en Catalunya.

Elenka le acaricia el cabello y ella siente que hay algo indulgente en el gesto, como cuando se recompensa con una sonrisa y un beso en la mejilla a un niño que ha tenido una idea ingeniosa pero impracticable.

—Eres muy ingenua si lo crees así —dice.

—¿Por qué piensas eso?

—La policía está comprada. A esos niveles también hay chanchullos.

—No, ¿de qué hablas? No puedes comprar a los Mossos. Puede que eso ocurra en Rusia, en Georgia y Azerbaiyán, pero aquí en Europa somos formales.

—Veo que hablas en serio —dice Elenka con una nota de desilusión en la voz—. Si pusieras una denuncia como esa, no tienes la menor idea del peligro al que me expondrías a mí y el riesgo mortal que correrías tú también.

—Pero ¿qué dices?

—Lo que escuchas, Mercè. Es imposible que hagas algo que afecte a Efremov ni a Kurkov. Tú y yo somos hormigas al lado de esa gente. Podrías ponerle una denuncia a Maxim por irregularidades de licencia en el local, o demostrar que ejerzo la prostitución a su cuenta y beneficio, y lo único que conseguirías es que le pusieran un par de multas de unas cuantas decenas de miles de euros y que me deportaran de vuelta a Rusia donde mi vida estaría sentenciada a muerte. Algún soldado de Efremov me esperaría en el aeropuerto y yo, por chivarme, acabaría con la garganta rajada y tirada en una zanja maloliente de Moscú la misma noche de mi llegada.

—No puedo creerlo —replica Mercè estupefacta—. ¿Y qué pasa con Oleg? ¿Va a seguir torturando y matando gente y salirse con la suya?

—Es muy probable. El trabajo de Oleg es invisible, así que es muy difícil hacerle daño a través de la policía. Yo no me arriesgaría. Una denuncia en una comisaría implica un acta y una declaración exhaustiva de los hechos y lugares donde se haya cometido un delito, y también hay que adjuntar los nombres y direcciones de los denunciantes. Si delatamos a Oleg, alguien podría evitar que se le diera curso al trámite y avisar al mismísimo Kurkov. Él está obligado a proteger a Oleg, así que al día siguiente a mí me matarían en la habitación del hotel y a ti te asesinarían en tu propia casa. El clan Efremov tiene tentáculos muy largos que llegan a todos lados.

—Me estás dejando sin opciones.

—No tenemos muchas, querida...

—Me niego a creer que esa lacra mafiosa venga a mi país a sojuzgarme, a matar gente, salir airosa y actuar con total impunidad.

Elenka suspira y se encoge de hombros como si se le hubieran agotado las respuestas. Luego dice:

—Mercè, amor, ¿piensas que vives en un mundo tan simple que el blanco y el negro están bien delimitados? Porque a mí veinticinco años de experiencia me han demostrado lo contario. ¿De verdad crees que la gestión policial logra su cometido de proteger al ciudadano temeroso y cumplidor de la ley, y que a esos a quienes llamas «enemigos públicos» los encarcelan para que paguen por sus crímenes y que en general hemos construido la sociedad de una forma cívica, honesta, justa e igualitaria?

—Tengo treinta y tres años —declara Mercè—. Mi generación sabe que el mundo no es perfecto, pero aspira a mejorarlo.

—Entonces la mía es más sabia —sentencia Elenka con voz grave—. Nosotros ya sabemos que el mundo es un lugar gris colmado de esperanzas sin posibilidad de concretarse. Cargamos nuestro equipaje y tiramos adelante.

—Creo que te han hecho mucho daño.

—Seguro. Pero por ahora me mantengo lejos del dolor. Es un avance.

Mercè le acaricia la mejilla.

—Me has hecho pensar en Issa. Una noche, mientras conversábamos en mi piso, me habló del fuego sagrado. Me contó que cuando la reclutaron en Cuba, la entrenaron para actuar a ciegas, para que toda su versatilidad se activara y ardiera en la combustión de un fuego perverso. Su metáfora, dijo. Después de desertar, comenzó a creer que el monstruo en que la habían convertido se había consumido, pero ha descubierto que sigue ahí, al acecho, latente en ella; sin embargo, dice que el fuego que antes era perverso, ahora es sagrado y que ha aprendido a controlarlo, y sus heridas están empezando a sanar de verdad. ¿Entiendes?

—Entiendo —dice Elenka. El smartwatch se ilumina al notificar un mensaje entrante—. Y... me parece que acabas de darme una idea.

—¿Cuál?

Sus ojos azules se tornan violáceos a la luz rojiza de la pantalla.

—Tenemos que pedirle ayuda a Issa —responde.

—Ella tiene sus propios problemas.

—Por eso mismo. Tenemos que hablar con ella.

TERCERA PARTE

Damas turcas

Creo que será mejor que hagas las paces con
el pasado, puesto que has llegado hasta aquí.
Creo que ahora ya sabes que nunca volverás.

SUE GRAFTON,
Kinsey y yo

17

Aparca en Llorens i Barba, muy cerca del modernista Hospital de Sant Pau, y sube a pie por Cartagena, a contrasentido de las ambulancias que bajan por la vía montando un escándalo con las sirenas; debe de ser un infierno acústico vivir por allí. Se detiene un momento en uno de los parques intermedios de la ronda y, bajo la sombra de un tilo, admira la vista.

El viento que sopla de Horta arrastra efluvios de jazmines y cipreses por encima de la grada de los jardines del Doctor Pla i Armengol y le azota el cabello. Hace bueno para tratarse de marzo, con el sol mostrándose envalentonado, y desde aquella posición, justo antes de que la cuesta progresiva eleve la ciudad de forma vertiginosa, se puede contemplar la urbe hasta el litoral playero. Issa sonríe al imaginarse a los empedernidos adoradores del sol —los locales y los extranjeros—, que aprovechan la coyuntura, desnudan sus cuerpos, tendidos sobre la arena de la Barceloneta, en el césped del parque de la Ciutadella y en cada parcela despejada que encuentren, con ansias de sintetizar serotonina y vitamina D a riesgo de melanoma.

La vista la ayuda a reflexionar. Está pensando en la conversación que tuvo la noche anterior con Mercè: su viaje a La Llagosta, el gigante Oleg, los perros del sicario, los cadáveres, el intento de violación fortuitamente frustrado por el vómito de Mercè y la relación de Elenka con los negocios de la Troika. Según Mercè, la *escort* rusa quería escapar de las garras de Kurkov tanto como la propia Issa deseaba que los operadores del DOE le perdieran el rastro para siempre. Pero era difícil lograrlo, casi imposible desde la perspectiva de Mercè y su novieta cautiva.

Mercè le ha pedido consejo y ayuda, y ella le ha prometido pensárselo.

Saca el móvil de conectividad 3G que le ha comprado a un marroquí en la calle Princesa, lo enciende y hace la llamada internacional, mientras se dirige por la ronda hacia el parque de las Aigües. Pitidos. Los siete tonos de rigor.

«Siete» es la clave secreta entre Issa y su antiguo instructor. *Los siete contra Tebas*, la tragedia de Esquilo sobre la fraternidad antagónica.

Si atienden la llamada antes o después de ese número de tonos, ella debe colgar; significa que no es él o que la línea está comprometida, intervenida por el DOE.

La voz profunda y acerada le contesta después del último tono:

—¿Cómo vas con tus circunstancias excepcionales?

—Sigo corriendo. Todavía no me libro.

—Es el examen definitivo. No existe mejor meta que mantenerse vivo.

—Muy estimulante, eso sin duda. ¿Me pregunto cuánto durará?

—No mucho más —dice él—. Tengo lo que querías.

—Me alegra saberlo. Me ayudará a ganar tiempo. Y me está haciendo falta —dice Issa mientras piensa en la conversación con Mercè sobre el problema con el sicario de la Troika—. Últimamente han surgido dificultades adicionales.

—Debes de estar en racha —se burla él—. Te pido tres días

de tregua y resulta que te metes en más líos. Lo tuyo debe de ser patológico.

—Es lo que pasa cuando te quedas varado en un sitio —se justifica Issa—. Que no tienes muchas opciones de maniobra. Adquieres compromisos y luego tienes que apechugar con problemas de otros.

—Ya volveremos a eso más tarde. De momento tienes que...

Una ambulancia que viene pitando por la ronda pasa a su lado en dirección a Cartagena. El instructor se interrumpe a causa del ruido y luego pregunta:

—Te estás moviendo, ¿verdad?

—Sí —dice ella entrando al parque de las Aigües—. Moverse es esencial. Fue una de las primeras cosas que me enseñaste. ¿Qué me ibas diciendo?

—Necesitabas info sobre el centro de operaciones del DOE en Barcelona.

—Ajá.

—Bueno, pues no hay una casa refugio, hay dos. Dos lugares de los cuales tendrás que preocuparte. Una está en L'Hospitalet y la otra en el Gòtic, cerca de la catedral.

—Qué bien —comenta Issa con fastidio—. Tratan de compensar la falta de excelencia con un poco de redundancia.

—Es la alternativa de los mediocres. Al menos reconocen sus limitaciones, tendrás que concederles eso. Okey, ahora voy con las direcciones, ¿estás lista?

—Nací lista. Dispara —dice. Memoriza lo que él le va diciendo. Resulta que hay una casa refugio en un local reconvertido de Santa Eulàlia y otra en la calle Arlet, a un paso del Palau de la Generalitat y la sede del Ayuntamiento.

—En la del Gòtic conviven algunos oficiales del DOE con parte del personal del consulado de Cuba, pero el grueso de los activos se encuentra en la de L'Hospitalet. ¿Te sirve?

—Y tanto que me sirve —asiente Issa—. Sabiendo eso, puedo planear.

En una pista de arena hay seis ancianos jugando a la petanca con bolas de acero cromado que parecen sustraídas de un péndulo de Newton. Dos de ellos se apoyan en bastones de madera y, entre todos, deben sumar más de quinientos años de experiencia acumulada; lanzan las bolas y comentan el resultado de los tiros sin el menor asomo de entusiasmo en sus expresiones.

—Ahora volvamos a tus nuevos problemas —dice el instructor—. ¿Qué es lo que está pasando?

Ella sube una pequeña cuesta y se sienta en el peldaño de hormigón de una escalinata en los jardines de Hiroshima, dándole la espalda al edificio bajo de una biblioteca pública.

—Aún nada —explica ella mientras observa a un chaval jugar con un bóxer de tamaño mediano, apenas un cachorro—. Alguien local me ha pedido ayuda para sacarla de cierto apuro con un grupo del crimen organizado, y todo indica que puede darse una situación de provecho. Así y todo, todavía estoy sopesándolo. Es complicado.

—¿Marginales?

—Mafia extranjera. Rusa, en concreto. ¿Has oído hablar de la Troika?

—Issa, si no supiera lo que es la Troika, no sé qué hago hablando contigo, porque no merecería ni tu reconocimiento ni el tiempo que me dispensas. Llevan en activo casi treinta años, desde la época de Yeltsin. Con ellos tienes que redoblar tu inteligencia y esfuerzo. Están bien organizados y controlan bastante las ciudades europeas. Y tienen muchos soldados.

—Eso me han dicho —manifiesta Issa con altivez—. No me preocupa.

—Tú sabrás. Yo no estoy ahí. Ten presente que no siempre

puedo acudir a sacarte las castañas del fuego. Lo haría, pero a veces estoy atado de manos.

—Más bien estás aislado. Y vigilado.

—No tanto como ellos creen. Todavía tengo muchos grados de libertad.

—¿Tienes algún consejo para mí? —pregunta ella.

—Pensé que era eso lo que había estado haciendo hasta ahora. ¿Te refieres a algún consejo táctico?

—Sí. Me vendría bien escuchar ideas frescas. Algo que no sea una caja de resonancias dentro de mi cabeza, para variar.

—Okey —dice él—, en ese caso, teniendo en cuenta que estás en medio de dos bandos y que estás en absoluta desventaja numérica, mi recomendación es que apliques la estrategia de «las damas turcas».

—¿Damas turcas? ¿Por qué? Podría operar con transversalidad...

—Olvídate del enfoque transversal —le dice él—. Estás en una situación de guerra asimétrica, y esta no se gana con transversalidad. Lo que te conviene es lo que te he dicho.

—Entiendo —dice ella—. Movimientos laterales. En paralelo.

—Ajá. Y ya que lo dices, resulta ideal para el crochet que necesitas asestar.

—Es perfecto para eso, tienes toda la razón. Creo que sé lo que tengo que hacer. En este negocio siempre vas por delante de mí.

—La experiencia cuenta —dice él, y añade jocoso—: Recuerda lo que decía en una canción aquel trovador venido a menos: «el sueño se hace a mano y sin permiso, arando el porvenir con viejos bueyes». ¿Lo recuerdas?

—Claro. Ahora me dirás que la idea clave ahí es «viejos bueyes».

—A esa conclusión has llegado tú solita.

Issa mira un instante a la lejanía. Vuelve a sentir cierta tristeza.

—Te volveré a llamar —le dice.

—Espera —la ataja él—. No he terminado de hablar contigo. Ahora viene lo más importante. He estado escarbando a conciencia en el sistema mediante contactos de probada lealtad y averigüé cómo te han localizado en Barcelona.

—Vaya. Siempre te guardas lo mejor para el final.

—Podría decirse así. La información se digiere mejor por etapas.

—Vale —dice ella con expectación—. ¿Cómo me encontraron?

—Por tu pareja, el muchacho con el que vivías.

—Xavier.

—Sí. Publicó una foto tuya en Instagram. Inocente, estaba coladito por ti. No te contó nada y tú no podías saberlo porque no tienes redes sociales, no te comunicas con nadie y tampoco usas tu verdadero nombre.

Se levanta un viento que hace estremecer el follaje de los árboles. El cielo sobre el mar luce más oscuro. Se siente decepcionada; Xavier ha perdido la vida por olvidar la promesa de nunca publicar una foto suya en ningún lado.

—No lo entiendo —protesta en voz baja—. ¿Cómo diablos van a rastrearme los del DOE hasta Barcelona si no saben cómo me hago llamar y no dejo rastros digitales tras de mí?

El instructor tose, como si estuviera incómodo. Luego le explica:

—Las reglas del juego cambian muy rápido, Issa. Cambian de un día para otro. Salen nuevas tecnologías y se implementan. El futuro está aquí hace rato y no es de ciencia ficción. Hay un programa de reconocimiento facial, un nuevo software diseñado por los chinos, que hackea las redes de cámaras privadas y los bancos de datos estatales de los países con mucha infraestructura digital para rastrear patrones antropométricos. Los chinos nos dieron una versión de ese software y el DOE ha estado trabajando con el programa durante un año, adiestrando en su uso a los mejores operadores de la Universidad de Ciencias Informáticas.

Atónita, Issa deja de escuchar el sonido del viento contra el follaje.

—Pero ¿pueden entrar en Facebook, en Twitter, en Instagram?

—Sí —dice él—, eso me han explicado. Pueden entrar en bases de datos de la nube, en cualquier red social, en los sistemas de videovigilancia policial y en las redes de los aeropuertos. Pueden acceder a robots aspiradores domésticos como la Roomba y sacar fotos del interior de los hogares. Pueden meterse en tu televisor, en tu ordenador portátil y en tu smartphone y usar sus cámaras para espiarte. Así te encontraron, por un error de tu pareja.

Son muy malas noticias. Se pone en pie. Es hora de irse.

—Entonces va a ser difícil quitármelos de encima. Seguirán encontrándome, a menos que me busque una cabaña en medio de un bosque para vivir. No sé si estoy lista para hacer eso.

—Tranquila. He pensado en algo.

—¿Cómo vas a ayudarme? —dice Issa—. ¿Vas a invocar una deflagración solar cuyo viento magnético borre toda la electrónica del mundo?

—No seas peliculera ni te pongas fatalista. Existen soluciones mundanas para ese tipo de problemas. Soluciones tradicionales, pero suficientes para darte ventaja por un tiempo. Después de todo, yo estoy aquí, cerca de tu némesis.

—Deja —replica ella—. No te metas ahí. No corras ese riesgo, por favor. Ya bastante has hecho con lo que has averiguado. Yo me las arreglo.

—Escucha —insiste él, y no hay asomo de complacencia en

su tono—. Te lo estoy explicando por una cuestión de cortesía. Voy a hacerlo, quieras o no. Ya lo he planeado. Tu némesis, el operador encargado de usar el software chino para buscarte, es un cerebrito de la Universidad de Ciencias Informáticas. Lleva meses rastreándote y es el único que ha sabido encontrarte. Ya sé su nombre, dónde vive, cuáles son sus costumbres sociales, quiénes son sus amigos, qué libros lee y hasta qué pelis porno consume. Muy pronto, en pocos días, el cerebrito no va a volver a casa. Desaparecerá sin dejar el menor rastro. Muerto el perro, se acabó la rabia.

—Sospecharán...

—No. Asumirán que desertó, que se fue del país en balsa o cualquier cosa que prefieran creer. La gente desaparece todos los días en este país.

—No tienes que matar por mí —dice ella, aunque sabe que sus palabras no suenan muy persuasivas.

—Durante décadas, he matado por ideales, por autodefensa, por convicción moral y por seguir órdenes ajenas a mi voluntad. ¿Crees que no voy a matar para salvaguardar la vida de la persona que más quiero en el mundo?

Issa va a objetar algo, pero no puede. Le falla el habla. Quiere expresar que un calor especial se le aloja en el pecho y que si él no existiera, ella tendría que inventarlo. Pero no dice nada. No se atreve.

—Recuerda mi consejo: damas turcas, movimientos laterales —dice él—. Y no me llames, a menos que tu situación haya empeorado. Adiós.

La llamada se corta.

18

En el vestíbulo del hotel, cerca del mostrador de recepción donde atiende Mercè, hay un grupo de ejecutivos trajeados que acaban de hacer el *check-out* y están esperando el autocar que los llevará al aeropuerto. Hablan con voces inflamadas y expresiones graves alojadas en el rostro sobre *dumping* chino y competencia corporativa desleal, y comentan que la invasión a Ucrania no es más que otra apuesta de los bloques geopolíticos por sojuzgar sus áreas de influencia económica.

Entra una familia nuclear estadounidense: matrimonio con hijos menores de edad. Muy caucásicos, rubios de piel enrojecida, los ojos claros, deudores del acervo genético de la colonia Nueva Ámsterdam asentada en el valle fluvial del río Hudson siglos atrás. El padre, que viste vaqueros y una camisa hawaiana completamente inadecuada para el frescor del mediodía, sonríe con exageración, deja el equipaje junto al mostrador y habla en inglés con Rosa, la asistente de Mercè en ese turno. Los niños siguen hipnotizados por las pantallas de las tabletas y la mujer, que carga en brazos un nervioso shih tzu de pelaje blanco y dorado, le informa a Mercè sobre los requerimientos de su perro *toy*.

Rosa despacha con rapidez el trámite del *check-in* de la familia nuclear y se acerca a Mercè. La asistente es colombiana y lleva cinco años en España; es delgada, un poco más bajita que ella y su rostro no es demasiado agraciado, pero posee un *sex appeal* latino y un contoneo de caderas nivel Shakira y Sofía Vergara que suele secuestrar la mirada de la gente.

—Ese gringo se cree que es charro —le dice Rosa a Mercè, señalando con el mentón al turista, que le habla al botones mientras Santiago lleva las valijas con ruedecillas por la alfombra roja hacia al ascensor.

—¿Charro? —repite ella. Muy a menudo, Rosa le suelta palabras paisas que Mercè tiene que incorporar para entenderla. En general es divertido.

—Sí, charro —repite Rosa—. Gracioso, chistoso. ¿Sabes qué me preguntó?

—¿Que dónde vendían un abrigo para cubrirse la hawaiana?

—No —responde Rosa—. Me preguntó si este hotel era de un químico o de un farmacéutico. Le dije que no sabía por qué me preguntaba eso y me explicó, riéndose, que el nombre del hotel, HDL, significa en inglés Lipoproteína de Alta Densidad, a veces llamada colesterol «bueno» porque hace no sé qué...

—Todos los turistas piensan que son comediantes.

—Las vacaciones tienen ese efecto —remata Rosa y añade—: Por cierto, el gordo Federico está parado en la puerta de seguridad mirando fijamente para acá. Creo que quiere hablar contigo, o algo.

Mercè vuelve el rostro y lo ve. Él le hace señas de que se acerque.

Rosa se inclina por detrás de ella y susurra:

—Si se propasa contigo, házmelo saber.

—¿Qué me dices? —protesta Mercè—. A Fede no se le ocurriría...

—Yo solo te aviso, hermana. Hace un par de meses me tocó la colita cuando yo iba pasando para ir al baño y tuve que hacerle una amenaza muy seria. Le dije que si volvía a hacerlo, mis tres hermanos le iban a hacer un número ocho. Fede es argentino, sabe de lo que estaba hablando.

—¿Por qué no viniste a mí? Eso es inadmisible. Yo habría llevado la queja...

—No es necesario actuar de esa manera —le replica Rosa—. Esos problemas se resuelven fuera del trabajo, sin llegar a mayores. Fede entendió la amenaza enseguida. Se disculpó diciendo que había sido sin querer, como si yo fuera a creerle. Pero te aseguro que no volverá a equivocarse conmigo.

—Y también le ahorraste un problema a tus hermanos.

Rosa hace una mueca burlona y le dice:

—Eso fue un farol. Mis hermanos son pequeños y viven en Medellín.

Se siente un poco incómoda al hablar con Federico, a la luz de lo revelado por Rosa. Él cierra la puerta de la oficina y mantiene un tono confidente.

—Anoche pasó por aquí la pitufa, jefa —la informa.

—¿Pitufa? ¿De quién hablas?

—De la subinspectora de los Mossos —le aclara él—, la que vino cuando aparecieron los tres muertos. Quería saber si estabas en el turno de anoche. Le dije que no, que esta semana estabas de día.

—¿Te preguntó algo más?

—Volvió al tema de aquella noche y me preguntó qué estaba haciendo yo, porque creo que sospecha que estaba durmiendo.

—Yo no le dije nada —dice Mercè a la defensiva.

—No, jefa —replica Federico—, no he querido decir eso. Pero sí me hizo una pregunta un poco rara sobre ti.

—No sé qué significa para ti «un poco rara», Federico.

—Bueno, me preguntó si mantenías relaciones allegadas

con algún huésped del hotel. No aclaró nada más. Entiendo que con eso habrá querido decir socializar con huéspedes fuera del horario de trabajo, supongo.

—Supongo —dice Mercè, que intenta por todos los medios permanecer tan sosegada como sea posible, ecuánime y profesional—. Y sí, parece una pregunta rara, pero la situación aquella noche fue inusitada. ¿Qué le respondiste?

—Nada. —Federico se sienta en la silla delante del panel de monitoreo y recuesta el corpachón—. ¿Qué iba a decirle? Yo no vi nada, jefa, y tú lo sabes. Aquí nunca nadie ve nada que pueda perjudicar a sus compañeros.

Federico reclina el respaldo y se acomoda. En los monitores se ven los pasillos y los locales del hotel, incluyendo diferentes vistas del Terrace Bar, y hay algo intangible y subversivo que hace que Mercè experimente un *déjà vu*.

—Bien. ¿Algo más?

—Insistió en que la llamaras, que quiere comentarte algo.

—Bien. Gracias por pasarme el mensaje.

—Todo estamos en el mismo barco —dice Federico con los ojos cerrados—, y siempre hay marejada.

Está en el mostrador con Rosa, pensando en la impertinente subinspectora y en la visita inesperada a su piso la noche en que ella se quedó con Elenka en el hostal. Según Issa, tuvieron una breve conversación, pero luego la mujer se había retirado sin presionarla.

¿Qué querría hablar con ella Fortuny y por qué iba por ahí preguntando sobre sus relaciones personales fuera del entorno laboral?

El hombre que entra al vestíbulo es alto, elegante y viste un traje Zegna de lana azul marino cortado a medida que combina con zapatos Oxford de piel y sobretodo gris azulado.

Lleva un pasador dorado que le ajusta el cuello de la camisa, el cabello rubio oscuro impecablemente peinado hacia atrás y la barba recortada con pulcritud que resalta la dureza de sus rasgos.

Rosa no dice nada y el hombre, al pasar, le informa a Mercè a dónde va.

—Habitación 739 —dice con marcado acento ruso. Sus ojos son como los de Elenka, de un azul líquido, pero de ellos brota un desdén universal que no está dirigido hacia ella, sino al mundo en general. «Kurkov», piensa. «Tú y yo somos hormigas al lado de esa gente», le había dicho Elenka aquella noche de confesiones, lágrimas y transpiración.

Ella asiente en silencio. Rosa se le acerca y le comenta:

—Qué hombre ese, ¿eh?

—Escalofriante —dice ella.

—¿Escalofriante? —replica Rosa—. No, todo lo contrario. A mí ese tipo de hombre me pone los ovarios al rojo vivo.

—A mí me asustan. Los encuentro peligrosos.

—Puede ser —dice la chica colombiana—. Pero mi madre siempre me dice que tengo predilección por el peligro.

Mercè mira hacia fuera a través del cristal del vestíbulo y ve a Maxim, el hombre de mediana edad, cabello teñido de negro y cazadora de cuero que ha venido a esperar a Elenka en algunas ocasiones. Está sentado en el banco de *trencadís* blanco bajo la farola y fuma un cigarrillo con aspecto nervioso. Quizá Oleg ha dicho algo sobre ellas y a Maxim le han tirado de las orejas.

Por la avenida pasa un bus turístico que hace la Ruta Blava.

El hombre termina el cigarrillo, lo tira al suelo para luego pisarlo y enciende uno nuevo. Mira hacia arriba con rostro preocupado y, por un momento terrible, a Mercè se le pasa por la mente la imagen de Kurkov enfurecido lanzando a Elenka a través del cristal de la habitación en la séptima planta y el cuerpo de la chica desplomándose muerta sobre el *panot* Gaudí de la acera.

Empieza a sudar. No sabe qué hacer. No puede llamar a la policía por el simple hecho de que la persona que venga a visitar a una huésped tenga una expresión temible.

—Te veo un poco pálida —le comenta Rosa—. ¿Te pasa algo?

—No —responde ella—. Pero tengo muchas cosas en la cabeza.

Rosa le da una taza con un poco de agua fresca. Ella la acepta. Reprime una mueca; no le gusta cómo la cerámica le cambia el sabor al agua.

Pasan unos minutos y Kurkov sale del ascensor. Viene solo.

Se detiene ante el mostrador y contempla a Mercè con una mirada de hielo azul.

Mercè le sostiene la mirada y dice con pretendida firmeza:

—¿Puedo ayudarle en algo?

Los labios de Kurkov se aprietan para componer una sonrisa cruel.

No dice nada. En el azul líquido de sus ojos hay un destello avieso.

Luego el instante torvo desaparece y Kurkov regresa a la calle.

—Creo que a ese le gustaste —comenta Rosa que, mientras ha fingido escribir en el terminal, no se ha perdido nada de lo ocurrido—. Suerte que tienen algunas...

Mercè va al Garden y se sienta junto a la barra, las piernas ya no la sostienen. Saca el móvil y le escribe al WhatsApp de Elenka.

Estás bien?

Espera un minuto. Se empieza a asustar de verdad. La respuesta llega.

Sí. Estoy bien

Lo vi subir. Ese es Kurkov?

Sí, es él. No te preocupes

Seguro que estás bien?
Dime la verdad, porfa

Estoy bien

Podemos vernos?

No. Hoy no podremos vernos.
No nos conviene

Se cubre la boca con la mano. Siente el sudor en torno a sus labios.

Te ha hecho daño?

El daño que me hizo es muy antiguo.
Hoy no ha pasado nada. Tranquila.
No fuerces las cosas. Nos veremos más adelante

TQ

!

19

Issa deja el Fiat estacionado en la callejuela Doctor Rizal con el morro del coche apuntando en dirección a vía Augusta para, si se presentaran problemas, salir a la avenida a toda prisa. Baja la escalinata de la placita Narcís Oller junto al monumento del ilustre escritor y abogado; este le trae a la memoria el busto del apóstol independentista cubano José Martí, al que cada mañana reverenciaba con un saludo de pionera al entrar al colegio.

Busca Sèneca y, a medianía de calle, entra a unos bajos y se para delante de las puertas de un trastero de alquiler. No le gusta mucho la idea de meterse ahí, pero es obligatorio si pretende recuperar su alijo de dinero en efectivo para casos de emergencias y sus mejores armas. Puede utilizar la compuerta de carga y descarga para entrar con el coche, pero eso es como meterse en una ratonera y anular la capacidad de maniobra.

Se acerca a la puerta y teclea el número de trastero en el panel externo y luego introduce el PIN. La puerta emite un pitido tenue y se abre. Ella respira hondo y entra al laberinto de pasillos con hileras de puertas de acero galvanizado a cada costado. El silencio es sepulcral, pero ayuda a aguzar los sentidos. Allí dentro no parece haber nadie.

Las luces, frías y deslumbrantes, se van encendiendo por

delante de ella a medida que va avanzando. Hay cámaras en cada pasillo y, aunque el folleto promocional de la empresa *self-storage* asegura que se activan por movimiento para grabar a las personas que entran, teniendo en cuenta el bajo costo del alquiler, Issa duda que lo hagan.

Llega a su trastero y se tropieza con el primer contratiempo: el candando de la puerta no es el suyo; es de la misma marca y dimensiones, pero está menos usado, el brillo más vivo. Además, lo han recolocado para que crea que, por descuido, se lo ha dejado abierto. Chapuceros. Seguro que reventaron el suyo para entrar a echar un vistazo y luego lo reemplazaron. El contratiempo es suficiente para que considere salir de allí de inmediato, pero sabe que dentro del local no hay nadie más y mucho menos podrían estar esperándola dentro del trastero. Quita el candado, sube la persiana, enciende la luz y entra. Lo alquiló Xavier, seis metros cuadrados, y el hardware, ciertos muebles pequeños y sus cachivaches en desuso están almacenados allí.

Segundo contratiempo: la caja donde guarda el juego de cuchillos tácticos, una 9 mm Smith & Wesson subcompacta de la clase Shield y una Walther PDP de armazón de polímero, ambas ideales para el porte oculto, ha desaparecido.

Tercer contratiempo: el alijo de efectivo —seis mil seiscientos euros— también ha volado.

La han saqueado a conciencia. Le han roto los colmillos y le han colgado un ancla de plomo al cuello. Está jodida.

Pero podría empeorar.

Y enseguida lo hace.

Escucha la puerta delantera del local cerrarse y se pone en alerta. Podría tratarse de un usuario cualquiera, pero al prestar atención escucha los pasos de varias personas —dos, con seguridad— al caminar. El ritmo del avance indica cautela y delata sus intenciones. Los sonidos se separan y toman dos pasillos diferentes que convergen en el que está el trastero de Issa.

Issa baja la persiana hasta el suelo, apaga la luz del trastero y se queda escuchando. Al separarse, el ruido de los pasos le confirma que se trata de dos personas que se acercan con sigilo por ambos lados del pasillo para cortarle todas las rutas de salida. Por la izquierda viene alguien pesado, que arrastra los pies un poco y usa botas de suela de caucho tipo Panama Jack. Por la derecha el sonido indica que se trata de alguien más ligero de peso, de movimientos elásticos, que calza zapatillas de suela vulcanizada, mucho más silenciosas.

Se pregunta qué armas traerán.

Issa se coloca detrás de una estantería de metal vetusta y polvorienta que contiene cajas, libros viejos y equipamiento de esquiar. Aguarda, empuñando el cuchillo Huusk de cocina de Mercè en la mano derecha. De pronto es consciente de cómo la encontraron el primer día: estaban vigilando el trastero a nombre de Xavier y la vieron salir del lugar y bajar por Minerva para entrar en el Buenas Migas.

En retrospectiva, todo encaja con una lógica perfecta.

Los pasos se detienen ante la puerta corredera. La persiana es opaca y no pueden ver el interior. Han guardado entre sí una distancia estimable, así que hay que suponer que empuñan pistolas. Issa sabe cómo van a proceder: uno de ellos subirá la corredera mientras el otro lo cubre con el arma.

—Creo que ya va siendo hora de que te entregues —dice una voz ronca de hombre, neutral y sosegada, que se corresponde con el lado izquierdo.

Issa no responde. Van listos si creen que va a revelar su posición como una novata desesperada. Si la subestiman, peor para ellos.

—Estamos armados y tú tienes poca cosa para defenderte

—dice la misma voz—. Tenemos todo el tiempo del mundo para esperarte.

No. No lo tienen, y ellos lo saben. Quizá algún vigilante remoto a cargo de la red CCTV de la empresa *self-storage* con sede en Cornellà de Llobregat se ha dado cuenta de que algo raro ocurre en este local de Gràcia y esté llamado a los Mossos ahora mismo. O quizá no haya nadie mirando. Pero ellos no pueden arriesgarse; no pueden quedarse ahí emboscados hasta que ella decida rendirse y salir. El tiempo corre en su contra.

Están en una encrucijada y ahora tienen que mover ficha.

Silencio.

Intentan subir la persiana, pero les resulta difícil. Issa ha usado una percha para atascar los rieles de deslizamiento desde el interior. El retardo será breve y terminarán por superar el atasco y subirla, pero será suficiente para que se desconcierten y tengan que variar el esquemático proceder.

En efecto, el de la voz ronca pierde la paciencia, enfunda el arma y usa las dos manos para forzar la persiana. Ha logrado subirla hasta la altura de la cintura cuando Issa se mueve veloz y le cercena varios dedos de dos tajos rápidos. El hombre de las botas suelta un aullido de dolor y cae hacia atrás sangrando. Su pareja tarda en reaccionar por la sorpresa y a Issa le da tiempo a volver a parapetarse.

—¡Tírale, coño, tírale! —ordena con un ladrido el herido.

El otro no responde —tampoco dispara—, pero es más listo y no repite el mismo error que el herido. No pierde el tiempo en seguir forzando la puerta y lo que hace es agacharse para encontrar una línea de tiro factible.

Lo primero que asoma, iluminado por la luz del pasillo, es el supresor de sonido enroscado al cañón de una pistola HK Compact, toda en polímero negro.

—¡Métele un tiro, cojones! —chilla enfurecido el tipo que está en el suelo, recostado contra la puerta del trastero de enfrente mientras se aprieta las manos ensangrentadas contra el pecho.

—¡No la veo! —responde una voz de mujer—. No voy a tirar a ciegas...

El supresor de sonido del arma la condena.

Issa se inclina, agarra el cilindro con la mano izquierda y tira con fuerza hacia un costado a la vez que le suelta una patada en la rodilla. La chica se desbalancea, pierde el centro de masa, se le escapa una imprecación y aprieta el gatillo; la pistola emite un chasquido ahogado y la bala perfora unas cajas en la oscuridad, pero la operadora va hacia delante y cae de rodillas. Issa gira como una peonza veloz, le estampa un codazo fortísimo en la sien y la chica cae al suelo aturdida.

El tipo de los dedos cercenados la mira estupefacto con una expresión de terror. Todavía tiene la pistola enfundada y le faltan apéndices esenciales para usarla. No puede creérselo; en menos de un minuto las tornas han cambiado.

—¿Hay alguien más esperándome ahí afuera?

El operador no dice nada. Issa sonríe malévola.

—Os estáis quedando sin peña, ¿eh?

—Averígualo tú misma —escupe el tío.

—Okey—le dice ella—. Entonces esto va por el rencor.

Se agacha, recoge la HK y le planta dos plomazos certeros en la cabeza.

Por un momento se queda a la escucha, verificando el silencio. Sube la persiana del todo, enciende la luz, va hasta una caja de cartón de IKEA en la estantería y saca unas bridas de plástico. Ata con ellas las piernas de la chica por los tobillos y la maniata. Ninguno de los operadores lleva NIE, pero Issa se queda con el dinero que encuentra en sus bolsillos, desenrosca los silenciadores y mete las dos pistolas en la caja para llevárselas.

La chica sacude la cabeza y tose. Abre los ojos. Tiene la mirada vidriosa.

—Qué pérdida de tiempo y talento —dice Issa con tristeza—. Podrías estar allá en casa, en una playa cálida, retozando con el amor de tu vida. Pero estás aquí, corriendo riesgos, pasando frío y obedeciendo órdenes de gente invisible a la que no le importas en lo más mínimo.

La chica hace un gesto de dolor, pero no se queja. Tiene la piel muy morena, los ojos grandes y grises y el cabello de un azabache natural. Y también posee una expresión dura, de fortaleza interna y determinación. Así las pilla el DOE.

—No sé quién eres —dice Issa, agachándose a su lado—, pero creo que no te mereces esto. Te estás haciendo daño a ti misma y no obtendrás recompensa.

La chica vuelve a toser. Sigue aturdida. Quizá tiene una conmoción.

—Me veo en ti —le confiesa Issa—. Tú eres mi reflejo del pasado. Yo era así, estuve en tus zapatos y manifesté esa misma actitud no hace mucho. Era una comecandela que quería zamparse el mundo y sobrecumplir las metas que me exigía el Departamento. Me equivoqué, dejé que me convirtieran en un monstruo, y lo fui hasta que desperté, escapé y encontré mi propio rumbo.

La chica tendida de costado la mira con arrojo y resentimiento. Masculla algo ininteligible, se arquea y vomita en el suelo polvoriento del trastero.

Issa la agarra por los hombros y la mueve para apartarla del vómito. Se incorpora, la observa desde arriba y le dice:

—Voy a hacer otra cosa por ti, muchacha. Voy a quemar este teléfono para ayudarte. Llamaré a una ambulancia en cuanto salga de aquí. Tú aguanta y, cuando estés en esa cama de hospital, que será el único momento en que el DOE no pueda imponerte sus reglas, reflexiona, piensa en lo que he dicho. No repitas mis errores. No dejes que te hagan lo que me hicieron a mí.

La duda aflora en la mirada de la chica.

—No soy como tú —replica, con voz entrecortada.

—Pero lo serás si no lo reconsideras. Perderás todo lo que quieres y vivirás para arrepentirte. Y eso no es una reflexión mía, es un vaticinio.

20

Mercè termina el turno, sale del hotel y va al aparcamiento soterrado en paseo de Gràcia donde tiene el scooter eléctrico de su ex, Clara, ahora que Issa está usando el Fiat 500e por unos días. Consternada todavía por el visitante reciente de Elenka y el texto de WhatsApp posterior, ignora que sus disgustos están a punto de incrementarse.

El scooter no está a la vista.

Hay un coche imponente en su plaza. Se trata de un Rolls-Royce Cullinam de 2022, un SUV de cinco puertas con la carrocería de un cromado negro diamante; es probable que haya salido del mítico y exclusivo BUNKER-M, la cadena de concesionarios de automóviles de superlujo cuya filial hace poco ha empezado a operar en Barcelona.

A Mercè le parece que trescientos cincuenta mil euros por cuatro ruedas y un chasis elegante es una extravagancia que solo aquellos que creen que el precio es una medida justa de la calidad se animan a pagar. Ella intuye qué tipo de gente elije prendas y estilo de vida en función del precio máximo en el mercado. Los ha visto en el hotel en varias ocasiones, y ha visto a sus esposas e hijas comprar en boutiques y en El Corte Inglés siguiendo ese único criterio.

Tan pronto como se acerca, las puertas delanteras del SUV

se abren y bajan dos gorilas de facciones eslavas. Ambos son altos, visten cazadoras de piel sintética, tienen los hombros abultados y llevan el cráneo afeitado.

Puro cliché cinematográfico, pero no por ello menos letal.

Están listos para romper huesos. Y para matar.

Ella se detiene indecisa. Se siente incómoda, pero no percibe el peligro al que está expuesta en ese momento. Es una ciudadana con carácter y dignidad, con pleno derecho ante la ley y ningún extranjero con ínfulas de perdonavidas va a venir a intimidarla.

La puerta trasera derecha se abre, el estribo se ilumina y Kurkov baja del coche. Viene hacia ella sin prisa y se planta a un metro de distancia. Ha dejado el sobretodo en el SUV y ella puede notar que tiene hombros anchos y que sus ojos crueles muestran una amenaza palpable. Espera, sin decir nada, pero todavía está más agraviada que asustada. Le molesta ignorar la naturaleza exacta del daño que este hombre le ha provocado a Elenka y eso le hace perder la perspectiva de su actual situación.

Kurkov recoge la manga del traje Zegna con un gesto brusco del brazo y consulta el Patek-Philippe que lleva en la muñeca. En los puños de la camisa perlada, los gemelos de oro relucen con las iniciales NK. Ella se fija en que tanto el reloj como los gemelos y el pasador en el cuello de la camisa proceden de la misma línea de joyería.

—Nunca he tenido que esperar tanto por una mujer —dice Kurkov.

—No sabía que usted me estuviera esperando —replica ella.

Kurkov se arregla el puño de la camisa como si cada gesto fuera ensayado, como si el noventa y nueve por ciento de su vida estuviera compuesta por una coreografía de gestos rituales y un uno por ciento, de gestos mortíferos. La luz LED del techo del aparcamiento aporta un halo de tibia claridad a su cabello, pero arroja sombras sobre sus pómulos y el resultado es una máscara temible.

—Esto lo diré una sola vez —le dice—, y será mi única advertencia. No vuelvas a tener ningún tipo de contacto con Elenka. Nunca más.

Mercè no replica. Se queda muda.

—¿Lo has entendido? Elenka tiene dueño. Enamórate de otra.

Ella siente un calor súbito en las mejillas, como si las palabras la hubieran abofeteado. Sigue enfadada, al borde de la ira, incluso.

—Ninguna mujer tiene dueño —espeta de pronto de manera irresponsable.

—Elenka no es una mujer —dice él, lapidario—. Es una ofrenda, me fue dada. Y como se trata de algo que tú no puedes comprender, me he tomado el trabajo de venir a decírtelo en persona. Elenka es sagrada y no puedes tocarla.

«Ya la he tocado, y ella ha dejado su huella en mí», quiere decirle Mercè, pero el calor que la invade le cierra la boca.

—Puedo sacarla del HDL hoy mismo, ahora —continúa él—, llevármela a cualquier otro hotel de cinco estrellas de la ciudad. Pero no quiero, no lo haré. No pienso mover mis piezas por culpa de un insecto. Supongo que serás consciente de lo que suele hacerse con los insectos que molestan. —Se queda observándola para evaluar su reacción, y añade—: Lo único que quiero es que mis palabras te queden claras y las obedezcas por tu propio bien. No le hables, no la toques, no la atiendas, no le hagas favores. Si os cruzáis en un pasillo, no la mires a los ojos y sigue tu camino. Olvídate de que Elenka existe.

Ella mueve la cabeza en gesto negativo, quizá sin ser consciente de hacerlo.

—Mañana sabré dónde vives —declara Kurkov—. Habrá

gente observando tu vida con mucha atención para que, llegado el caso... —chasquea sonoramente los dedos—, se destroce algo vital.

Mercè se siente hervir. Aprieta los dientes hasta sentir la rigidez en la mandíbula. Sigue pensando que este hombre ha venido a asustarla, reducirla a un animalejo indefenso, pero ha juzgado mal su capacidad de sacrificio, la fibra de resistencia que habita en ella.

—No puedes decirme lo que tengo que hacer —protesta, tozuda.

Hay algo en el rostro de Kurkov —un tic sutil, un movimiento muscular— que indica decepción, o quizá perplejidad. Baja un poco los hombros y los dos gorilas con cazadoras de cuero —que no deben de entender el castellano, pero leen muy bien las señales del jefe— se acercan a Mercè hasta flanquearla; aguardan a unos metros de ella, pero es evidente que pueden echársele encima en menos de dos segundos y molerla a golpes. De repente, Mercè se da cuenta de la situación tan vulnerable en la que se encuentra. Durante unos minutos ha estado ciega al peligro y ahora comprende lo fácil que podría perder la vida allí.

Le tiemblan los puños. No puede evitarlo. Tiembla de temor y de impotencia, pero también por el resentimiento hacia todo el legado de violencia y transgresión que ellos representan.

A veinte metros de distancia, en una plaza de aparcamiento de la hilera siguiente, el motor de un coche arranca y rompe el momento. Se trata de un Seat Ibiza de color gris mate de lo más típico y anodino. Los faros delanteros se encienden, pero el conductor, al que no pueden ver, deja el motor al ralentí, sin mover el vehículo, como quien está esperando.

Kurkov no aparta la mirada de los ojos de Mercè, pero sus dos gorilas se vuelven. Esperan, se lo piensan, sin actuar. Uno de ellos le dice algo en ruso a Kurkov y él asiente. Señala a Mercè con un dedo y le advierte:

—Ya está dicho. Espero que lo hayas comprendido y no volvamos a vernos.

Arrogante y resolutivo.

Da media vuelta y regresa al coche. El gorila que no está destinado al volante le abre la puerta trasera para que entre y luego trepa al asiento del copiloto. Mercè se aparta un poco y el Rolls-Royce pasa veloz muy cerca de ella y se dirige a la rampa de salida del aparcamiento.

21

Diferentes aproximaciones al problema de las casas refugio del DOE como preludio de una serie de maniobras del esquema damas turcas. Movimientos paralelos, laterales, pertinentes en una guerra asimétrica.

Mientras observa su objetivo sentada en el coche, Issa no puede evitar preguntarse si esa será la estrategia que seguirán las defensas ucranianas para afrontar la invasión a su territorio. Lo duda; en todo caso, las combinarán en sintonía con las capacidades defensivas y ofensivas de las cuales dispongan. En cierto modo, la situación de Issa es más manejable que la del ejército ucraniano; en su caso, el enemigo desconoce su localización actual y pronto —cuando el cerebrito de la Universidad de Ciencias Informáticas se esfume— se quedarán sin el rastreador superespecializado y, para entonces, la ventaja numérica ya no será determinante.

El reconocimiento de la casa refugio número 1 en el Gòtic es un éxito; espiada desde Jaume I y desde la estrecha callejuela Hèrcules —húmeda y resbaladiza tras el paso del vehículo de limpieza municipal, con helechos que crecen en la pared centenaria de la basílica dels Sants Màrtirs Sant Just i Pastor—, el pasaje Arlet se le muestra como un lugar traicionero, de incómodo acceso y, por tanto, un objetivo desechable, inoperante para el movimiento lateral que Issa planea.

En cambio, la situación de la casa refugio número 2 del DOE, ubicada en un barrio del Distrito III de L'Hospitalet de Llobregat, resulta ser un objetivo más fácil de espiar e integrar a dichos planes. Desde la relativa invisibilidad que le brinda el coche de Mercè y la bullente energía de Santa Eulàlia, Issa observa durante días el entrar y salir de los operadores cubanos, las visitas de los informantes asociados a las actividades de seguimiento de inmigrantes prodemocracia y las rutinas de los funcionarios del consulado. Se sabe que hay varias estaciones de policía chinas ilegales en Europa, pero nadie habla de las casas de operaciones soterradas cubanas. Quizá a nadie le importan.

Estos en concreto, merecidamente, son víctimas en potencia.

Como patos en fila en una caseta de feria donde juegas a disparar.

Issa piensa en la chica de la emboscada en el trastero. Se pregunta si seguirá en el hospital o si sus superiores —en castigo a su fracaso o por cuenta de la gravedad de sus lesiones— la han desechado como operadora y la han enviado en un avión con destino a La Habana. Cualquiera de las dos opciones será buena para ella si no se encuentra en la casa refugio número 2 el día que pase lo que tiene que pasar, cuando les llegue la tormenta que ella va a desencadenar.

De la portería del edificio que vigila salen dos hombres. Uno de ellos cojea de manera notable y se apoya en el hombro de su acompañante. Ella lo reconoce; esa rodilla rota no se recompondrá en mucho tiempo. Y si sigue ahí cuando llegue el Día-D, pues peor para él. Ambos llevan abrigos viejos y baratos, como si el presupuesto asignado fuera el mínimo indispensable para abrigarse. Lo más probable es que ese piso no tenga calefacción. Issa los sigue con la mirada mientras se dirigen a la estación de metro.

Sobre el salpicadero del Fiat, un móvil plegable Motorola, otra antigualla 3G, vibra. Ella lo coge, lo abre y reconoce el número de Mercè.

—Dígame, excelencia —bromea al contestar.

—En el curro ya me llaman jefa y me molesta un poco —dice Mercè—, pero esto de «excelencia» es un tanto ofensivo, la verdad.

—¿Qué pasa? ¿Tienes algún problema concreto con los Borbones o directamente eres antimonárquica? Cualquiera de las dos cosas puedo aceptarlas.

—No me *atabales*, *cubaneta meva* —replica Mercè—. ¿Podemos hablar?

—Por supuesto. Vivimos en la misma casa, por cuya hospitalidad te reitero mi agradecimiento, ya lo sabes.

—Sí, pero llevamos días sin vernos.

—Lo dicho. Vivimos bajo el mismo techo, pero que yo sepa no hay acuerdo ninguno de socialización, ¿no?

—Sé que te estás haciendo la charra, la graciosa, como diría una colombiana que trabaja conmigo, pero necesito que nos veamos hoy mismo.

—¿Quieres el coche de vuelta?

—No. Lo que quiero es tomar un vuelo que me aleje de Europa. Estoy pensando en las Seychelles. Me las recomendaron hace unas semanas y me reí de la ocurrencia, pero ahora mismo me parece un destino de lo más apropiado.

—Bueno, lo capto —dice Issa—. Dime, ¿qué ocurre?

—Tengo problemas.

—Soy toda oídos.

—Siento decírtelo, pero me parece que me han amenazado de muerte.

—¿Rusos?

—¿Eres adivina, Issa?

—No, pero no me imagino a nadie más tremendista que los rusos en los tiempos que corren. ¿Le has echado un vistazo a las noticias últimamente, el lío en Ucrania y toda la pesca? Debe de ser un tema de carácter.

—Bueno, pues eso. Apareció un jefazo y me dijo que me alejara de Elenka.

—¿Cómo sabes que era un jefazo?

—Todo en él anunciaba su rango. El coche, la ropa, los gorilas, las ínfulas.

—Vaya. No sabía que tenías tan buen ojo para esas cosas, Mercè.

—No te burles.

—No lo hago. ¿Dijo que iba a hacerte algo en concreto?

—Sugirió que haría cosas terribles. Me comparó con un insecto molesto.

—¿Cuándo ocurrió eso?

—Hace dos días. Dijeron que averiguarían dónde vivo...

—Escúchame, no te preocupes mucho por lo que dijo ese hombre. Lo más probable es que no vaya en serio. Ese tipo de gente no monta una masacre ni un asesinato por el mero hecho de que mires a la novia bizqueando. No están en su casa y el fin no justifica los medios, ¿me entiendes? El único objetivo para hacer una amenaza de ese calibre es intimidarte.

—Pues lo ha logrado. Hoy he estado muy nerviosa en el trabajo. Elenka no responde mis mensajes. He pensado en ello y me ha dado el canguelo.

—Tranquila —dice Issa—. ¿Cuándo nos vemos?

—Cuanto antes. Hoy salgo a las ocho. ¿Puedes recogerme a y cuarto?

—Claro. Nos vemos en tu plaza de aparcamiento esta tarde...

—Ni lo menciones —replica Mercè—. Ahí fue dónde recibí la advertencia. No pienso volver ahí abajo en un largo tiempo.

—Veo que te dejó trauma. ¿Te va bien a esa hora frente al Majestic?

—Sí, nos vemos allí.

—Vendré por València, así que espérame en la otra acera; dirección mar, como decís vosotros.

Llaman al cristal de la ventanilla con los nudillos. Casi da un respingo.

Un tío. En la treintena. Mal afeitado. Expresión ligeramente estólida. Ojos rojizos de fatiga. Uniformado. Lunas de sudor en las axilas. Se ha bajado de una furgoneta de reparto de paquetería que ha dejado en doble fila; la puerta del vehículo sigue abierta.

Ella retira la mano que, por reflejo, ha metido entre los asientos delanteros para alcanzar la pistola HK que tiene escondida. Se recrimina por haber dejado de prestar toda su atención a la calle mientras habla con Mercè.

—Perdona —le dice el hombre—, pero estás apalancada en una zona de carga. ¿Podrías...?

Issa enciende el motor, mete la marcha y sale de allí.

22

Mercè está sentada en el Garden hablando con Marc. Él aún tiene media hora libre antes de entrar al turno de noche y relevar a Rosa, que se ha quedado a cargo de la recepción mientras ellos comparten un té caliente en la barra.

—Me quedan pocos días —anuncia Marc, y luego sopla la voluta de vapor que despide su taza. El vapor dibuja una cinta efímera en el aire y se desvanece.

—¿Pocos días para qué? ¿Vacaciones?

Él cruza las piernas, apoyando una corva sobre la rodilla contraria.

—No —dice afectadamente—. Me voy de aquí.

—¿Del hotel? No te creo.

—Créeme, cariño —dice él asintiendo—. Hace un par de semanas hice una entrevista de trabajo de lo mío.

—¿Qué es lo tuyo? Siempre pensé que te gustaba la hostelería.

—No me gustaba, pero en esa etapa de mi vida me divertía —puntualiza Marc reclinándose contra la barra—. Ahora ya no me divierte, ha perdido toda novedad después de año y medio, así que busqué otra oferta de empleo e hice una entrevista de trabajo de administrativo. ¿Te dije alguna vez que estoy calificado para ser director financiero?

—Nunca. Cuéntame.

—El tío de la empresa me dijo al final de la entrevista: «Bueno, ya te llamaremos», pensando que me dejaba en suspense, como siempre hacen. Así que le sonreí a la jeta y le dije: «Bueno, tal vez me llames, pero a lo mejor no cojo la llamada si no estoy de humor». Y entonces él se quedó un poco asombrado y me preguntó: «Pero ¿quieres el trabajo o no?». Y le respondí: «Lo quiero, pero no lo necesito. Dependerá de tu interés en contratarme».

—No te lo puedo creer.

—Como te cuento. Entonces, el entrevistador se quedó mirándome muy fijo a la cara y me dijo: «No te entiendo, esto es nuevo para mí», refiriéndose a mi respuesta. Así que volví a la carga y dije: «Pues deberías jubilarte. Soy un generación Z y voy a heredar tu mundo». El tío no venía equipado para el *ghosting*.

—Ya —le dice Mercè, que está examinando su propio reflejo en el espejo bruñido que hay detrás de la barra y le parece que el maquillaje no ha conseguido ocultar sus ojeras—. Sé que te gusta animarme con tus batallitas, pero...

—Ese es el problema con todos vosotros, los *boomers*, que no nos comprenden...

—Eh, para el carro —ríe Mercè a la defensiva—, que no soy una *boomer*. Yo nací en 1988.

—Eso es ser una *boomer* estos días, cariño. Para los zetas, todos los nacidos desde el descubrimiento del fuego hasta 1995 lo sois. Eso sí, tengo que reconocer que eres una *boomer* enrollada.

—Me estás haciendo sentir más vieja de lo que soy.

—El asunto es que os dejo, cariño. Esta mañana me llamaron de la empresa para decirme que aceptan mi candidatura como director financiero.

—Un sueldazo, imagino.

—No creas —dice él, y se encoje de hombros—. Es una empresa pequeñita, con quince empleados. Pero estamos en marketing y ya iremos creciendo. Los horarios son de oficina. Ya sabes, los viernes después de mediodía…

La pantalla del móvil de Mercè se ilumina. Número desconocido. Odia que la llamen para venderle lo que no quiere comprar o que una voz programada le anuncie algo, pero detiene la charla de Marc con un gesto y atiende la llamada. Nunca se sabe si Issa tiene otra tarjeta SIM y la llama desde un número nuevo para decirle que hay un cambio de planes de último momento.

—Dígame.

—Hablar contigo está resultando más difícil que encontrar vírgenes en Tinder —dice la voz de Fortuny al otro lado de la línea.

—Hola, Teresa —saluda Mercè sin saber por qué se ha tomado la atribución de llamar a la subinspectora por su nombre. Marc le pregunta moviendo los labios sin vocalizar: «¿Quién es?». Mercè replica su método silente: «La poli de la otra noche». Se levanta y se aleja de él—. ¿Quería hablar conmigo?

—Hace días que quiero hablar contigo, sí, y te voy dejando recados por aquí y por allá, pero parece que no tengo suerte. ¿O me estás evitando?

—No, no, pero últimamente estoy bastante liada.

—¿Mal de amores, por casualidad?

—No sé por qué me dice eso.

—Intuición, supongo.

Esa es la razón por la cual Mercè no ha querido hablar con Fortuny. Esa mujer, su forma capciosa de hablar, sus ojos inquisitivos, la ponen nerviosa, como si cualquier cosa que ella fuera a decir pudiera servirle para incriminarla. Le resulta odioso conversar con alguien en esos términos.

—¿Qué quiere saber? Ya le dije todo lo que vi aquella noche.

—Mercè, el caso no se resume a la escabechina de esa noche, hay un antes y un después —dice la mujer—. Tenemos que hablar.

—Estamos hablando ahora.

—Quise decir, tenemos que vernos y hablar. ¿Prefieres hacerlo al aire libre, en plan social, o prefieres que nos veamos en la comisaría?

Se perfila el acoso subyacente, la sugerencia sutil de represión institucional.

—Preferiría evitar la comisaría —cede Mercè—. No me gusta cómo huelen.

—¿Tendrá que ver con la higiene?

—No —responde Mercè—. Tiene que ver con el ambiente.

—Entonces no será en la comisaría. ¿Podríamos vernos hoy?

—Hoy no. Ahora estoy trabajando.

—¿Cuándo acaba tu turno?

—Nunca se sabe. Depende del personal que me releva.

—Ah, comprendo. A los polis nos pasa exactamente lo mismo. Los días no tienen fin, el relevo se lía y no aparece. Hay turnos de nunca acabar. Lo cierto es que he tenido que ocuparme de otras investigaciones y tuve que dejar en dique seco el caso de lo sucedido en el hotel, en vista de que no conseguía hacerlo progresar. Sin embargo, hace poco he sido testigo involuntario de algo que me hizo pensar en nuevas formas de enfocar esa investigación. Quizá tus respuestas me ayuden a cerrar el caso.

A ella no le gusta el tono empleado. Cerrar el caso, ¿qué significa? ¿Darle carpetazo o pillar a alguien implicado? No le suena bien lo que dice la mujer, pero tampoco quiere indagar. Lo que desea es colgar y olvidarse de ella.

—No dices nada —constata Fortuny.

—No sé qué decirle —replica Mercè—. No hay nada que yo viera aquella noche que no le haya contado ya. Al menos, no he recordado nada nuevo.

—Está bien, está bien —dice la subinspectora—. Vamos a dejarlo por ahora.

—Vale. Entonces ¿en qué quedamos?

—No te preocupes —dice Teresa Fortuny—. Ya nos veremos por ahí.

Corta la llamada.

Mercè se siente aliviada. Al contemplar la taza vacía en su mano, piensa que le gustaría ser vidente para saber si la figura que forman las hojas de té en el fondo contiene un mensaje digno de ser descifrado.

23

Issa recoge a Mercè en la calle València a la hora convenida y se van a la playa. No hablan nada durante el trayecto, como si ambas estuvieran calibrándose antes de empezar a soltar anécdotas, quejas y propuestas. Oscurece cuando echan el ancla en un local del paseo marítimo de la Barceloneta, que mantiene los parasoles abiertos incluso durante la noche y está a unos pasos de la arena. Piden y Mercè le escribe a Elenka un mensaje mientras Issa observa al resto de los comensales. La mayoría son DINKS (doble ingreso y sin hijos) que tienen las cosas claras: apostar por la trayectoria profesional, la libertad financiera y no traer hijos a un mundo que agoniza.

En una esquina del local, una pantalla enorme muestra un videoclip; como si fuera una diapositiva diurna del mismo paisaje exterior, Shakira camina por la Barceloneta cantando el veterano éxito «Loca» mientras anuncia que se muestra loca, loca con su tigre.

—Ya está —dice Mercè tras colgar, con el alivio aflorando a su rostro—. Se reunirá con nosotros aquí dentro de una hora.

—Espero que se haya comprado otro móvil para hablar contigo —comenta Issa. Traen las bebidas: nada de alcohol; agua de ósmosis en una botella de cristal nevado con el logo del restaurante para Mercè y una Coca-Cola normal con hielo y una rodaja de limón para Issa.

—Sí, eso ha hecho. Está usando otro teléfono, pues sabe que los técnicos de Kurkov pueden clonar fácilmente la aplicación de WhatsApp anexada a su número. De todos modos, lo ocurrido ha cambiado su forma de relacionarse conmigo.

Llega la comida. Issa ataca la parrillada de carne a la brasa compuesta por churrasco, butifarra y cordero (con arroz blanco basmati aromatizado), y deja que Mercè, que no parece estar muy interesada en la escalivada de verduras al horno que ha pedido, mordisquee porciones de *pa amb tomàquet* mientras le cuenta en detalle lo ocurrido con Kurkov en el aparcamiento y la llamada que la subinspectora le ha hecho hace un rato. El pan de cristal se ve estupendo, pero Issa no pierde el tiempo con carbohidratos, sigue dando cuenta de la proteína a la vez que pica algo de las verduras de Mercè y escucha con atención.

—Come un poco —sugiere al rato—. No dejes que se te enfríe.

—Ya está bastante fría —dice Mercè—. Y la verdad es que no tengo apetito.

—Tú misma. Te harás cargo de la cuenta. ¿No será que perdiste el apetito porque llevas días sin ver a ricitos de oro?

—No. Lo que tengo es un vuelco en el estómago, y eso significa pánico.

—Por lo que me cuentas, esa era la intención de Kurkov. Acojonarte. Y eso es algo que no deberías permitirte —dice Issa—. El miedo es un condicionante, pero no conforma un marco objetivo. El miedo es solo estrés químico en tus neurotransmisores, una señal primitiva que proviene de la parte irracional de tu cerebro, ¿entiendes? Si aprendes a dominarlo, entonces puedes usar tu parte racional para trabajar en obtener resultados favorables.

—Para ti es fácil decirlo —le recrimina Mercè, que recorre con nerviosismo el borde de la copa de agua con el dedo índice—. Te han entrenado para eso.

Issa va a replicarle, pero entonces reconoce a la mujer cuarentona con rasgos duros y flequillo recortado que viste un abrigo largo de color gris verdoso. La subinspectora se abre camino entre las mesas y se detiene junto a ellas.

—Con permiso —dice jocosa, y toma asiento—. Qué suerte la mía: salgo a dar un paseo junto al mar y me tropiezo con vosotras de terraceo.

Mercè se queda de piedra. Issa asiente.

—Nos ha estado siguiendo en coche. Todo el tiempo.

—No. Estaba de paseo —repite Fortuny—. Este sitio tiene mucho pedigrí. Hace unos cien años, cuando la Barceloneta era un barrio de pescadores, había una taberna por aquí que Gaudí visitaba a menudo.

—¿Ah, sí? —dice Issa—. ¿Habló alguna vez con él?

—No seas borde. Cuando yo nací, Gaudí llevaba casi medio siglo muerto por culpa de un tranvía envilecido.

Mercè ignora la copa de cristal y se lleva la boca de la botella a los labios.

Teresa Fortuny la mira a los ojos y le dice:

—Sé que antes dije que nos veríamos por ahí, pero este me parece un buen lugar para tener la charla pendiente. —Se ríe de su propia ocurrencia—. Venga, chica, muestra un poco de buen humor y paciencia con esta funcionaria cuya única aspiración es hacer bien el trabajo por el que le pagan.

Mercè no dice nada. Issa teme que se descomponga.

—Señora Fortuny, parece mentira —dice—. Esta es una bonita noche de sábado, ideal para el asueto, la disipación, y usted va por ahí desperdiciándola para importunar a la gente solo porque no le cogen el teléfono. Con todo respeto, ¿no tiene usted un marido esperándola en casa?

—Esa boquita algún día va a ser tu perdición —le reprocha Fortuny, que al parecer ha encajado muy bien el golpe—. Haznos un favor, ¿por qué no te vas un rato a caminar por la arena y atiendes Snapchat o Instagram, o lo que sea que haga la gente de tu edad, y me dejas un rato a solas con Mercè? A veces las personas mayores necesitamos hablar en privado.

Issa mira a Mercè. Ella asiente y saca el móvil. Se lo entrega a Issa y le dice:

—¿Recuerdas lo que dije antes sobre tomarme unas vacaciones?

—Ajá.

—Vale, las quiero cuanto antes. Las necesito. Entra en mi cuenta de Airbnb y reserva aquella casita en Cadaqués.

Issa toma el teléfono, picada por la curiosidad, y de repente cae en la cuenta de que lo que Mercè le está sugiriendo no tiene nada que ver con unas vacaciones en la Costa Brava y que debe llamar a Elenka de inmediato para decirle que no venga a este lugar.

Se levanta y sale en dirección a la playa mientras escucha a Fortuny decir a sus espaldas que Cadaqués es muy frío en esta época del año.

Fortuny observa a Issa alejarse en la noche y le dice a Mercè:

—Te tomé por una chica sencilla de Vic, sensata y buena trabajadora, pero algo me dice que últimamente no andas con buenas compañías. Esa niña tiene muy mala leche, y no sé por qué. Tal vez debió quedarse en Sant Cugat.

—Quizá tiene un bloqueo de endorfinas —responde ella—. Todo el mundo no se adapta igual al estrés urbano.

—Eso parece —dice Fortuny—, pero volviendo a ti...

El camarero se acerca en ese momento a la mesa para preguntar si van a tomar postres y café, y se encuentra con la recién llegada.

—¿Va a comer algo, señora?

Fortuny lo mira, un poco molesta por la interrupción, o quizá porque la ha llamado «señora», y pone los ojos en blanco.

—No voy a comer. Beberé algo.

El camarero compone una suerte de sonrisa artificial.

—¿Y qué desea beber?

—Una cola.

—¿Coca-Cola o Pepsi?

—Una Dr. Pepper estaría bien —repone Fortuny haciendo una mueca.

—Dr. Pepper no es una cola, señora —dice el camarero—; es una soda. Una bebida gaseosa carbonatada.

Fortuny lo mira abiertamente hostil y lo reprende:

—No hay necesidad de ponerse tan impertinente y puntilloso, jovencito. —Frunce los labios y Mercè advierte en ellos grietas verticales—. He cambiado de opinión, tráigame una cerveza. Sin vaso. Quiero una botella de Moritz, que esté cerrada. Y me trae un abridor también, la abriré yo misma.

—Yo se la puedo abrir...

—No confío en usted —replica ella tajante—. No quiero que me escupa en la cerveza.

El camarero enrojece y se marcha envarado. Fortuny vuelve la mirada hacia Mercè y recupera la sonrisa.

—Para ser una servidora pública, hoy estoy teniendo un día difícil, quizá porque siento que te estás escaqueando, y ahora ese pobre muchacho se ha llevado una mala impresión de mi carácter.

Mercè reúne valor y le contesta:

—Dice un refrán popular: «Nunca mandes a quien mandó, ni sirvas a quien sirvió».

—Vale, vale, ¿dónde estábamos? Tus compañías... Tienes que aprender a elegirlas mejor para evitarte problemas. Yo no puedo estar siempre ahí para sacarte las castañas del fuego.

Ella no dice nada. Recuerda que, en el transcurso de la llamada anterior, la subinspectora dijo haber sido testigo involuntario de cierto acontecimiento que le hizo cambiar el enfoque de la investigación. Cruza las piernas bajo la mesa y espera que Fortuny no perciba su temblor.

—Ciertos individuos no parecen apreciarte. —El color café de los ojos se oscurece bajo las cejas arqueadas—. Y me refiero a los rusos...

—Usted estaba en el aparcamiento —susurra Mercè—, en aquel Ibiza.

—Por suerte para ti —reconoce Fortuny—. Yo había llegado una hora antes, dispuesta a esperarte allí para hablar contigo porque no quería ir a verte al HDL otra vez para que nadie pueda acusarte de que estás comprometiendo la imagen del hotel, y fue una sorpresa para mí cuando al rato llegó ese pedazo de coche y se tomó la atribución de ocupar tu plaza de aparcamiento. Luego llegaste tú y, al ver que las cosas tomaban un rumbo caldeado, hice el truco con las luces y te salvé la vida.

—No me salvó la vida. Estábamos hablando.

—Mira, sé que soy vieja y estoy llena de prejuicios por culpa de mi bendita profesión y por toda la mierda que he visto en las calles de esta ciudad, pero algo entiendo sobre la actitud, y te aseguro que esos dos machacas estaban a punto de darte una zurra para beneficio de su jefe, el rubiales del traje.

—Kurkov —dice Mercè de pronto—. Se llama Nikolái Kurkov. Y lo que estábamos hablando no está relacionado con su investigación.

Fortuny se queda mirándola, evaluando su expresión. Llega el camarero y coloca la botella de Moritz y el abridor metálico sobre el mantel de la mesa. De paso, deja la carta de postres junto a Mercè y vuelve a marcharse.

—¿Qué pasa entre vosotros? Porque no creo que una chica como tú sea de las que se atreva a liarse con esa clase de tíos.

Ella duda un momento.

—Ya se lo dije. Lo que pasa entre nosotros no está relacionado con lo que usted fue a investigar al...

—Mercè —la interrumpe Fortuny alzando la palma de la mano—. Todo podría estar relacionado. Este mundo nuestro es una tela de araña. Cada hebra de seda es una vida, y todo está entramado en un dibujo que es más grande que la realidad que percibimos de manera individual. Pero si una hebra se rompe o se mueve de lugar, el resto de las hebras se verá afectado.

—No veo la relación —replica ella.

—Porque es complicado. Se necesita experiencia para verlo. Por eso, hazme el favor, responde lo que te pregunto y deja que sea yo la que decida si las cosas están relacionadas o no, ¿vale?

Ella se encoge de hombros. Se sirve agua en la copa y declara:

—La novia de Kurkov vive en el hotel.

—Vale. ¿Y?

—Y..., nos hemos hecho amigas.

—¿Te refieres en plan sexual?

—En plan amor —corrige ella—. Al menos, yo estoy enamorada.

—Mmm. —Fortuny toma el abridor y abre la botella de Moritz—. ¿Tenía yo razón entonces cuando dije que podrías estar padeciendo mal de amores?

—Sí, usted tenía razón. No me había ilusionado con nadie desde que perdí a mi pareja durante la maldita pandemia del covid.

—El COVID-19 no fue una pandemia —declara la mujer—, sino un catarro global. Las verdaderas pandemias son la miseria, las guerras y el aforamiento de los políticos.

—Las guerras se llevan la palma.

—No creas. En ciertos países, el aforamiento político es la peor plaga.

En la distancia, el Peix dorado de Gehry flota sobre las luces del casino y más allá, desde el ángulo de visión de Issa, la torre Mapfre parece una prolongación menos iluminada de la mole cuadrada del Hotel Arts.

Camina por la arena junto a la orilla del mar y escribe un mensaje en el móvil de Mercè, mientras el viento nocturno y el bregar de las olas que lamen la playa se tragan los sonidos de la ciudad. Teclea un: «¿Dónde estás?», y espera. La pantalla del smartphone se oscurece mientras espera la respuesta, y en ella surge reflejada la silueta del Hotel Vela rodeada por un halo de neón que se alza a su espalda.

La pantalla vuelve a iluminarse cuando llega la respuesta.

En el taxi. Camino de la playa

Da media vuelta. Hay moros en la costa

No entiendo

Llámame!

No puedes esperar? Ya casi estoy llegando

Issa entra en las funciones Android, activa el alfabeto cirílico en el teclado y escribe un mensaje en ruso. Le responden en cirílico, vuelve a textear y entonces recibe el tono musical de llamada entrante.

—¿Tanto te cuesta hacer una llamada? —protesta ella hablando en ruso.

—Escribir es más rápido —se justifica Elenka—. Y más cómodo.

—Primera vez que escucho decir algo así. Debe de ser cosa de tu generación.

—Mi generación es la misma que la tuya, Issa. Tengo veinticinco años.

—Y yo veintisiete, pero recuerda que yo vengo de la Edad de Piedra.

—¿Qué pasa? ¿No podemos vernos? Tenemos muchas cosas que discutir.

—No será hoy. Una poli nos pisa los talones. De hecho, ahora mismo está hablando con Mercè.

Elenka suelta una imprecación y dice:

—Espero que no diga nada. Si habla de mi relación con Maxim y Kurkov, ya puedo darme por muerta. ¡Malditos polis! En Rusia y aquí y en cualquier lado son iguales, siempre nos hacen lo mismo.

—Dicen que actúan por nuestro bien, para protegernos, pero yo creo que, en el mejor de los casos, todo lo que hacen es para satisfacer sus apetencias.

Mientras camina, se ha ido apartando un poco de la orilla para escuchar mejor la voz de Elenka al teléfono. A treinta metros de donde está, distingue a dos personas sentadas en la arena, muy juntas, perfiladas por el resplandor del lejano Port Olímpic. Se detiene y vuelve la vista hacia el paseo marítimo.

—¿Cómo va tu herida? —pregunta Elenka.

—Curada —contesta ella—. Pero quedará una fea cicatriz.

—Tampoco es la única que tienes. Cuando estabas desnuda en mi habitación, vi otras. Esas marcas cuentan una larga historia sobre ti.

Issa sonríe.

—Ahora me siento en desventaja —le dice—. Me pregunto si tú también tienes cicatrices.

—Tengo —reconoce Elenka—, pero las mías van por dentro. Entonces ¿qué hacemos? ¿Cuándo podremos reunirnos y hablar?

—Tú dirás. Mercè tiene el día libre mañana, y yo siempre estoy disponible.

—Estamos de suerte. No tengo ningún cliente agendado para mañana.

La pareja que está sentada en la arena adopta una posición horizontal.

—Entonces será mañana —concluye Issa, que empieza a volver sobre sus pasos—. Pero no en el piso de Mercè. Tiene miedo de que Kurkov la tenga vigilada y que las cosas empeoren para vosotras.

—No creo que Nikolái la vigile, pero puede que Maxim sí me vigile a mí. Es mejor que evitemos los sitios públicos. Dejadme escoger un lugar seguro y mañana os llamo para daros la dirección. ¿Te parece bien?

—Diría que sí. Nos vemos mañana.

—Gracias por avisarme. Adiós.

—Adiós —dice Issa, y cuelga.

Las olas rompen contra el islote artificial apodado Perejil y el viento le trae a Issa sonidos de gemidos o gritos ahogados que vienen de la orilla. Se queda un momento a la escucha y luego se voltea hacia el mar. Vuelve a ver a la pareja que parece retozar sobre la arena; los gemidos se acentúan y entonces se da cuenta de que se trata de una riña de amantes, o quizá de una violación.

Issa corre veloz hacia ellos antes de ser plenamente consciente de que ha reaccionado por puro instinto, la memoria muscular en modo ataque y anulación del peligro. Vuela sobre la arena y arremete contra el tío semidesnudo que tiene a una chica inmovilizada bajo su corpachón mientras trata de penetrarla a la fuerza. Ella está llorando de impotencia, dolor y desesperación en el momento en que Issa proyecta una patada contra el costado del hombre. Algo cruje en el interior del torso y está a punto de soltar un grito cuando una pinza de dedos engarfiados le atenaza la garganta y lo saca de encima de la chica.

—Hija de... —dice el tío, y enmudece al sentir que tiene rotas tres costillas. La luna le ilumina el rostro crispado, los ojos muy abiertos.

Issa vuelve a patearlo en el plexo solar y él cae hacia atrás. La espuma del oleaje rompiente alcanza a cubrirle la cabeza y luego se retira. Issa se vuelve hacia la chica, que sigue llorando producto del shock, sin saber aún cómo reaccionar; está desnuda de cintura para abajo y se cubre el sexo con las manos.

—¿Tu marido o tu novio? —le pregunta Issa.

Ella niega con un gesto de cabeza y jadea. Tiene moretones en la cara, bajo los pómulos, y le sangra el labio inferior.

—Era mi... mi novio —explica entre sollozos—. Pero está casado. Vine aquí para hablar, decidida a romper con él... y...

—Y todo se complicó, ¿verdad? —concluye Issa—. Pues ahí te lo dejo. No se va a morir si consigue mantener la cabeza fuera del agua, pero te aseguro que ya no te hará daño. Haz lo que quieras, lo que te dicte la conciencia. Puedes largarte y dejar que ese cabrón se ahogue o remolcarlo un poco para alejarlo de la orilla y luego llamar a la poli para poner la denuncia.

La chica encuentra unos pantalones cortos de tela vaquera que están tirados a unos pasos. Ignora las bragas rotas y se sienta en la arena a llorar en silencio.

—No sé qué hacer —gime, y se queda mirando a Issa, desconsolada.

—Para empezar, intenta aprender de tus errores —dice ella, y echa a andar por la arena, alejándose de los sollozos y del apagado fragor de las olas.

24

Al Fiat 500e se le han secado las baterías —la culpa es de Issa que, ajena a los requerimientos de la mentalidad ambientalista, olvida cargarlo o le ha faltado paciencia para seguir el ritual—, así que se piden un taxi y van a la dirección que Elenka les ha facilitado para el encuentro. Durante el trayecto, mientras Mercè se escribe con Elenka, Issa no deja de observar las calles en busca de indicios de vehículos de seguimiento, pero quizá por la llovizna pertinaz que reduce la visibilidad, no los detecta. De todos modos, tiene la impresión de que los operadores del DOE no están tan cerca, sino que se han replegado mientras concentran nuevos refuerzos.

El destino es una finca regia ubicada en un bloque semicircular edificado frente a la rotonda de la plaza Francesc Macià. El portero uniformado, reverente, ha desplegado una alfombra a través del *hall* señorial con escalinata hasta el ascensor de época para impedir que los inquilinos resbalen sobre el suelo pulido con los zapatos mojados de la calle, y las chicas entran en la cabina trabajada en madera, puertas de hierro forjado, ventanillas de cristal biselado y claraboyas para subir al ático. El interior del artilugio modernista contiene una luna trasera y una banqueta tapizada que reduce de forma drástica el espacio útil, pero el ascenso a velocidad de caracol permite apreciar la suntuosidad de los rellanos.

Elenka las está esperando y les abre la puerta. Lleva pantalones de lino blanco y un polo entallado de un color rosa muy claro y cuello de canalé; ha enhebrado su cabello dorado en una única trenza muy gruesa que, orientada a un costado, cae al descuido sobre su hombro derecho, sujeta en el extremo por una felpa del mismo color del polo. Huele como si hubiera usado un espray de aceite protector para dominar el encrespamiento del cabello.

—Pasad, pasad —indica Elenka—. Conseguí que un buen amigo me dejara este sitio por unas horas.

Entran. Issa piensa que un «buen amigo» debe de significar que Elenka ha estado haciendo trabajos a domicilio a espaldas de Maxim y que probablemente tenga que pagar este favor en especias, pero no es el momento de hablar de ello, y mucho menos delante de Mercè.

Más que elegante, es un piso fastuoso —techos altos y artesonados, columnas, carpintería restaurada— al que han sometido a reformas y mejoras. Los muebles son modernos, con elementos rupturistas de diseño, y han reemplazado el suelo hidráulico de origen por un parquet doussié de lamas rojizas. Hay una fragancia a sándalo flotando en la estancia.

—Ahí dentro hay cafés y frappuccinos que acabo de comprar —le sugiere Elenka, que aún tiene a Mercè abrazada a ella.

Issa va a la cocina para dejarles espacio. La pieza está forrada con paneles de laminado y tiene todos los electrodomésticos integrados en los muebles, una encimera de granito con placas de vitrocerámica de inducción, un cacharro Kitchenboss de cocina al vacío y una isla de alta gama que contiene el fregadero de acero inoxidable y la extensión para sentarse a comer. Sobre la mesa hay varios vasos térmicos con el logo verde de Starbucks impreso en la superficie de poliexpan. Escoge uno y le da un sorbo al contenido; el café es fuerte, con un regusto a caramelo que resulta de su agrado, y al saborearlo mira a través de la ventana. La llovizna y la luz tamizada estropean la vista —aunque a ojos de un espectador romántico, contendría belleza—, pero en lontananza se advierte la frontera donde el reticulado Cerdá pierde mimbres y Les Corts enseña los dientes.

Luego Elenka y Mercè entran y las tres se sientan a conversar allí mismo.

Discuten. Exponen sus intenciones al completo, como una audiencia secreta de generales la víspera de una *Blitzkrieg*.

Las cosas quedan claras muy pronto.

Todas tienen objetivos definidos y de nivel urgente. Elenka ansía escapar de la red de Kurkov y deja clara su intención de venganza al referirse a Oleg, pero necesita una cantidad de dinero exorbitante para desaparecer del radar de la Troika. Mercè quiere hacer un cambio drástico en su existencia gris; no pide mucho, excepto mantenerse unida a Elenka y compartir objetivos con ella. En cuanto a Issa, sus requerimientos son sencillos: necesita dinero suficiente para conseguir una nueva identidad, abandonar la ciudad y encontrar acogida en otro país —ha pensado que Chipre podría ser un buen destino—, pero también considera necesaria, y es casi una compulsión, la posibilidad de asestar en el proceso un *coup de maître* a sus perseguidores.

Issa evalúa las fortalezas de sus compañeras de riesgo. Bajo la envoltura de fragilidad de Mercè hay una mujer empática, inteligente y determinada. Detrás de la belleza superficial de Elenka anida un alma resiliente y calculadora, con una poderosa motivación —similar a la de la propia Issa— que lo apuesta todo para romper sus cadenas y emanciparse. Sin duda, los desesperados se ayudan entre sí contra viento y marea.

Elenka les explica de dónde puede obtenerse el dinero.

No será fácil, desde luego. Dinero sucio, manchado de sangre.

Les habla de los negocios locales de la Troika; de las entregas de ganancias de Barcelona, recolectas de diferentes renglones —trata de blancas, asesinatos por encargo, drogas, tráfico de órganos, extorsión, usura— que llegan a Kurkov desde Lleida, Girona y Tarragona, que se suman a los porcentajes aportados por los garitos que los rusos controlan a lo largo de la costa hasta Valencia.

También les habla de la Línea Chaika, el expreso aéreo ruso de 2CB, cocaína rosa empaquetada que dejan caer muy cerca del litoral de Calafell y que luego rescatan y trasladan por tierra hasta la guarida de Oleg.

A Issa se le iluminan los ojos. Pide más detalles y asiente. Le parece que la Línea Chaika es la arteria femoral que conduce al corazón de Kurkov. A ella le gustaría golpear a Kurkov directamente, pero Oleg es un ganglio importante en el organismo criminal de Kurkov.

—Háblame de ese tal Oleg —le pide a Elenka—. Quiero saber cómo actúa y de qué recursos dispone.

Ella le cuenta detalles sobre el gigante al que todos llaman Oso. Le cuenta lo que sabe sobre el caníbal, exsoldado, torturador y asesino. Y luego le habla sobre el violador. El Oso es una perla; una perla negra.

—¿Podemos hacerlo salir de esa casa?

—No lo veo posible. Oleg solo abandona su retiro cuando los gerifaltes de la Troika le dan instrucciones de hacer desaparecer a alguien. Puede que salga cuando sienta necesidad, pero yo no conozco sus rutinas. Y no es aconsejable que nos apostemos por allí a observar sus movimientos.

—¿Tiene cámaras vigilando el perímetro?

—Eso no lo sé —contesta la chica—. Desde luego, si las

tiene, no estarán conectadas a una alarma policial. Pero me han dicho que atrapa a todo el que se acerca demasiado por allí o invade su propiedad. Hay historias. Tiene una reputación sólida.

—El sitio no me pareció una fortaleza —comenta Mercè, que tiene poco que aportar a la conversación.

—La reputación es suya y de sus perros. Va de rufián despiadado y nunca ha sufrido una discrepancia de capital. Algunos suelen decir que el Oso goza de la protección de espíritus paganos eslavos y eso lo hace invencible.

—Me gustan los mitos sobre tíos invencibles —dice Issa—. La obligan a una a esforzarse por tantear la suerte y derribarlos. Creo que aquello que pasó hace tanto tiempo entre David y Goliat marcó una tendencia.

—Tenemos que trazar un plan —sugiere Mercè.

—El plan ya está decidido —le asegura Issa—. Vamos a enfrentarlos.

—¿A todos? —pregunta Mercè, con temor y sorpresa en la mirada—. Solo somos tres.

—A todos —repite Issa—. Vamos a hacer que se enfrenten entre sí. Rusos contra cubanos. Que se despedacen entre ellos. Y, desde los flancos, aprovecharemos cuando los rusos se queden expuestos para fundirles los plomos; darles ahí donde sabemos que les dolerá más.

—*Gordost' i den'gi* —resume Elenka en ruso.

—El dinero y el orgullo —traduce Issa con un asentimiento.

—La Troika va a temblar —dice Mercè.

—Bueno —dice Issa—, que tiemble, pero nosotras vamos a saquear ese panal, y ya estaremos muy lejos de aquí cuando se agite el avispero.

Luego les explica cómo piensa conformar el tablero estratégico para mover las damas turcas. A quién golpeará primero, a quién después. Transversalidad, movimientos laterales, crochet, aunque no emplea esos tecnicismos. Mercè asiste a la exposición del plan con creciente asombro, pero se mantiene firme; lo que Issa propone desafía sus límites éticos, pero entiende que ayudar a Elenka exige remover algunos de los cimientos fundamentales de su vida anterior.

—Necesitamos capital para implementar el plan —dice Issa—. Necesitamos comprar equipamiento esencial, armas especiales y conseguir vehículos; no podemos andar circulando por ahí con el coche de Mercè. Tengo un contacto para ello, pero necesito pagarle por adelantado.

—El capital inicial no es un problema —interviene Elenka.

Pregunta por el monto, Issa calcula cuánto necesitan y ella le asegura que eso está cubierto.

Issa sabe que van cortas de personal, pero confía en solventar eso sobre la marcha, y ello implica que la solución se perfilará en breves minutos. Sigue haciéndole preguntas sobre direcciones, lugares de circulación de los envíos y horarios asociados a esas operaciones, y las respuestas de Elenka, ejemplares, también son sintomáticas: sabe más de lo que muestra.

—¿Cómo sabes tantas cosas relevantes? —le pregunta.

—Llevo mucho tiempo trabajando con ellos —explica Elenka—. Y además, hay gente de la organización que me cuenta detalles interesantes; detalles que, en manos de gente ambiciosa y motivada, conducen al filón.

—La tarde en que nos conocimos, cuando te escuché hablando por teléfono, te dije que tenías a alguien comiendo de tu mano, ¿lo recuerdas?

—Sí, lo recuerdo.

—¿Ese alguien se atrevería a echarnos un cable también? Ahora mismo vamos escasas de soldados.

Elenka se queda en silencio un momento. Está luchando en su interior.

—Podría —cede al fin—, pero es difícil que acceda a matar

o incluso a atacar a sus propios compañeros. Y puede que odie a Oleg por lo que me hizo a mí, pero no creo que se atreva a meterse en su casa para ejecutarlo.

—Descuida. No le vamos a pedir tanto —dice Issa—. ¿Cómo se llama?

—Lyosha.

—Vale. Y tu Lyosha, ¿por qué sabe tanto?

—Es el jefe de los machacas que Maxim emplea en el club, y ha sido muchas veces enlace en las entregas a Oleg, incluidos los cargamentos aéreos de la Línea Chaika, por eso conoce todos esos detalles. Esa es mi fuente, y no tengo razones para dudar de su información.

Mercè, en silencio, observa la sonrisa que curva los labios de Issa.

—¿Confías en él? —pregunta, y a Mercè le parece que la pregunta de Issa contiene algo más, una mezcla de comentario divertido y de reproche a la vez.

—Confío —contesta Elenka sin dudarlo.

—¿Y cómo puedes estar tan segura de su lealtad hacia ti?

—Porque Lyosha es mi hermano —confiesa Elenka.

Silencio. La revelación ha resultado sorprendente.

—Ya veo. Y la sangre es más fuerte que la Troika.

—Tú lo sabes —le espeta ella—. Conoces muy bien el alma rusa.

Hay un breve momento de incomodidad entre ellas, pero no dura.

—Tenemos que hablar con él —dice Issa.

—¿Cuándo?

—Hoy mismo. Cuanto antes.

—¿Por qué hoy?

—Porque saldremos de esta casa con un esquema de acción concebido. Y no puedo incluirlo sin haberle visto la cara primero. Necesito hablar con él.

—Pero Lyosha está en el club Mashenkas. Quizá no pueda venir.

—¿Crees que podemos arriesgarnos a contar con la ayuda de un tío que no sea capaz de romper las reglas y modificar los parámetros de una misión según vayan apareciendo las dificultades? Si Lyosha no puede zafarse de su jefe esta misma tarde, definitivamente no es el hombre que necesitamos.

—Sí lo es. Él desea mi libertad por encima de todo y nos ayudará. ¿Tienes algún plan en concreto para él?

—Claro que lo tengo. Nací para esto. ¿Qué tiene pensado hacer cuando nos hayamos ido? ¿Acompañarnos?

Elenka negó con un gesto enérgico.

—Se quedará. Tiene una deuda de honor con Kurkov que no puede violar.

—Deuda —repite Issa—. Pero si Kurkov muere, la deuda desaparece.

—¿Tienes planeado matar a Kurkov? —interviene entonces Mercè.

Issa se vuelve hacia ella y responde:

—No. Si Kurkov no aparece, podrá seguir con su vida.

—Entonces no hay razones para presionar al chico. Si no quiere irse...

—Lyosha no va a desertar —insiste Elenka con firmeza—. Va a ayudarme a escapar, pero seguirá al servicio de la Troika. Le bastará saber que soy libre.

—¿Y no habrá repercusiones para él?

—No si no existe nada que lo conecte a mi desaparición.

—En ese caso, nos cuidaremos de no ponerlo en aprietos —dice Issa—. De hecho, lo que tengo planeado para él le resultará muy provechoso. Servirá como prueba de valor y le granjeará un mejor estatus entre los suyos. Ahora coge el teléfono y hazlo venir.

—Ni siquiera habla español.

Issa se encoge de hombros con una sonrisa y Elenka asiente al comprender. Se lo piensa, introduce la mano en el maxibolso acolchado Yves Saint Laurent y saca el móvil.

25

Alekséi —Lyosha, para íntimos y colegas— no se parece a Elenka. Tiene el cabello encrespado y pelirrojo, hay pecas rojizas en el puente de su nariz, posee una constitución ósea pesada y una mandíbula robusta. Pero variaciones más raras se han visto en muchas familias, piensa Mercè al verlo entrar por la puerta.

Lo primero que se encuentra Lyosha al traspasar el umbral es el cañón de una HK Compact negra apuntándole a la frente, a una distancia a la que es mejor no intentar hacer un movimiento en falso. Pero Lyosha tiene nervios de acero y su mirada es hielo cerúleo, y en eso sí se parece mucho a Elenka.

Aguanta el tipo de maravilla. Contempla a Issa, que está al otro extremo de la pistola y la obsequia con una expresión templada desde su metro ochenta de estatura, como si el miedo no estuviera en sus planes.

A Mercè se le encoge el pecho.

Issa sonríe satisfecha y baja el arma.

—De entrada, me gusta este colorado —dice, sin dejar de mirarlo—. Sabe camuflar el temor con actitud y ha calculado enseguida que yo no me atrevería a soltar un cañonazo en este lugar tan señorial. Supongo que, por esa misma regla, el resto de su tropa no estará emboscada en el rellano.

Lyosha, que parece no entender el castellano, se cruza de brazos.

—Te dije que mi hermano no nos traicionaría —le espeta Elenka.

—Eso dijiste, sí, pero hay que tener en cuenta que la familia y los amantes suelen dar por sentada la lealtad basándose en sentimientos afectivos. Tratemos de evitar esas trampas elementales, al menos.

Mercè espera que Issa no lo diga por ella. En este momento todo su valor, arrojo y motivación se edifica sobre un pilar afectivo.

Issa decide que es hora de ir al grano con el recién llegado y le dice en ruso:

—Bueno, Lyosha, dejemos a las niñas a solas para que tú y yo tengamos una conversación privada. Veamos hasta dónde estás dispuesto a ayudar.

Se van a la cocina a tener dicha conversación, y Mercè y Elenka se quedan sentadas en un sofá de piel con forma de U que debe de costar una fortuna.

—Esto empieza a cristalizar —dice Mercè en voz baja.

—Sí, querida. Estamos en marcha, tal como dijimos que haríamos.

—Pero empiezo a tener miedo.

—No temas —replica Elenka, tomándola de las manos—. Issa y Lyosha van a encargarse de que todo funcione. Estaremos protegidas por ellos.

Mercè la mira a los ojos.

—¿Es fiable?

—¿Quién? ¿Mi hermano?

—Sí. Lyosha.

—Vamos, querida, ¿no ves una gran contradicción en esa pregunta? Claro que es fiable; él quiere lo mejor para mí...

—No me dijiste que tenías un hermano en la organización.

—El tema no surgió. No necesitas saberlo todo sobre mí. ¿Para qué? Hay muchos pasajes dolorosos en mi vida que prefiero omitir, y mi familia forma parte de ellos. ¿Para qué abrir viejas heridas?

—¿Es Lyosha un asesino de la Troika?

—¿Mi hermano? —Elenka se envara un poco, pero no suelta sus manos—. Es posible que haya roto huesos en nombre de la organización, pero no es un asesino. En todo caso, a mí no me consta. Lo que hace, mayormente, es cuidar el orden en el club Mashenkas y tontear con las chicas que trabajan allí. ¿Sabes cómo terminó viviendo entre ellos?

Elenka se lo cuenta. Alekséi había sido una rata de alcantarilla en Moscú, uno de los tantos niños huérfanos que vivían bajo tierra, en los conductos del alcantarillado de la ciudad al final de la época Yeltsin, cuando los oligarcas y las mafias se repartieron el territorio exsoviético y los rusos se confabularon para construir el peor de los capitalismos posibles. Tenía siete años cuando Kurkov lo encontró, herido, hambriento y congelándose, en un conducto de Arbat y se lo llevó con él. Lo adoptó, lo adiestró y lo convirtió en un soldado de la Troika, y años después trajo a su hermanita desde el óblast norteño.

—Eso me dijo Kurkov aquel día en el aparcamiento —comenta Mercè—. Me contó que le fuiste dada como una ofrenda. No lo entendí. Una persona nunca debe ser reducida a una ofrenda.

—¿Ves ahora por qué no deseo hablar de asuntos familiares?

—Sí, muchos tenemos un pasado del cual queremos huir —asiente Mercè, que de repente empieza a sentir un dolor en el pecho y una liviandad en los brazos. Se echa a temblar—. ¿Qué es esto?, ¿qué me está pasando?

Elenka le examina el rostro.

—Tienes un ataque de pánico, querida. Cálmate.

La lleva al baño. El lavabo es una pieza clásica de loza blanca con grifos y manijas en cruceta de latón broncíneo y en las tres barras adjuntas hay colgados juegos de toallas estampadas con motivos florales. El agua fría en la cara le sienta bien, le hace recuperar el ritmo cardiaco mientras el dolor en su pecho remite.

Elenka la abraza fuerte. Y, sin soltarla, le dice:

—Todos, de un modo u otro, estamos obligados a entregarnos, Mercè. Efremov pertenece a la Troika, Kurkov pertenece a Efremov, Maxim y Lyosha pertenecen a Kurkov, y Nikolái Kurkov cree que yo le pertenezco...

—Se equivoca —dice Mercè—. Ahora tu corazón me pertenece a mí.

—Para siempre —le susurra Elenka al oído.

Es tarde cuando bajan a buscar un taxi. Siguen el arco semicircular de la acera bordeada de terrazas techadas mientras zigzaguean entre los transeúntes con paraguas hasta llegar a Diagonal y cruzan al otro lado de la avenida. Elenka y Lyosha se han quedado un poco más para no salir juntos de la finca.

—¿Qué tal ese tío? —pregunta Mercè.

—Pinta bien —responde Issa; observa las luces de los coches rielar bajo la llovizna—. Parece listo, y ha estado de acuerdo en todo lo que le propuse.

—¿Crees que son hermanos de verdad?

—Tienes que dejar de pensar en eso. Concéntrate en lo que tenemos encima. Esas cosas se aclararán más adelante, con el tiempo. Mi abuela decía: «La yagua que está pa uno, no hay vaca que se la coma».

Mercè no necesita que le expliquen la frase de una anciana.

—Entonces —dice—, ¿buenas noticias?

Un taxi libre se aparta del carril central y se pega al bordillo de la acera.

—Sobre el plano, son perfectas —dice Issa apartándose el cabello mojado de la frente—. Pero tienes que ser consciente de que eso variará. Ningún plan sobrevive intacto al encuentro con el enemigo. Nosotros somos cuatro gatos; ellos, entre rusos y cubanos, podrían ser decenas. Calcula tú.

26

Las dos semanas siguientes resultan dramáticas para la facción barcelonesa de la Troika. Ocurre algo que no tiene precedentes a nivel local. Alguien los golpea de manera sistemática, identifica sus alijos de dinero y los roba.

Los hombres de Maxim no están preparados para ello. Están preparados para lidiar con ladrones fortuitos, con borrachos que no quieren pagar el servicio, con deudores que se declaran en bancarrota, con cambios de hábitos en el consumo y con la aparición esporádica de pequeños grupos de intrusos que trapichean en sus territorios y necesitan recibir una lección letal, que suele ir por cuenta del sicario Oleg. Están preparados para pagar multas, para replegarse ante el interés de los políticos oportunistas e, incluso, para solventar problemas coyunturales con la ley. Han aguantado todas las crisis. La pandemia, el parón recreativo e incluso el confinamiento los fortalecieron.

Están preparados para casi todo lo que el azar pueda depararles.

Pero no para esto. Ataques furtivos, metódicos, bien ejecutados.

El enemigo golpea rápido, se retira y permanece invisible.

La primera vez ocurre en las afueras de Cornellà. Asaltan

una filial del Mashenkas bien entrada la madrugada. Aturden a los custodios del garito con armas táser y no se enteran de lo que ocurre hasta horas después, cuando descubren que los han desvalijado.

La segunda vez sucede en un camino de tierra en las inmediaciones de la central térmica descontinuada de Sant Adrià de Besòs. Recién anochece, un Jeep Renegade azul con matrícula temporal para particulares se detiene ante un árbol caído que obstaculiza el paso, y tanto el conductor como el acompañante terminan con el cuello asaeteado por los dardos de sendos táser. Se presupone que los asaltantes son más de dos, pero los mulos colapsan antes de que los detecten y el generoso efectivo que transportan desaparece.

Los mulos del Jeep son jóvenes y saludables; sus corazones resisten bien, pero el cerebro de uno de ellos queda para sala neurológica y tienen que despacharlo a casa días más tarde. La vida criminal no siempre compensa.

Issa y Lyosha forman un buen equipo. Las pistolas paralizantes Huscha de procedencia policial, con doble carga de sesenta mil voltios y mira láser —obtenidas por Issa mediante un suministrador de confianza—, son los diez mil euros mejor empleados del presupuesto de Elenka.

Fundamental es, por supuesto, el conocimiento que Lyosha tiene de todas esas rutas de transporte y horarios de entrega.

La tercera vez, el asalto afecta al coche que conduce el propio Lyosha —un autogolpe, lo que el instructor de Issa denominaría «ataque de falsa bandera»—, que va acompañado por Anatoli, otro machaca del Mashenkas, quienes transportan la cuantiosa recaudación del club hacia la guarida de Oleg. Sufren el asalto en el semáforo en rojo junto a una línea ferroviaria donde Issa está emboscada, con el scooter eléctrico de la fallecida Clara oculto detrás de los árboles junto a la vía. Anatoli recibe el shock eléctrico de una doble descarga en el cuello y en la sien y se derrumba, mientras Lyosha, que va al volante, simula sorpresa hasta que su compañero pierde el sentido y luego sale del coche a hablar con Issa. La idea es que parezca que ha sido un asalto frustrado por la reacción de Lyosha.

—¿Todo bien? —le pregunta en ruso a Issa.

—Tan bien como lo hemos planeado —dice ella en voz baja—. Pero a partir de ahora tu gente va a ponerse histérica. Pasaremos a la siguiente fase. Sabes lo que tienes que hacer ahora, ¿verdad?

Lyosha asiente. Le acerca el brazo abrigado y permite que ella le clave los aguijones del táser sin accionar la descarga eléctrica, solo para dejar patente que lo han atacado. La punta de los electrodos perfora el cuero del abrigo y deja su impronta en la piel de Lyosha, que hace un remedo de dolor con la boca.

—¿Lo tienes todo controlado?

—Por supuesto. Pan comido —dice él, frotándose la zona aguijoneada.

Issa saca una cartera de cuero sin lustre que contiene el NIE del operador Armando Desnoes y se lo entrega al pelirrojo.

—Dirás que se le cayó del bolsillo a uno de los asaltantes mientras huía en moto —le explica ella—. Si se aplican, los llevará a Asturias, aunque allí no lo encontrarán. Pero lo importante es que empezarán a pensar en su nacionalidad. Eso es lo que queremos, que visualicen a un enemigo concreto: los cubanos.

Lyosha examina el documento.

—Vale —dice—. ¿Cuándo nos volveremos a ver?

—Ya lo sabes. Cuando llegue el cargamento de Calafell.

—Eso será dentro de tres días —dice él—. Te haré saber a través de Elenka la hora y el sitio donde encontrarnos. Estoy empezando a tomarte aprecio y a acostumbrarme a tu compañía.

—No te encariñes —le contesta Issa, que ya está poniendo la moto en marcha—. Nos vemos en tres días.

Se ha alejado ya tres manzanas en dirección a la ciudad cuando escucha los estampidos de la Sig-Sauer P-226 de Lyosha sacudir el aire de la noche. Sonríe porque todo va sobre ruedas, según lo pactado. Movimientos de damas turcas en un teatro de operaciones reducido. Los disparos son parte de la pantomima, lances laterales hasta que llegue la hora de ejecutar la estocada final. Lyosha llamará a Maxim y al gigante Oleg y les dirá que han intentado asaltarlos, que él se ha librado por pura suerte y que ha contraatacado a los ladrones; que uno de ellos se ha llevado un disparo en un brazo y el otro ha perdido la cartera.

Lyosha quedará como el héroe que enfrentó al enemigo y salvó el dinero. Recibirá una palmada en el hombro y su anécdota falsa pasará a formar parte del tópico festejo a las hazañas de testosterona que ronda la conciencia colectiva de los hombres de Kurkov y Maxim.

Por otro lado, piensa ella, los del DOE están tardando en aparecer. Lo más probable es que estén reagrupándose ahora que le han perdido la pista. Issa se imagina que el instructor ha cumplido su palabra y que el cadáver del otrora brillante hacker de la Universidad de Ciencias Informáticas esté pudriéndose en algún infecto lugar de La Habana donde nunca lo encontrarán.

Tan satisfecha se siente con los resultados de su estrategia de crochet que a Issa se le viene a la cabeza una idea loca, hipotética: si ella estuviera a cargo de la ofensiva de Ucrania contra la invasión rusa, siguiendo esa misma lógica de damas turcas, volaría las tuberías submarinas de los gaseoductos Nord Stream para cortarle a los rusos el flujo de capital. Tarde o temprano se le ocurrirá a alguien.

Asimétrica o no, nadie puede ganar una guerra sin capital.

27

Mercè llega media hora temprano al turno de noche al HDL y se encuentra con los labios fruncidos de Rosa tras el mostrador al acercarse a ella.

—¿Qué pasa?

—Tienes visita —le anuncia Rosa.

—¿Quién? ¿Dónde?

—En el Terrace Bar —dice la colombiana, y le da a entender con la mirada que intuye problemas—. No me gustan los polis. Y cuando empiezan a rondar y a preguntar por aquí y por allá acerca de una, lo mejor es sacar pasaje y salir del país cuanto antes. En mi experiencia, los polis son peores que los narcos.

—¿De qué poli hablas, Rosa? Háblame claro.

—De esa mujer con cara de insatisfacción sexual. No me gusta y tampoco sus preguntas acerca de ti. No quiero hablar de eso, por favor, pero te aconsejo que te la quites de encima cuanto antes.

—¿Dijo algo?

—Sí, que subieras a verla en cuanto llegaras. Tú sabrás lo que haces.

—¿Por qué dices eso?

—Porque yo saldría volando por esa puerta y no regresaría por aquí.

—No hay que exagerar, esto no es Medellín. ¿Qué preguntas te hizo?

—Por favor, hermana, no me pongas en ese compromiso. Vino a hacerme preguntas, y también entró en la oficina a hablar con el gordo de Federico. No sé qué tiene contra ti, pero se la ve de mal humor, como si se estuviera cansando de que alguien haya jugado con ella todo el tiempo. No quiero meterme donde no me llaman, pero si le has estado mintiendo, creo que se ha dado cuenta.

Mercè suspira. Ha aprendido a lidiar con el carácter agreste de Fortuny, pero también empieza a sentirse sofocada por el asedio de la subinspectora.

—¿Podrías echarme un cable? Para saber qué me voy a encontrar.

Entonces el señor Folch sale de la oficina y se las queda mirando. Rosa se envara un poco, nerviosa, y Mercè saluda al gerente con un gesto de cabeza. Rosa se concentra en el terminal del mostrador y ella se da cuenta de que no va a obtener más respuestas.

Se acerca al ascensor y Folch, que llega antes que ella a la puerta, toca el botón de llamada.

—Arriba te está esperando una subinspectora de los Mossos.

—Ah, qué bien —responde Mercè con una sonrisa impostada—. Tenemos muchas cosas que contarnos.

Él no dice nada más. El ascensor llega y Miquel Folch le indica que entre con un exceso de cortesía que en realidad es un claro indicio de incomodidad, y se queda afuera mirándola mientras la puerta vuelve a cerrarse.

Si Teresa Fortuny está de verdad de mal humor, o la sospecha la carcome como Rosa le ha anticipado, lo cierto es que lo disimula a la perfección. Está sentada en un sofá —y Mercè reconoce al instante que es el mismo lugar que Issa escogió para sentarse aquella noche sangrienta—, envuelta en su sempiterno abrigo verde grisáceo falto de porte mientras paladea un spritz en una copa grande y redonda de tallo largo. El Aperol vertido sobre el Prosecco Brut le da una tonalidad naranja muy sensual al cóctel.

Intercambian movimientos de cabeza y sonrisas forzadas a modo de saludo, Fortuny le dice que se siente. Mercè tiene la absurda impresión de que, como en una buena apertura de piezas blancas de ajedrez, la primera de ellas que hable será la que ganará la partida verbal que se avecina. Saca pecho y dice:

—Supongo que esta no es una visita de trabajo, a juzgar por ese cóctel.

Fortuny arquea las cejas, le reconoce las agallas.

—Yo nunca dejo de trabajar —declara—. Puedo beber alcohol porque lo controlo a la perfección. Puedo tomarme una Moritz contigo en la Barceloneta y un spritz en esta terraza cinco estrellas, ser amable y hacer bromas a la vez que conversamos, pero nunca dejo de trabajar. Interrogar y hacer juicios de valor, más que estar en mi oficio, está en mi naturaleza.

«Su naturaleza parece más afín a la de un perro de presa», piensa Mercè.

Fortuny sabe que el silencio siempre otorga, por eso señala su copa y dice:

—¿Quieres uno?

—No —dice ella—. Nunca bebo en el hotel. Además, entro a trabajar en unos minutos y el alcohol no es precisamente algo que sepa controlar, tal como hace usted. Y, todo hay que decirlo, mis supervisores siempre están mirando.

—Como debe de ser. Para eso son los supervisores. Por cierto, ¿te suena de algo este cóctel?

—Me suena de toda la vida, pero es demasiado amargo para mi gusto.

—No metas tus papilas gustativas en esto. Te estoy preguntando por la noche de marras en que estuviste, como buena supervisora, observando este sitio por el sistema de videovigilancia que tu compañero prefirió ignorar para dedicarse a dormir. ¿No viste a quién le ponían esta bebida?

—Claro que no —replica ella con firmeza inusitada—. No estaba pendiente de los clientes en general, mucho menos del tipo de bebidas que les ponían. Mi interés estaba centrado en aquellos tres tíos de aspecto sospechoso que luego aparecieron muertos. Ya se lo dije...

—Sé lo que me contaste esa noche, pero he seguido haciendo indagaciones y hoy un camarero recordó haberle puesto un spritz, idéntico a este, a una joven solitaria que luego se desvaneció sin haber tocado la copa. ¿Te suena?

—No. No me fijé.

—Una lástima que ese camarero no se acordara aquella misma noche con los nervios, porque habría estado muy bien incautar esa copa para sacarle huellas y ver si aparecía en el sistema alguien conocido.

Mercè siente formarse un nudo de aprensión en su pecho, pero se encoge de hombros, como dándole a entender a la mujer que «adelante, siga pescando».

—Sin embargo, sin tener que llegar al tema del reconocimiento de huellas, que quizá no habría arrojado ningún resultado esclarecedor, la descripción de la chica que pidió el cóctel mientras estuvo aquí, en esta misma mesa, coincide mucho con alguien que tú y yo conocemos bien. Delgada, cabello castaño corto con iluminaciones, la boca bonita y ojos grandes. ¿No te recuerda mucho a alguien que vive en tu casa?

El nudo de aprensión le oprime el pecho a Mercè y vuelve a sentir que la debilidad se extiende por sus brazos y piernas, pero está sentada y apoyada en la mesa y recuerda los consejos de Issa. No hay que sucumbir al pánico. El miedo es neuroquímico e irracional, y puede dominarse con voluntad. Asiente, con más impostura que nunca.

—¿Se refiere a Issa? —pregunta, dominando su tono de voz—. No creo que fuera ella. Demasiada casualidad. Hay miles así en esta ciudad. ¿No le parece que está retorciendo mucho las cosas solo porque no acaba de desenrollar una madeja a su total satisfacción?

—Demasiada casualidad, dices, y eso mismo es lo que pienso yo —dice Fortuny—. Esa chica se ha estado paseando por delante de mí todo el tiempo, oculta a plena vista con su actitud irreverente, y no me he dado cuenta hasta hoy. Tengo que hablar con ella.

Ha llegado la hora de mentir abiertamente.

—En mi casa no está —declara—. Hace días que se marchó.

—Qué conveniente, ¿no?

—Las relaciones son así. Vino a quedarse unos días y luego se fue.

—¿Problemas domésticos?

—Ni mucho menos. Issa es una gran chica. Resultó muy buena compañía.

—Y regresó a Sant Cugat, imagino.

—No lo sé, puede ser —dice ella, y consulta su reloj de pulsera para darle a entender que le queda poco para entrar al turno—. O podría estar en cualquier otra parte. Una vez me dijo que le gustaría mudarse a Andorra, por aquello de pagar menos impuestos. Ya sabe usted cómo son los generación Z, obsesionados por desafiar el contrato social vigente.

Fortuny sorbe la mitad del spritz por la pajita sin dejar de observarla.

—Así que, de poder, ¿podría estar en Andorra?

—Podría. Los zetas son muy volátiles.

La subinspectora saca la rodaja de naranja que adorna la copa y la chupa con esos labios fruncidos rasgados por estrías verticales. Sonríe con desdén.

—Qué tiempos estos, ¿eh? —cavila—. El Gobierno está desacreditado, el bipartidismo apesta, el multipartidismo está resultando lesivo y decepcionante y, de cierta manera, todo eso hace que la gente deje de sentir respeto por las instituciones, sobre todo por las fuerzas de la ley, ¿sabes lo que digo? La gente nos miente a la cara, nos evade, nos insulta constantemente, al menos esa es mi apreciación. Y, la verdad, es terrible para la moral social. Porque puede llevar a los ciudadanos a pensar, por error, que se pueden burlar de los polis.

Mercè no dice nada. No piensa entrar en ese debate.

Fortuny se termina el spritz. Su expresión ha cambiado.

—¿Sigue en pie tu idea de viajar a Cadaqués?

—Sí —contesta ella—. Tengo la reserva de Airbnb...

—No la pagues —la interrumpe Fortuny con voz hueca—. No vas a ir, por ahora. No salgas de la ciudad hasta que yo te dé permiso.

—¿Soy sospechosa de algo?

—No. Pero sigues siendo una persona de interés en la investigación de esas tres muertes en el hotel. Además, te has estado relacionando con alguien que, a partir de hoy, me parece relevante para esclarecer lo ocurrido.

—¿Me quedo sin vacaciones, entonces?

Fortuny la mira con cierta ira en las pupilas. Cierra los puños sobre la mesa.

—No te pases de lista conmigo, Sardà. —Se inclina hacia delante, de modo amenazante—. No te hablé de vacaciones, ni de descansos, ni de opciones de relax. Haz lo que quieras. Quedarte en casa, acostarte con quien desees, hacer tríos con Issa y con la rusa guapa o montarte orgías en tu pisito de Sant

Antoni, lo que te pase por la cabeza. Pero no salgas de la ciudad. No salgas de Barcelona hasta que yo determine lo contrario, ¿me oyes?

Mercè aguanta el chaparrón. Fortuny la mira fijamente. Quizá esta sea su versión de estar fuera de sí. Tal vez el alcohol, después de todo, ha puesto en evidencia la frustración que la devora por dentro.

La subinspectora se incorpora. La mira desde arriba y dice:

—Se me acabó la paciencia contigo. La próxima vez que hablemos, no seré tan indulgente como he sido hasta este momento.

Mercè saca fuerzas y se pone en pie. Decide que esta mujer con su placa de policía no va a amedrentarla más de lo que ya lo hizo un psicópata gigante y una dóberman rabiosa entrenada para matar. Se queda a la espera.

El rostro de Fortuny, pálido a la luz de los LED, se torna rígido al hablar.

—No me verás venir —le advierte—. Te lo prometo. Llegaré sin avisar para caer sobre todos los culpables de ese crimen. Y rodarán cabezas.

Sin despedirse, se dirige hacia los ascensores.

Mercè espera cinco minutos y baja. Va directa a la oficina de gerencia y le anuncia a Folch que, a partir de mañana, va a disponer de las dos semanas de vacaciones que le debe la empresa.

28

Madrugada. Issa y Lyosha comparten los asientos delanteros de una VW Caddy California color pistacho estacionada con las luces apagadas detrás de unos arbustos en una calle cerca del litoral de Calafell, en una zona agreste y relativamente despoblada colindante con la riera de la Bisbal.

La furgo es de uso, alquilada al mismo proveedor que le ha suministrado a Issa las pistolas eléctricas Huscha y el equipamiento de observación que utilizan ahora para vigilar a los tres hombres que están en la orilla de la playa junto a una Zodiac Nautic neumática de tamaño mediano; están esperando la señal para salir a buscar el cargamento que una avioneta privada con rumbo al Prat les va a dejar caer al mar en breve. Un poco más arriba han dejado aparcado el Jeep con el remolque de la Zodiac. No hay razones para preocuparse; se trata de una rutina mensual con la que están familiarizados.

Issa los observa con atención a través de unos binoculares Bresser de visión nocturna y telemetría incorporada; mientras, a su lado detrás del volante, el pelirrojo ha reclinado un poco el asiento para estar más cómodo.

—¿Qué hacen? —pregunta.

—Nada —responde Issa—. Ahí, junto a la balsa, cayéndose a mentiras mientras esperan. Y Groucho es el que más habla.

Lyosha le ha explicado que los hombres son soldados de Kurkov y que son hermanos. A ella le hace tanta gracia lo del parentesco que los ha bautizado los Hermanos Marx, siendo Groucho el único de ellos con bigote.

—¿Qué sabrás tú si están soltando mentiras? —le replica Lyosha—. ¿Ese aparato te permite leer los labios también?

—No, pero conociendo a los tíos, sé que cuando pasáis frío y no podéis permitiros fumar, os dedicáis a contaros batallitas. ¿O no? Debe de ser una defensa contra el miedo, un atavismo heredado de los tiempos en que vivíamos en las cavernas.

El pelirrojo suelta un resoplido.

Esperan en silencio. Falta poco. Según la información de la que Lyosha dispone, la avioneta de la Línea Chaika está a punto de pasar.

—Tenemos que hablar —dice Issa al cabo de un rato.

—Vale, hagámoslo. Háblame de ti.

—¿Para qué? —pregunta ella sin dejar de observar la playa.

—Para conocerte mejor. Me gusta saber con quién me involucro.

—No sé qué quieres decir con eso, pero si estás buscando novia, has venido a arrimarte al árbol equivocado. Hay hiedra venenosa creciendo en la corteza.

—Entonces ¿de qué quieres hablar?, ¿de lo que pienso de la guerra contra Ucrania? —pregunta él, que hoy se le nota más articulado.

—No es necesario —dice ella—. No quiero que tus opiniones nos estropeen esta amistad que estamos forjando a base de peligro y buena voluntad. Me refiero a que tenemos que hablar sobre Oleg.

—¿Qué pasa con él?

—Que tendrías que llevarme a verlo.

—¿Al Oso? No te va a gustar.

—No tiene que gustarme —dice ella—. Solo necesito echarle un vistazo de cerca. Detectar sus puntos débiles.

—No es una buena idea. El Oso es una bestia iracunda e impredecible.

—Todo el mundo me dice eso. Quiero cerciorarme por mí misma.

—¿A riesgo de convertirte en su víctima?

—Eso es asunto mío. Déjame correr mis propios riesgos.

—Vale, pero no los corras cuando estés conmigo.

—¿Será que le tienes miedo al Oso?

Una pregunta sensible, con un pasado reciente, que implica a Elenka.

—No le temo a ningún hombre —declara Lyosha—. Y no le tengo miedo, pero no sería prudente chocar con él.

—El exceso de prudencia siempre conduce a la cobardía.

—Estás advertida. Si tientas al demonio, saldrás herida…

—Que lo intente.

—Me sorprende tu seguridad en ti misma. El Oso te saca setenta kilos.

—No te dejes engañar por eso. El peso no lo es todo.

—Es suficiente ventaja —replica él—. Yo mismo te saco treinta kilos. ¿Crees que podrías dominarme así de fácil?

—Dominarte, no —dice Issa—. Eso es lo peor. Tendría que hacerte mucho daño para pararte los pies. Y lo haría sin remordimiento. No suelo tener dudas en esos casos.

—Tengo la impresión de que te ves a ti misma como una samurái, pero creo que sobrestimas tus capacidades.

—No te dejes llevar por las primeras impresiones.

A lo lejos, en el cielo, ven una luz intermitente. No escuchan el sonido de la avioneta, pero saben que el cargamento de la Chaika está al caer.

—Los Marx se han puesto en movimiento —anuncia ella—. Han echado la Zodiac al agua y dos de ellos se están montando. Parece que Groucho se queda en la orilla. A lo mejor no le gusta mojarse o no sabe nadar.

—Sí —asiente Lyosha, que va vestido con camiseta negra y pantalón de camuflaje, una indumentaria convenientemente similar a la que llevan los tres hombres de la playa—. Es el procedimiento, según tengo entendido. Dos entran en el mar y el tercero espera en tierra firme. Reciben la confirmación desde el aire y el cargamento flotante emite una señal de radio que los guía.

La Zodiac se adentra en la oscuridad del Mediterráneo.

Las nubes ocultan la luna. Es una buena noche para darle una sorpresa al tío de la retaguardia. Lyosha recoge el cuchillo de combate que descansa en su funda encima del salpicadero. Issa baja los binoculares, abre la guantera, saca la HK que ya tiene colocado el supresor de sonido y se la entrega.

Él sale del coche, se queda un momento mirándola y ella le dice:

—Vamos, ¿a qué esperas? Ve a darle a Groucho un beso de mi parte.

—No es solo ese. Hay otros dos. ¿No vas a echarme una mano?

—¿Necesitas ayuda? ¿No puedes encargarte tú solo de los hermanos Marx?

—Puedo, sí, pero pensé que éramos un equipo.

—Eso varía, y lo decido yo. Además, recuerda que hay una división natural del trabajo: yo pongo el cerebro y tú, el músculo.

—Lo cual es muy ventajoso para ti —protesta él.

—Venga, tío, quiero ver lo que vales. Demuéstralo.

Lyosha hace una mueca desdeñosa, se coloca la pistola detrás, ajustada por la cintura del pantalón contra la zona lumbar, y baja en silencio por la duna con el cuchillo agarrado de modo que la hoja le queda oculta tras el antebrazo.

—Veamos tu temple —murmura ella con el rostro apoyado en el contorno acolchado de los binoculares y lo observa alejarse en la noche.

Lyosha no lo hace mal. Groucho no lo escucha llegar y no tiene la menor posibilidad de reaccionar antes de que le cercenen el cuello. Cae al suelo y el pelirrojo emplea unos minutos en cubrir el cuerpo con arena. Luego levanta la mano con el puño cerrado; aunque la resolución de los Bresser no le deja apreciar bien el detalle, se intuye que el pulgar está atrapado entre el índice y el dedo medio en señal de burla, pues el pelirrojo sabe que lo está mirando.

—El gesto del higo —dice Issa en voz muy baja, y en sus labios se dibuja una sonrisa de picardía—. Ese me lo conozco.

Veinte minutos más tarde, la señal de la Zodiac emerge en la pantalla del amplificador de luz. La balsa se acerca a la orilla y Lyosha sale a su encuentro, como si fuera Groucho acudiendo a ayudar, sin que los tripulantes se percaten de quién es. Levanta el arma, dos fogonazos destellan en la oscuridad y los hombres caen al agua.

Issa sale de la Caddy y se apresura hasta la playa. Cuando llega a la balsa, Lyosha ya ha desmantelado la baliza de radio del cargamento y la ha lanzado al agua, y entre ambos cargan el fardo impermeable que contiene los paquetes de 2CB —una potente fenetilamina de color rosa muy cara, de moda en las fiestas de élite y los locales de prostitución de lujo— y lo trasladan al compartimento trasero de la California.

Cinco minutos más tarde ya han subido hasta la C-32 y la enfilan rumbo a Barna con franjas de luz cruzándoles los rostros.

—Se te da bastante bien el trámite —le dice Issa mientras aceleran por la autopista—. Despachaste a los Marx sin que te temblara el pulso.

Lyosha asiente y suelta un gruñido.

—Creí que tenías cierto apego por la gente de Kurkov. Me alegra saber que no es así.

—¿Y por qué pensaste eso?

—Porque escuché cosas por ahí y tenía mis dudas —le explica ella—. Un pajarito se me posó en el hombro hace unos días y me dijo que le debes la vida a Kurkov por algo que pasó en tu niñez. ¿Es cierto eso?

—Ese pajarito —dice él— no sabe de la historia la mitad.

La mayor parte del resto del largo viaje permanecen callados. Ambos están distantes, pensando en el vendaval que se avecina y en cómo hacer para evitar que sus pequeños navíos escoren al límite y terminen zozobrando.

29

Mercè recibe la llamada de Elenka cuando está haciendo las maletas para dejar Barcelona, a pesar de la advertencia de la subinspectora de los Mossos. Todavía no sabe adónde irá —Figueres, Ámsterdam, Colonia—, pero quiere tenerlo todo listo con suficiente antelación, porque cuando Issa y Lyosha den el gran golpe, la gente de la Troika desencadenará un infierno para encontrar a los culpables y, aunque Issa insiste en asegurarle que nada los conducirá a ellas, Mercè prefiere no estar en la ciudad cuando eso ocurra.

—¿Elenka? —pregunta al responder, porque siempre teme que no sea ella, que le hayan descubierto el nuevo móvil y esté sufriendo por la desobediencia.

—Sí, querida.

—¿Dónde estás?

—En el hotel. Echo de menos encontrarme contigo cada vez que bajo a la calle y paso por recepción. Ahora tienen a la colombiana y a un suplente.

—Pronto nos veremos. Pero en estos días tenemos que ser precavidas.

—Lo sé —dice Elenka—. Llamo para escuchar tu voz, pero también para decirte que las cosas están revueltas en el Mashenkas desde antenoche. Kurkov vino hoy en persona a ver a

Maxim. Hubo gritos airados acerca del reparto de responsabilidades, según me cuentan las chicas, y están debatiendo qué hacer. Voy a ir al club ahora y me quedaré allí para ver qué puedo averiguar de primera mano. Si hay novedades, te avisaré.

—Estaré pendiente de tus llamadas.

—Sí, pero hay un problema: estoy llamando a Lyosha y lo tiene apagado.

—Debe de estar con Issa. Cuando están juntos, él apaga el teléfono.

—Ah, ¿Issa no está ahí contigo?

—No. Hace un par de días que se queda por ahí, desde que le dije que la poli de los Mossos la está buscando. Sospecho que debe de estar durmiendo en el coche que alquiló para moverse con Lyosha. Esta noche tiene, según ella, algo grande entre manos. Si dices que el club está al rojo vivo, creo que hoy mismo habrá más sorpresas.

—¿Puedes comunicarte con ella?

—Tengo un número, pero no me ha autorizado a dárselo a nadie más. ¿Qué quieres que le diga?

—Dile que han mencionado a los cubanos como sospechosos de los asaltos. Y que le diga a Lyosha que van a convocar a Oleg.

—Es lo que queremos, ¿no? —dice ella—. Sacar al Oso de su guarida.

Issa responde enseguida a la llamada de Mercè.

—Dime.

Mercè le cuenta lo que le ha dicho Elenka sobre los cubanos y Oleg.

—Vale. Gracias —dice Issa, y luego cuelga. Se lo comenta a Lyosha.

—Lo de los cubanos ya lo sabíamos —asiente él, que está sentado junto a Issa detrás del volante en una furgoneta Mercedes-Benz Sprinter de color negro, propiedad del club Mashenkas, ideal para lo que esta noche tienen en mente—. El NIE que me diste los puso sobre la pista, pero aún no saben si los cubanos actúan desde la oficialidad o van por libre.

—Esta noche eso va a dejar de tener importancia —le dice Issa.

Lyosha se queda callado y observa el aparcamiento que están vigilando, a mitad de manzana del edificio donde el DOE ha establecido la casa refugio de L'Hospitalet. Durante el trascurso de las últimas dos horas, varios hombres que Issa identifica como cubanos han estado saliendo en dirección a la estación de metro Santa Eulàlia, pero nadie ha ido al aparcamiento. Antes, ella le ha preguntado cómo es que no usa GPS, y Lyosha le ha explicado que todos los vehículos asociados al Mashenkas tienen los navegadores desactivados para evitar que la policía rastree el historial de rutas.

—Lo del Oso no debería extrañarnos —comenta él al cabo de un momento con la vista fija en la bocacalle—. Desde el instante en que robamos la cocaína rosa, la cosa se volvió personal para él. Por cierto, ¿tienes el alijo del tusi que le vamos a plantar a los cubanos?

—Claro —dice ella, y señala con el pulgar el envoltorio que está sobre uno de los asientos del compartimento trasero—. Traje cuatro kilos.

—¿Qué hiciste con el resto?

—Rasgué los paquetes y eché su contenido en el Besòs. El agua se tiñó de rosa. Seguro que unos cuantos bagres y anguilas gozaron un colocón, y los más glotones habrán muerto de sobredosis.

Lyosha la mira a los ojos como si no se lo creyera.

—¿La tiraste al río?

—Ajá.

—Qué desperdicio. ¿Tienes idea de lo que valen en la calle cuarenta kilos de 2CB? Cada gramo se vende a cien pavos...

—No me importa lo que valen —dice Issa—. Lo único importante es que me deshice de cuarenta kilos de veneno y que ahora ese Oleg, al que todo el mundo demuestra tenerle un miedo morboso, está cabreado de verdad.

—Te lo repito: nunca se ha de mirar a los ojos al demonio.

—Es igual, tarde o temprano tendremos que ir a esa montaña. Confrontarlo.

—No sabes lo que dices.

—Escucha —le dice Issa—. Tú y yo vamos a colarnos en la cueva del Oso uno de estos días para robar el caudal de Kurkov. Si Oleg está allí, pues peor para él, porque vamos a cortarle la polla y obligarlo a tragársela para que deje de violar y comerse a la gente, si es que lo de caníbal es algo más que un rumor.

—No creo que sea prudente entrar si el Oso está dentro.

—Entonces reza para que no esté allí el día que vayamos. ¿No quieres que Elenka sea libre? Allí está el capital que ella necesita para empezar una vida nueva en otro lugar.

—Claro que quiero que sea libre, pero no soy un mártir —espeta Lyosha con vehemencia—, no a costa de convertirme en una víctima de tortura y ejecución a manos de un sádico, ¿vale? No soy tan suicida como tú.

Issa levanta la mirada y señala hacia delante.

—Hablando de víctimas. Ahí salen dos candidatos potenciales.

En efecto, dos operadores del DOE —los mismos que ya se han tropezado días antes con ella— salen de la portería, bajan las escaleras de la entrada de la finca y se dirigen en silencio hacia ellos. «Qué pareja dispareja», piensa Issa al reconocerlos de su encuentro en Roquetes. El del sobrepeso, sudoroso, va delante, y el flaco alto que cojea —pobre diablo que no ha aprendido la lección y sigue atrincherado en vez renunciar e irse a casa— le va a la zaga. Entran al aparcamiento y se meten en un Toyota Corolla similar al que estaba aparcado frente a la casa de Xavier. Conducen por Comerç hasta la avenida Carrilet, sin darse cuenta de que la Sprinter negra los sigue de lejos, y salen a buscar Gran Vía.

—La ignorancia es una bendición —murmura Issa, y Lyosha asiente.

Mercè se ha quedado dormida sin desvestirse, con lágrimas de nostalgia en los ojos después de tropezarse con un puñado de fotos impresas suyas con Clara, tomadas el último verano que estuvieron juntas en el País Vasco francés, donde su pareja había adquirido un caserío en un poblado pintoresco de los territorios de los Pyrénées-Atlantiques.

Clara había hecho reformas interiores en el caserío y mandado a construir una piscina seis meses antes para darle la sorpresa a Mercè y, juntas —por pura mentalidad de protección medioambiental—, tenían planes para reemplazar el techado tradicional por una hermosa réplica de tejas solares.

Tiempos felices de sueños truncados.

El sonido de la llamada de Elenka la arranca de sus sueños actuales.

—¿Sí? —responde sobresaltada al coger el móvil.

—¿Estás bien despierta?

—Ahora sí. ¿Por qué?

—Tienes que llamar a Issa ahora mismo —dice Elenka con voz alterada—. Urgente. Tenemos un problema.

Llevan más de media hora estacionados a una manzana del Toyota Corolla, que se ha detenido y apagado el motor como si de pronto hubiera echado raíces en la acera de una tranquila manzana, rodeada de parques y áreas verdes en Sarrià-Sant Gervasi, frente a una elegante mansión de dos plantas con ordenadas hileras de abetos en los jardines.

—Estos ya no se vuelven a mover hasta el amanecer —explica Issa.

—¿Tienes idea de lo que están haciendo? —le pregunta Lyosha.

—Lo de siempre. Vigilan. Es su cometido en esta ciudad. Ahí dentro debe de vivir alguien de negocios con intereses en Cuba, o le está dando cobijo a algún desafecto político cubano, cualquiera sabe. Siempre hay una razón.

—¿Y qué se les ha perdido a esa gentuza caribeña por aquí?

—Muchas cosas —dice ella—. Pierden gente constantemente.

—Pero ¿a qué se dedican? —insiste Lyosha.

—A joder a los demás. Pertenecen al Departamento de Operaciones Exteriores de Cuba y obedecen las órdenes de los oficiales de Inteligencia, operan redes de gestión por toda Europa y América, asociadas a las embajadas y consulados cubanos. En España abundan.

—¿Y qué hacen?, ¿cumplen misiones?

—Ajá —asiente Issa—. Vigilan a gente conectada con los grupos opositores de la isla, espían a escritores disidentes, secuestran a desertores laborales o estudiantiles que han escapado de sus propias instituciones para devolverlos a Cuba, y a menudo también secuestran o ejecutan a los desertores de las misiones.

—¿Matan? ¿Me estás diciendo que esos dos tíos de ahí delante son asesinos profesionales?

—Sí, ejecutar es su pan de cada día —dice Issa—. Y no siempre te matan de una paliza en un callejón nocturno o en un supuesto accidente de carretera. Vigilan donde vives durante un tiempo y luego se te meten en casa y envenenan la comida de tu nevera, el agua que bebes; aunque a veces se cuelan cuando estás dentro, despierto o dormido, para clavarte una jeringa con veneno en las venas. Y adiós, destruido, *kaput*.

Lyosha se queda callado, reflexionando.

—Al final son iguales que nuestra Troika, ¿no?

—Son peores. Operan en función de una ideología.

—No creo que en Rusia les permitan tener esas redes —dice con desdén.

—Te sorprenderías —replica ella—. ¿O tú crees que hablo tu idioma porque lo aprendí haciendo de guía de turistas rusos de Airbnb por La Habana Vieja?

Se miran a los ojos. Él hace una mueca.

—Y tú, ¿qué perfil cumplías cuando eras operadora?

Ella lo obsequia con una sonrisa fría, niega con la cabeza y le responde:

—No somos tan íntimos como para que yo te dé esa información.

Lyosha frunce los labios y devuelve la mirada al Corolla.

—Y entonces ¿qué vamos a hacer? —pregunta.

—¿Qué vamos a hacer con qué?

—Con esos dos tíos —aclara él, señalando con la barbilla.

—Ya sabes —le dice ella burlona—. Búscate la vida.

Él se pasa la mano por el rostro sin afeitar.

—Otra vez tendré que encargarme yo solo, supongo.

—Ajá —le confirma Issa.

—En mi aldea, allá en el remoto norte —dice Lyosha con pesar—, tenemos un dicho: «No intentes vomitar con la boca de otra persona», que en realidad significa que debes correr tus propios riesgos.

—Sí, me imagino. Es lo que en la mía, allá en el trópico,

diríamos: «No mandes a otro a hacer tu trabajo sucio». Ya esto lo hemos discutido antes. También es tu trabajo sucio. Lo estás haciendo por Elenka.

Lyosha suelta una risita y niega con la cabeza.

—Venga, Vasily, decídete ya —insiste ella.

—No me llames Vasily. Mi nombre es Alekséi.

—Lo sé, pero Vasily es un chiste idiomático, un juego de palabras en español y me lo estás poniendo a huevo. «Vasily» es porque vacilas mucho para tomar una decisión. ¿Lo pillas ahora?

—No tiene gracia.

—Eres un público difícil. Olvídalo, el chiste ni siquiera es mío.

Issa le entrega el paquete de cuatro kilos de polvo rosado 2CB. Lyosha se desabrocha el cinturón de seguridad, abre la puerta para bajar y entonces ella cierra el puño y le suelta un rápido directo al mentón. La cabeza del pelirrojo rebota contra el costado de la puerta y tiene que aferrarse a la agarradera para evitar caer sobre la acera. La mira, desconcertado, y protesta:

—¿Por qué diablos has hecho eso?

—Para ayudarte. Ahora puedes justificar que luchaste contra ellos.

—Podías haberme avisado antes de hacerlo.

—Entonces no habría parecido un golpe auténtico.

—Pegas duro.

—Te he tocado con el pétalo de una flor. No me seas tan delicado.

Él se frota el mentón. Escupe un salivazo con sangre hacia los matorrales y sacude la cabeza.

—¿Sabes que Elenka está convencida de que en tu alma se ha encarnado el espíritu atormentado de una loba llamada Volchitsa?

—No deberías tener en cuenta los comentarios supersticiosos de Elenka.

—No suelo hacerlo pero, a juzgar por el dolor que siento en la mandíbula, creo que es Volchitsa la que acaba de golpearme.

—Muy gracioso, Colorado. Me gustan los hombres que pierden y se lo toman con buen humor.

—Entonces ¿crees que podríamos gustarnos el uno al otro?

—Yo que tú no me haría ilusiones. Por ahí no van los tiros.

Lyosha se baja y echa a andar con pasos de borracho hacia el Corolla. Lleva en una mano el paquete de la droga y en la otra mano, su propia Sig-Sauer P-226. La ventanilla del conductor del coche sigue cerrada, pero la del copiloto está abierta porque el tío de la cojera quiere fumar y echar el humo hacia fuera. El pelirrojo se detiene junto a la ventanilla que está abierta y dice algo en ruso mostrando el paquete, como un vendedor ambulante que le propusiera algo al fumador. Lo tiene fácil, pero —en opinión de Issa, que es una extensión de la doctrina de su viejo instructor— Lyosha no va sobrado de luces y comete un error táctico que le supone complicaciones. En vez de disparar primero al que va al volante, pega la pistola en el pecho del cojo y aprieta el gatillo dos veces. Los estampidos de los disparos hechos a quemarropa se atenúan, pero el gordo que está al otro lado consigue margen para levantarse del asiento y salir corriendo del coche con inusitada rapidez.

El móvil de Issa empieza a zumbar sobre el asiento de cuero. Sabe que es Mercè, pero no es momento de hablar.

El operador corre despavorido, como si el sobrepeso no le afectara. Va en dirección a la Sprinter, que está aparcada en la esquina.

Issa cruza los dedos para que Lyosha recupere la lógica y no le dispare a distancia. Todavía tienen varias cosas que hacer, y los disparos llamarían la atención. Issa se pasa al asiento del conductor de la furgoneta, lista para abrir la puerta y atajarle el paso al corredor. Pero Lyosha recupera la iniciativa; dando grandes zancadas lo alcanza, lo derriba con una embestida veloz a la altura de los riñones y luego se le echa encima y le golpea el cráneo repetidamente con la culata de la Sig-Sauer hasta que el gordo se queda exánime.

El móvil sigue zumbando. Ella lo ignora y se baja de la furgoneta.

—No has estado muy fino —le recrimina.

—¿Siempre eres tan negativa? —se burla él, incorporándose.

Ella se agacha junto al cadáver del operador y le extrae la cartera para mirar si lleva el NIE.

—Estamos de suerte —dice, sacando el documento. El zumbido del móvil se interrumpe—. Tiene la dirección de L'Hospitalet.

—Perfecto —dice él, tomando el documento—. ¿Qué hacemos?

—Nos llevamos a este. Les contarás que lo sorprendiste al descubrir que te estaba siguiendo y que llevaba la droga en el coche. Y listo, con esto ya tienen la dirección de la casa refugio de Santa Eulàlia.

El teléfono móvil vibra. Issa sube a la furgoneta y escucha el mensaje de voz que Mercè le ha dejado en el buzón. Hay una nota histérica en su tono, pero la información es concisa. Y urgente.

Mercè, muy preocupada, llama a Elenka.

Elenka no responde la llamada. Pero al poco le escribe:

Qué pasa? Pudiste avisar a Issa?

Ella textea con rapidez y ambos pulgares:

> No coge el teléfono. Le dejé un mensaje para alertarla sobre Maxim, que cada vehículo del Mashenkas tiene instalado un emisor de rastreo y que habían localizado la furgo de Lyosha en la zona alta de la ciudad

Esperemos que lo haya leído

Sospechan de tu hermano?

No creo. Están preocupados porque él no contesta el móvil, y temen que algo le pueda haber ocurrido, teniendo en cuenta las cosas que han estado sucediendo en las últimas semanas

> Creo que no debiste regresar al club. Si las cosas se tuercen con Issa y tu hermano, te habrás metido en la boca del lobo

Ni pienses en eso. No puedo seguir hablando ahora. Las cosas están muy caldeadas por aquí

Pasa algo?

Tengo que cortar. Oleg acaba de llegar

Pensar en el gigante le arranca un temblor.

En la quietud de Sarrià-Sant Gervasi, Issa reacciona.

—Deja la droga en el Toyota —le ordena a Lyosha—. Rápido, rápido, que ya están aquí.

Él se queda sorprendido, el NIE entre los dedos, y la otra mano aferrando la culata que gotea sangre. El labio se le ha empezado a hinchar.

—¿Quiénes están aquí?

Issa no le responde. Cierra la puerta y se escurre hacia la parte trasera de la furgoneta. Unas luces largas iluminan la esquina de la manzana por detrás del vehículo. Lyosha sale de su letargo momentáneo, corre hasta el Corolla y mete el paquete de 2CB en la guantera. Se vuelve y espera. Las luces largas giran en la esquina y aparece una Mercedes-Benz Sprinter negra idéntica a la suya, como un cetáceo de piel lustrosa que se acerca nadando despacio a explorar la costa. Otro de los vehículos de los hombres de Maxim.

En el interior de la furgo de Lyosha, Issa apaga el móvil y saca la HK.

La Sprinter recién llegada rebasa al vehículo aparcado y se detiene junto a él. La puerta deslizante lateral se abre. Dos hombres salen.

—Lyosha —Issa le escucha decir a uno de ellos—. Nos tenías preocupados.

—Te preocupas por gusto, Pável —replica Lyosha con tono chulesco—. Sé cuidarme muy bien yo solo, como puedes ver.

Issa escucha otros pasos. Son tres hombres al menos. Supone que están examinando en derredor con la mirada, nerviosos, tratando de valorar si lo que ha ocurrido puede haber llamado la atención.

—¿Qué ha pasado aquí? —pregunta una voz perentoria, diferente, acostumbrada a mandar. Probablemente, Maxim.

—Más cubanos —contesta Lyosha—. Estos cabrones están por todos lados. Pero esta vez tenemos una dirección cercana. Ahora sabemos dónde viven.

A juzgar por los sonidos que ella escucha, dos de los hombres se alejan. Deben de estar yendo a husmear en el Corolla.

—¿Por qué tienes el móvil apagado? —pregunta el de la voz de mando.

—No puedo permitirme distracciones cuando me están siguiendo, Maxim. Primero tuve que despistarlos, y luego di la vuelta a la manzana y los sorprendí por detrás mientras estaban detenidos. Ahora mismo os iba a llamar.

—Por lo que veo, uno de ellos casi se te escapa.

—Sí, pero ya ves que no llegó muy lejos.

—Lo hiciste bien —dice Maxim con aprobación—. Pero debiste dejarlo con vida para interrogarlo.

—Me pides demasiado. Mírame la cara. Ese cerdo luchó, y yo no tenía mucho tiempo para reducirlo. Hice lo que tenía que hacer.

—Por eso no puedes ir por ahí actuando en solitario, Lyosha.

—¿Qué quieres que te diga? Ya está hecho.

Los pasos de los otros hombres regresan.

—Mira lo que llevaban escondido —dice Pável—. De nuestro alijo.

Han encontrado la droga.

—El resto deben de tenerlo almacenado en esa dirección —señala Lyosha.

Issa escucha sus risas. A su manera, están eufóricos. Han identificado a los presuntos ladrones. Ahora querrán pasar a la ofensiva para recuperar el grueso restante del 2CB robado y ajustar cuentas con los intrusos. Son todos tan predecibles, tan mentalmente parametrados, que dan vergüenza ajena.

Solo falta que Oleg se sume a la incursión. Porque es allí, en L'Hospitalet, bien lejos de la guarida del Oso, donde Issa necesita tenerlos apiñados.

Pero las cosas pueden complicarse en diez segundos.

—Ayudadlo a meter los arenques en la furgo —ordena Maxim, refiriéndose a los muertos—. No vamos a dejarle el pescado a la poli.

Issa se da cuenta de que todo se ha ido al traste. Los planes volarán por los aires en cuanto los rusos abran la puerta trasera de la Sprinter. Chasquea la lengua y se sienta en el suelo de chapa del vehículo. Acomoda la espalda contra el lateral y alza la Heckler & Koch hacia la puerta, empuñándola con la mano derecha y usando la izquierda como refuerzo de estabilidad. Nadie puede saber cómo saldrán las cosas, pero ellos son tres tíos a punto de que los sorprendan y, aun en el caso de que Lyosha se niegue a disparar contra sus colegas, Issa dispone de doce cartuchos 9 mm parabellum —y uno más en la recámara—, suficientes para despacharlos sin pestañear.

Pero el pelirrojo mete baza a tiempo de evitar el desastre.

—Tengo todos los asientos ocupados con cajas de herramientas —dice—. No hay tiempo para ponernos a plegarlos ahora. Será mejor que los metáis en la vuestra.

—Tienes razón —lo secunda Maxim, y su voz empieza a alejarse—. Venga, venga, muchachos, que ya llevamos demasiado tiempo expuestos aquí.

Issa se queda sentada, alerta, forzando los oídos. El trasiego indica que los cuatros rusos están cargando los dos cadáveres a toda prisa en la Sprinter.

—A este le encanta matarlos, pero luego no quiere transportarlos —dice la tercera voz, burlona—. No vaya a ser que... —La puerta deslizante se cierra de golpe, haciendo que Issa se pierda el resto del chiste que, asume, seguramente no tendrá un buen remate. No obstante, sí escucha las carcajadas.

Toca esperar.

No mucho. La puerta del conductor se abre y Lyosha sube al asiento.

Va solo. Cierra la puerta y se coloca el cinturón de seguridad.

—¿Al Mashenkas? —pregunta Issa en voz baja.

—Sí.

Se ponen en movimiento. Issa permanece en cuclillas, apoyada en los metatarsos.

—¿Tienes la puerta trasera cerrada con llave?

—Está cerrada, pero se puede abrir desde dentro. ¿Por qué?

—Porque voy a bajarme en el primer semáforo que nos venga bien. No me apetece ir al Mashenkas y que la noche se alargue demasiado.

—No te lo aconsejo —le dice Lyosha—. Maxim viene detrás de nosotros.

—¿Y no puedes arreglártelas para dejar que te adelante?

—No. Me indicó que fuera en cabeza. No puedo desobedecerlo o llamaré la atención. Vamos al club, sin paradas intermedias.

Realizan un giro y se incorporan a una avenida.

—¿Crees que sospechan algo?

—No creo. Pero Maxim va a venir todo el tiempo detrás de mí.

—Joder. ¿Y cómo voy a salir de ese puto club?

—No lo sé —dice él, y añade burlón—: A lo mejor te gusta. En el horario *after-hours* aparecen por allí algunos clientes vip muy interesantes. ¿Quieres conocer a las bestias más pardas del Barça?

—No te imaginas la ilusión que me hace —masculla ella en castellano.

—Ey —protesta Lyosha—, no entendí lo que dijiste.

—Ni falta que te hace.

Aceleran.

30

El campanilleo avisa a Mercè que tiene un nuevo mensaje. Lo lee.

Tienes noticias de Issa?

Nada. Su teléfono está muerto

Oleg acaba de marcharse de aquí rugiendo. Parece que tuvo un altercado con Nikolái, en privado; ninguna de las chicas sabe la razón

Por qué no sales del club y regresas al hotel?

No puedo. Nikolái quiere hablar conmigo. Y además, no quiero irme hasta saber si Lyosha se ha metido en problemas

Estaré pendiente. Ya he hecho las maletas. Lista para irme. No puedo seguir aguantando la presión de los últimos días

Calma. Estamos trabajando para cambiar eso. Todo a su debido tiempo. Ahora te dejo. *Paká*

Fins aviat, amor meu. Petons

♥

Sobre el salpicadero de la Sprinter, el móvil de Lyosha se pone a sonar.

—No te dejan vivir —se burla Issa, que sigue sentada en el suelo.

Él coge el aparato y responde. Le dan instrucciones. Asiente.

Cuelga y dice:

—Nuevas órdenes. Ya no vamos al club. Iremos a otro lugar.

—¿Qué lugar?

—Me dieron una dirección en Vallcarca —explica él—. Un gimnasio para púgiles llamado Gym Centfocs. No te dejes confundir por el nombre, porque es nuestro. Uno de los negocios legales de la Troika.

—¿Y qué vamos a hacer allí?

—No lo sé, yo no pido explicaciones. Las órdenes son órdenes.

—¿Está abierto ese sitio a esta hora? —pregunta ella.

—Lo dudo. En mi opinión, será para deshacerse de los arenques.

—O tal vez se trate de una trampa y los arenques vamos a ser nosotros.

Lyosha no dice nada. El silencio es una manifestación de su incertidumbre.

—Colorado —dice Issa—, no te metas ahí. Olvídate de todo. Rompe filas y larguémonos. Con el dinero que ya tenemos, vosotros tres podéis…

—Tranquila —la corta Lyosha—. No creo que sea una trampa. Conozco a Maxim muy bien, y el tono de su voz lo delataría si fuera a ejecutarme. Además, él no puede hacerme nada sin consultarlo con Nikolái.

—No sé, la gente comete errores y por eso muere. Lincoln murió porque nadie le estaba cuidando las espaldas en aquel teatro, Kennedy murió porque se confió y quiso ir a la fresca en descapotable. Me parece que vas a meter la pata si te metes ahí.

—Confía en mí. No pasa nada.

Siguen adelante hasta que giran a la derecha. Issa ve la luz del rótulo CENTFOCS reflejada en el parabrisas de la Sprinter y luego bajan por una rampa hasta el aparcamiento soterrado del gimnasio. Pilares de hormigón, carrileras pintadas de verde, luces LED y conductos de climatización en los techos.

Lyosha detiene el vehículo y se queda esperando instrucciones. La furgo de Maxim pasa a su lado y estaciona en una plaza de parking con el morro contra la pared. Lyosha baja el cristal de la ventanilla y uno de los hombres se acerca.

—Dice Maxim que sigas hasta el final. —Le indica con la mano—. Aparca en el espacio que hay al fondo y espera allí.

Lyosha asiente, sube la ventanilla y conduce la Sprinter despacio todo recto, cincuenta metros más allá. La última plaza es un espacio vacío entre la pared que hace esquina y un ostentoso Hummer H2 de carrocería amarilla aparcado al lado. El todoterreno tiene las lunas tintadas, una barra cromada en el parachoques delantero y la suspensión exageradamente alta.

—Creo que es una puta trampa —murmura Issa, agazapada en la oscuridad del compartimento trasero.

Él maniobra y estaciona en marcha atrás.

Esperan. No viene nadie. Y han perdido la visibilidad de la carrilera.

Lyosha toma el teléfono para simular que está hablando.

—Si esto es una trampa —dice con pesar—, lo primero que deberías hacer es meterme una bala en la cabeza por estúpido.

—No, no, qué va —le replica Issa—, ese carnaval ya pasó. No es momento de lamentarse. Mis balas las reservo para tus colegas. Los tíos con la mollera dura, como tú, se merecen el peor destino.

Lyosha enmudece porque ha visto que del interior del Hummer, por el lado del conductor, brota la figura corpulenta de Oleg Medved. Issa lo ve envararse sorprendido —como si el todoterreno fuera una adquisición reciente de Oleg—, y cuando el gigante pasa por delante del parabrisas, ella consigue apreciar un torso enorme cubierto por la chaqueta de camuflaje EMR de las tropas de infantería de la Federación Rusa.

Parapetada detrás de la última fila de asientos plegables y sentada sobre el suelo, con la espalda apoyada en la puerta trasera, amartilla el percutor de la pistola y aguarda con ella en el regazo y el dedo índice cerca del gatillo.

La puerta del acompañante se abre y el gigante acromegálico se inclina para entrar. La cabeza de Oleg, enorme, de frente abultada y cabello hirsuto, queda iluminada de perfil, perfectamente visible para Issa desde la oscuridad. Se sube al asiento y los amortiguadores de la Sprinter protestan bajo el peso añadido.

El sudor de Medved, que huele a pelaje de animal mojado y sucio, invade el vehículo. Todo en él hiede a amenaza mortal. Es una suerte que el ruido del aire al salir por las rejillas de climatización de la furgoneta enmascare el sonido que hace Issa al respirar.

El gigante se queda mirando fijamente a Lyosha sin decir nada.

—¿Qué pasa, Oleg? —dice el pelirrojo. Hay tensión en sus palabras, y desde el ángulo de visión que tiene Issa puede distinguir la rigidez de su postura.

—Muchas cosas pasan últimamente —responde Medved con voz hueca—. Al parecer, has tenido dos encontronazos directos con el enemigo y tuviste la suerte de salir airoso en ambas ocasiones. Mucha suerte, diría yo. ¿O me equivoco?

Lyosha se encoge de hombros. Prefiere no contestar a las declaraciones suspicaces de un psicópata.

—¿Quién te protege, Lyosha? —inquiere, y hay varias implicaciones detrás de la pregunta.

Lyosha hace un gesto que Issa no puede ver, pero presume que se está tocando un medallón que lleva colgado en el pecho.

—Nuestra Señora de Kazán —contesta—. Me guía y me protege.

Oleg sonríe y sacude la cabeza. Es una sonrisa carente de auténtica alegría, deformada por el prognatismo notable que padece. El Oso es consciente del temor que causa entre los hombres y el terror que provoca en las mujeres. Pone su manaza —dedos enormes y velludos, con nudillos tan gruesos y deformados que parecen fondos de botella— en el respaldo del asiento intermedio y el anillo de plata labrada brilla en la luz que cae oblicua. Se inclina hacia delante, como si quisiera perforar al pelirrojo con su mirada voraz. La cicatriz vertical que le cruza el rostro le ha perdonado el ojo izquierdo de puro milagro.

—Hace tiempo que tenemos una conversación pendiente —declara.

—Tú dirás —dice Lyosha con aplomo.

—Supongo que sabes lo que ocurrió entre Elenka y yo, ¿cierto?

Lyosha asiente en silencio, pero la mirada se le hiela.

—Si tienes algo que exigirme o decirme a la cara, este es tu momento —dice Medved con el corpachón tenso, los dedos arácnidos aferrados a la microfibra del respaldo. Se le nota que está ansioso por ver a Lyosha perder los estribos. Quizá espera que Lyosha se sienta afortunado hoy y se atreva a intentar alcanzar la pistola. La mirada de Oleg lo desafía, desea que el pelirrojo manifieste su furia. Desea la sangre del rival; romper cabezas, quebrar huesos, desmembrar a los vencidos mientras sigan respirando. El Oso vive para masacrar y comerse las entrañas de sus enemigos.

Issa calcula que ella puede meterle tres plomazos en esa jeta deforme en menos de dos segundos. Asunto zanjado y que se desate el caos. No será la primera vez.

Pero Lyosha, sea por prudencia o por temor, muestra autocontrol.

—No tengo nada que decirte, Oleg —declara—. Si lo tuviera, habría ido a verte hace tiempo. Sé dónde vives, y no soy un cobarde.

Oleg relaja la postura. Le divierte el poder que exuda su presencia.

—Desde luego que no —dice—. Puede que seas el cachorrillo de Kurkov, pero no pareces un cobarde, a diferencia del picha floja de Maxim, que cree que es un macarra peligroso con aires de europeo elegante cuando en realidad es un cuarentón pusilánime.

—Puedes decírselo tú mismo si quieres —le sugiere Lyosha, arriesgándose a recibir una bofetada épica—. Está allá fuera rodeado de sus hombres.

—No intentes provocarme —dice Oleg—. Esos tres harán todo lo que yo les ordene. Si les digo que mañana quiero ver arder el Mashenkas, te aseguro que lo quemarán hasta los cimientos, cobrarán el dinero de la póliza y mudarán el negocio al sitio que yo les imponga sin importarles lo que opine Nikolái. Saben muy bien cuál es su lugar y que el poder de Kurkov no pasa por mí, pues yo respondo ante Efremov. Mi problema es contigo, que eres el cachorrillo de Kurkov y le muestras lealtad solo a él. —Sus palabras destilan ira concentrada—.

¿O crees que no sé que trabajas en el Mashenkas porque Kurkov te ha puesto allí?

Lyosha baja la guardia y muestra expresión de hastío.

—Oleg —dice con voz calmada, paciente—. Dejémonos ya de frases huecas y amenazas. Pactemos. Dime lo que quieres de mí y yo te diré qué puedo hacer por complacerte.

—Voy a ocuparme del asunto de los cubanos. Esto es personal. Los robos afectan directamente mi reputación y eso es algo que no puedo, ni quiero, ignorar. Kurkov, sin embargo, se opone a atacarlos; no quiere que se arme revuelo en la ciudad. Es un puto hipócrita que celebra la invasión de Ucrania, pero no se atreve a librar su propia guerra para defender nuestro territorio. Se ha convertido en un conservador, un aristócrata que da órdenes desde lo más alto de una torre de marfil. Ha vivido tanto tiempo en la Europa decadente que parece haber olvidado nuestros valores tradicionales y, a estas alturas, cree que el alma rusa es un pozo de melancolía y poca cosa más.

Lyosha suspira.

—¿Adónde quieres llegar?

—No quiero que Nikolái meta sus pezuñas en mis asuntos ni en cómo los llevo. Voy a resolver esto a mi manera y no quiero que le informes.

«Descuida, grandullón», piensa Issa, quieta como una estatua tras el asiento.

—De acuerdo —acepta el pelirrojo—. No diré nada. Palabra de honor.

—Eso no es todo, cachorrillo. Quiero algo más de ti.

Issa se tensa en la oscuridad.

—¿Ah, sí?

—Sí —declara el Oso, rascándose el costurón de la cicatriz a la altura de los protuberantes arcos superciliares—. Vas a venir con nosotros.

—¿Qué?

—Vas a participar.

—¿A espaldas de Maxim?

—¿Es que acaso no escuchas cuando hablo? —replica Oleg, y su vozarrón retumba—. Maxim no tiene ni voz ni voto en esto. Es mi operación, y me dará cuatro hombres para llevarla a cabo. Me llevaré a Pável, Vitaly, Andrey… y a ti. Ya tengo un par de tíos apostados en la dirección de L'Hospitalet que aparece en el NIE de los arenques. Mañana iremos a estudiar la logística del lugar. Y por la noche, atacaremos. ¿Qué te parece?

—No sé qué decir…

—Dirás que sí. O tendré que pensar que la acción verdadera te asusta.

«No. ¡Lo que asusta a Lyosha es que puedas aprovechar el enfrentamiento para meterle un balazo en la espalda, maldito primate! —tiene ganas de gritarle Issa—. Cuidado, Lyosha, la aquiescencia puede costarte la vida; te convierte en un esclavo, un peón de sacrificio. Dale largas, venga».

—De acuerdo —asiente Lyosha—. Cuenta conmigo.

Ya está dicho. Ahora no puede echarse atrás.

—Bien —dice el Oso, y le tiende la zarpa velluda. El pelirrojo vacila un instante y luego la acepta y se dan un breve apretón. Issa alza la pistola con sigilo y Oleg Medved nunca se entera de lo cerca que está de morir en caso de hacer un movimiento brusco.

—¿Eso es todo? —pregunta Lyosha.

—¿Todo?

—Pregunto si eso es todo lo que tenías que decirme.

El Oso se queda en silencio. Luego, gira la cabeza y mira hacia el fondo de la furgoneta, justo al lugar donde Issa se esconde. A contraluz, ella no puede verle los ojos, y si no estuviera tan oscuro ahí atrás daría la impresión de que sus miradas se encuentran. La amenaza ha vuelto a su rostro como un estigma, como una máscara. Es obvio que, temperamento aparte, tiene una reputación de toxicidad que mantener.

—Sí, eso es todo —dice—, a menos que quieras contarme algo más.

—No. Ya basta de charla por hoy. Lo que quiero es irme a casa de una vez.

—Pues vete, entonces, cachorrillo. Descansa bien hoy, que mañana el día será largo. Te llamaré temprano.

Abandona el vehículo y los amortiguadores rechinan aliviados. Cierra de un portazo, sale a la carrilera y desaparece del ángulo de visión.

Lyosha enciende el motor.

—Pensé que no se iría nunca —dice Issa en voz baja.

Lyosha pone el Sprinter en marcha y comienza a girar, pero enseguida tiene que frenar porque Oleg está aún en medio de la carrilera hablando con un tío cuya cabeza afeitada apenas le llega al esternón. El Oso asiente, levanta la vista y le hace señas a Lyosha para que salga del vehículo y se acerque. Veinte metros más allá hay un tío de piel morena tendido en el suelo y los rusos han formado un semicírculo en torno a él.

—¿Vas a salir? —susurra Issa que, si estuviera al volante, no dudaría un segundo en atropellarlos a todos y salir de allí como un bólido.

Lyosha no dice nada. Abre la puerta y baja de un salto; la deja abierta.

—¿Qué pasa?

Junto a Oleg, que va vestido de camuflaje integral EMR y botas de combate, todos los demás parecen niños. Issa se teme que los rusos han descubierto algo que comprometa a Lyosha. Lo peor es que ahora el pelirrojo ya está fuera del rango de protección de su HK.

Pero se equivoca.

El tío tendido en el suelo es el operador con sobrepeso del

DOE. Resulta que han descubierto que, a diferencia del que ha recibido los dos disparos en el pecho, el tío rubicundo con la cabeza rota no está muerto, solo conmocionado por los golpes de la culata. Tiene el cabello ralo cubierto de sangre y su abrigo gris mustio está rasgado y manchado de polvo.

Se lo ve asustado.

Con razón.

Porque está jodido y lo sabe. Va a morir lejos de casa, sin importarle en lo más mínimo a los mandos políticos que lo destinaron a esta ciudad.

El gigante corpulento se yergue ante él como una atalaya. Le pregunta algo que Issa no alcanza a escuchar —probablemente, sobre asaltos a los suyos y el robo del polvo 2CB— y el operador del DOE niega con énfasis. Oleg se inclina y le dice algo más blandiendo un dedo amenazador, pero el hombre herido no se encuentra en condiciones de darle ninguna respuesta satisfactoria; balbucea, conmocionado por el miedo y la desorientación, y sus palabras desencadenan la cólera fulminante de Oleg.

El coloso alza la bota y la estampa en medio del pecho del hombre, que suelta un quejido estentóreo. De su boca, la sangre brota profusa. Oleg, ciego de ira, le castiga el costillar con la punta de las botas de combate y luego le golpea la cabeza como si estuviera tratando de marcarse un gol pateando la pelota desde el medio campo. El impacto arranca un crujido y la forma antinatural que adopta el cuello indica que el hombre ha muerto, pero Oleg ruge y sigue pateando el cadáver, pisoteándolo con saña en el rostro, el pecho, los hombros, la ingle. Ninguno de los hombres participa en la pateadura, nadie interviene; no porque estén horrorizados, sino porque perciben el egoísmo en la violencia excesiva que despliega Oleg. El gigante resulta inusitadamente rápido, piensa Issa; sus movimientos sugieren una fuerza descomunal, y todo en él apunta a un ser arcaico, pletórico de una suerte de energía primordial que sigue pisoteando y aplastando hasta que en la carrilera verde solo queda el cuerpo descoyuntado y desecho bañado en sangre.

Cuando Oleg se aparta del despojo humano y se encamina al Hummer, Issa tiene la impresión de que el eco de su grito de guerra sigue vibrando en el aire enrarecido del lugar.

Bajan por vía Augusta con rumbo a Diagonal. Ella se ha acomodado en uno de los asientos traseros mientras él conduce pensativo. Ninguno de los dos ha dicho una palabra en quince minutos.

—Joder, ese tío es enorme —comenta ella, rompiendo el silencio.

—¿No te lo habían dicho?

—No es lo mismo. Ver para creer.

—Pues ahora ya lo has verificado —dice Lyosha.

—Y tanto. ¿Estás seguro de que no tiene dos metros y medio de estatura?

—No. Mide dos metros y cinco centímetros descalzo, tal vez supere los dos metros diez cuando lleva botas.

—Joder.

—Pareces impresionada.

—¡Por supuesto que lo estoy! Espero que ese cíclope peludo ya haya parado de crecer. Si el Consejo Europeo se entera de su existencia, querrán regularle el crecimiento.

—¿Qué Consejo, los de Bruselas?

—Esos. Deben de haberse sacado algún máster de regulación o algo. Siempre están regulándolo todo.

Siguen en silencio.

—Tampoco es tan alto —opina Lyosha al cabo de un rato—. Hay jugadores en la NBA bastante más altos que Medved. Boban Marjanović, de los Houston Rockets, mide dos metros y veinticuatro centímetros. Kristaps Porziņģis mide dos metros y veintidós centímetros y Luke Kornet mide dos metros y dieciocho. Incluso la retirada estrella Shaquille O'Neal tiene una estatura de dos metros y dieciséis. ¿Quieres que siga?

—Venga, Alekséi, lo que importa no es la estatura, sino lo que puedes hacer con ella. ¿Has visto a ese monstruo desatado? Eso es lo que en mi país llaman «tener una perreta». Ese tipo es un fósil viviente letal, una mutación perniciosa. Alguien debería pegarle un tiro en la cabeza y hacerle un favor al resto de la especie humana.

—Pegarle un tiro, ¿con qué? ¿Con el cañón de un tanque de guerra?

—Lo que sea, para luego es tarde —dice ella en tono lúgubre—. Al verlo en acción, uno se da cuenta de que el mundo necesita asesinos con sentido moral. Son esenciales para anular la maldad que acosa a los débiles.

—Me gustas más cuando no te pones tan espesa —le comenta Lyosha—. Lo que me preocupa es que entorpezcan nuestros planes para mañana. ¿Qué hacemos?

—Nos ceñiremos al plan. Tú vas con ellos a L'Hospitalet, mantienes al Oso bajo estricta observación, mientras yo voy a su guarida a robar el dinero.

—¿Sola?

—No. Eso no me conviene.

Issa enciende el móvil y le entran un sinfín de notificaciones de llamada y de mensajes de WhatsApp. Marca el número de Mercè y espera.

—Ya era hora —es lo primero que le dice la chica.

—Reportándome —dice Issa—. Voy de regreso. Pero hay cambios de última hora en lo de mañana. La mala noticia es que no podremos contar con la ayuda de Lyosha. Oleg lo acaba de convocar para que lo acompañe en su expedición punitiva, y no hay manera de que consiga escaquearse.

—Vaya, por Dios.

—La buena noticia es que ya he pensado en un reemplazo.

—Menos mal. ¿Quién?

—Tú eres el reemplazo —le anuncia Issa—. Iremos juntas, tú y yo.

31

La tensión superficial del momento retiene la ansiedad de Mercè y la sepulta en un sustrato mental que comparte con el instinto de conservación.

—¿Cómo van esos ataques de pánico? —le pregunta Issa en el momento en que abandona la autovía y conduce la Caddy por la carretera flanqueada de abedules blancos para dirigirse a lo que ella denomina la «zona caliente».

—No se han manifestado —responde Mercè, erguida en el asiento, con la vista fija en la lejanía del camino. Respira con una regularidad similar a la que practicaba cuando a los diecisiete años iba con su padre a bajar las pistas negras de la estación de esquí La Molina, en la Cerdanya—. La química ayuda un poco, desde luego.

—Bien hecho —asiente Issa—. Te necesito centrada y versátil.

La química involucrada a la que se refiere es un combinado de Biodramina y cafeína —toda la que un *caffè latte* sea capaz de aportar—, una fórmula que usaba cuando tenía que enfrentar la pista alpina en un día de niebla, a punto de bajar la pendiente con un desnivel de vértigo, y su padre dándole instrucciones: «No flexiones mucho las piernas al bajar, no sigas a ningún esquiador, mantente pegada a las balizas. Y sobre todo: sigue tu instinto».

Seguir su instinto. No sabe si eso le servirá ahora. Su instinto le dice que debería alejarse todo lo posible del sitio adonde se está dejando llevar.

Issa sube con el vehículo por el camino de tierra y no avanza mucho. Todavía lejos de la casa de Oleg, detrás de un recodo de terreno donde crece una cortina rompevientos de pinos, detiene la Caddy y apaga el motor. Se estira como un felino y le crujen las articulaciones. En su expresión se nota que piensa en sus próximos pasos, calibra los músculos mientras su mente vibra al anticipar las infinitas posibilidades aún no expresadas del porvenir inmediato.

Mercè envidia la seguridad que Issa exuda ante el peligro; en su serenidad y entereza hay algo exótico, revestido de una sensualidad muy particular, más intelectual que física. En Elenka, en cambio, el erotismo se materializa en su belleza sofisticada y en la profundidad de su mirada de sabiduría precoz.

Ella, en cambio, aunque no lo exprese, está aterrada. Tiene miedo del Oso. En su fuero interno cree que ese monstruo no está ahora en L'Hospitalet, sino que está ahí, agazapado en la guarida, esperando a tener otra oportunidad para capturarla; él y sus tres perros asesinos.

Mercè no puede dejar de pensar en las cosas que Elenka le ha contado sobre Medved, un hombre atrapado en su fealdad integral. Según Elenka, ninguna de las chicas del Mashenkas —ni siquiera pagándoles por el servicio— quiere acostarse con él; por su aspecto, por la desproporción de su pene, pero sobre todo porque cuando el Oso cae sobre una mujer, lo hace envilecido por un resentimiento atroz que la destroza, como si la cópula fuera para él una suerte de combate y violencia en vez de entrega o intercambio de placer.

—Entonces ¿qué? —dice Issa, como despertando de sus cavilaciones—. ¿Echamos un vistazo ahí dentro?

Mercè asiente sin hablar. Está decidida a cumplir con su parte por el bien del resto, y sobre todo porque ha dado su palabra, pero en el fondo teme que su lengua exponga la fragilidad que la embarga.

Issa agarra un estuche de plástico ABS de la parte trasera de la Volkswagen y desembala un minidrón de la marca OBEST. Despliega los brazos con los rotores, le ajusta una cámara de alta definición y un par de artilugios en la panza y lo coloca sobre el techo de la furgoneta. El dron es de pilotaje por control remoto, lo suficientemente pequeño como para pasar desapercibido en la luz mortecina del atardecer, y su cámara de resolución 4K envía excelentes imágenes a la tableta conectada al mando.

Issa se da cuenta de su sorpresa y le dice:

—¿Qué pensaste cuando dije que echáramos un vistazo? No habrás creído que íbamos a saltar la verja y entrar en la madriguera de un sádico sin disponer de soporte logístico, ¿no?

Mercè se encoge de hombros. Le gustaría carecer de integridad y salir de allí, caminar de vuelta a la autopista y pillarse un taxi que la lleve a Cadaqués para alejarse de todo esto, sin mirar atrás, pero está cautiva de esa manifestación rebelde que ha tomado el control de su voluntad.

Issa pulsa un interruptor y el dron echa a volar. Mercè asoma la cabeza por la ventanilla y lo observa ascender hasta hacerse imperceptible en lo alto. Luego se centra en la vista cenital que les ofrece la pantalla de la tableta, cuya perspectiva se aleja por encima de los pinos hasta colocarse sobre la propiedad de Oleg. Da un rodeo en espiral en torno a la araucaria australiana, toma fotos y vídeos de los porches, la cerradura eléctrica de la verja de entrada, el hierbazal del patio trasero —donde descubren la existencia de una caseta de herramientas a la sombra de las moreras— y pronto detectan la posición de los dos corpulentos rottweilers tendidos perezosamente en el costado de la casa donde todavía pega el sol.

—Leshi y Gorynych —murmura Mercè con un temblor en la voz.

—Falta otro perro, tengo entendido. La dóberman.

—Sí. Baba Yaga —asiente ella—. Casi me arranca la cara de un mordisco.

—Tranquila —le dice Issa—. Son animales leales, obedientes. No tienen la culpa de que los hayan adiestrado así. Por eso, no vamos a matarlos.

Ella no dice nada. Al parecer, Issa tiene un plan preconcebido.

—¿Cómo vamos a entrar?

—Por la puerta, como las personas educadas. Que estemos aquí para robar no significa que vayamos a perder las formas.

—¿Nada de fuerza bruta? —pregunta Mercè.

—Nada de fuerza bruta —le asegura Issa—. Al menos no para entrar. Una vez dentro, ya la cosa cambia.

—Dios mío —jadea ella—. No podría dispararle a nadie.

—Escucha, Mercè, te agradezco el apoyo, en serio. Soy consciente de que, para una persona como tú, preocupada por el *score* medioambiental y los compromisos de desarrollo sostenible, acompañarme en esta incursión excede tus habilidades y significa un salto traumático. Pero te aseguro que, además de ser algo único, de una sola vez, no voy a pedirte que hagas nada que luego te atormente, ¿está claro?

Mercè asiente.

—No te escucho —la insta Issa.

—Sí, vale, está claro.

—Bien —dice Issa, tomando la tableta—. Vamos a dar otro pase sigiloso con el dron, a ver si ubicamos a la temible Baba Yaga u otro guardián. No queremos sorpresas desagradables cuando entremos.

El dron se acerca a las ventanas por el costado contrario donde dormitan los rottweilers. En la planta superior no hay nadie, pero en la planta baja, en una habitación del fondo, descubren a un tío musculoso vestido con un chándal Nike de dos tonos que está viendo una pelea de la UFC en una tele extraplana. Sobre la mesa hay un móvil de carcasa negra con la pantalla colocada hacia abajo, unos mandos de videoconsola Xbox, una lata de cerveza rusa Baltika de tamaño grande y un revólver niquelado de cañón corto.

No hay rastro de Baba Yaga ni de ninguna otra persona.

—Me dijiste que esos perros no ladran, ¿verdad?

—No. No ladran —contesta Mercè—. Muerden.

—Perfecto.

—¿Dónde estará la dóberman? —pregunta Mercè—. ¿Se la habrá llevado Oleg a ese sitio en L'Hospitalet?

—No creo —replica Issa—. Los perros no siempre se pueden controlar en las redadas y acaban estorbando. Seguramente la criaturita está por algún rincón echando la siesta, soñando contigo.

—Ni lo menciones.

Hace otro pase con el dron, esta vez en torno a la caseta del patio trasero, un habitáculo de acero galvanizado de cinco metros de largo por seis de ancho y tres de alto con techo inclinado; no ven a nadie y la puerta de la caseta está cerrada, pero en la pared del fondo hay un aparato de climatización cuya bomba de calor está en funcionamiento.

—Una se pregunta —dice Issa mientras mueve los mandos de pilotaje—: ¿vivimos en un universo determinista, o tenemos algo que objetar y disponer a nuestro antojo?

Mercè tiene la uña del pulgar derecho entre los dientes, una manía que hace muchos años creía haber abandonado. La mira intrigada y pregunta:

—¿A qué viene eso?

—Pensaba en voz alta, qué sé yo —le contesta Issa—. A veces me cuestiono sobre la futilidad de nuestros actos, ¿tú no?

Mercè va a responderle, pero la interrumpe un campanilleo en su móvil. Es un mensaje de Elenka: Lyosha acaba de confirmarle que Oleg, él y el resto del equipo punitivo están en L'Hospitalet, a punto de entrar en acción.

—El tiempo es esencial —declara Issa—. Vamos al lío.

—¿Tan pronto? Deberíamos explorar un poco más.

—Es suficiente. El exceso de información entorpece la toma de decisiones.

Posa el tren de aterrizaje del dron en el tejado color terracota y activa la función de un transceptor que busca la señal de activación por telefonía de la cerradura electrónica.

El plan A consiste en abrir la puerta y provocar que los perros se vayan. Estos salen del recinto, las chicas entran; los animales quedan expulsados.

El transceptor se enlaza a la señal de la cerradura y luego el decodificador reemplaza la contraseña por una nueva vía wifi; puede que el minidrón con cámara 4K sea un juguete en sí mismo, pero con los otros adminículos anexados se convierte en un artefacto de guerra electrónica. Mercè le pregunta de dónde saca esos recursos.

—Tengo el dinero de Elenka para adquirirlos y un proveedor competente a mano. Además, la seguridad de Oleg es poco sofisticada.

Teclea el código nuevo en la tableta y comprueban en la pantalla que la verja comienza a abrirse. Al escuchar el sonido de la puerta, los rottweilers se incorporan alerta y acuden a la entrada. Ven a Issa y a Mercè al otro lado y se quedan a la espera, sin atacar. Se nota que han sido entrenados para no actuar si no se entra en sus dominios. Tampoco ladran, lo cual es conveniente.

—Plan B, entonces —sugiere Issa. Saca del coche las dos pistolas eléctricas Huscha y le entrega una a Mercè—. Entramos. Cuando ataquen, disparas a la cabeza de uno. Yo haré lo mismo. No te angusties, no morirá; en una hora se habrá recuperado. Si ves que no se detiene con los primeros dardos, haces un segundo disparo. Eso será todo.

Ese «todo» que sugiere Issa es lo máximo que Mercè ha hecho jamás en contra de un ser vivo, que ella recuerde. No dice nada, pero asiente.

Cruzan la verja, con las pistolas de electroshock en ristre.

Los rottweilers se abalanzan contra ellas: sesenta kilos de peso, músculo y ferocidad capaces de segar una vida humana en menos de un minuto. Hay un retroceso al instinto que remonta cien mil años de memoria genética; presas y depredadores luchan por la supervivencia en medio de una sabana agreste del paleolítico.

Mercè se enfrenta otra vez al vértigo de una pista negra en un día de niebla.

Issa, con fulgor en los ojos, está inmersa en el momento, en estado de flujo, como un surfista avezado que cabalga la ola perfecta.

En realidad, sin ser determinismo, todo está decidido de antemano, piensa ella. Existe una clave evolutiva que determina el resultado: van a ganar los que nacieron sin colmillos ni garras y se vieron obligados a construirlos.

Los rottweilers reciben sendas descargas de táser. Los dardos-electrodos de Issa impactan a Leshi en el hocico y el voltaje lo hace caer al césped, presa de espasmos. En cambio, Gorynych corre con más suerte, porque uno de los dardos de Mercè se pierde y el otro se le clava en el lomo, pero no es suficiente para frenarlo, aunque basta para hacerlo tropezar en su carrera y desorientarlo durante un par de segundos cruciales que Issa aprovecha para soltarle otra descarga a medio metro de distancia. El animal se desploma, suelta un chillido breve y una espuma rojiza le brota de la boca.

Issa le cambia la pistola. La suya ya está descargada; a la de Mercè le queda un disparo doble. Por si aparece Baba Yaga.

—Ve al coche, enciende la tableta y recupera el dron —le ordena a Mercè—. Yo me encargo de resto. Si no regreso en diez minutos, significa que algo salió mal. Sal de aquí y márchate de la ciudad; vete lejos, con Elenka o sin ella.

Mercè no atina a reaccionar, pero eso da igual porque Issa se apresura hacia la parte trasera de la casa y desaparece de su vista. Obedece a la voz de mando pretérita de su padre, a la orden de Issa, al acto de rebeldía que le ha impuesto su *alter ego* recién emancipado.

La casa es fría, como si un ente de invierno anidara en ella.

El tío en chándal se lleva un buen sobresalto cuando ve a Issa aparecer por la puerta de la habitación: una chica en vaqueros elásticos, chaqueta negra y botas Dr. Martens de suela pesada, con guantes de protección con superficie adherente de nitrilo y una pistola de electroshock de morro amarillo en la mano derecha.

—*Privyét* —lo saluda burlona. Si no fuera por el táser amenazador, Chándal creería que todo es una broma elaborada, pero ella mira el revólver sobre la mesa y una determinación feroz brilla en sus ojos.

—¿Quién eres? —pregunta él en ruso, y su vista se desvía un instante hacia la ventana, desde donde se ve la caseta en el patio, como si ella hubiera venido de ese lugar o desde allí pudiera surgir algún tipo de ayuda.

—¿Dónde está esa cachorrita? —inquiere Issa—. Baba Yaga.

Chándal se pone en pie de forma arrogante y le responde:

—Probablemente esté al acecho, planeando abrirte la garganta. ¿Cómo coño has entrado aquí?

Issa, alerta, se aparta del umbral de la puerta por precaución. Se mueve hacia la derecha y entra en un ángulo en el que se aprecia el octágono de la UFC en la tele, donde McGregor y Khabib están zurrándose a lo bestia.

—¿Quién te envía? —pregunta él.

—¿Cómo he entrado aquí? ¿Quién me envía? —repite Issa—. Resulta un poco insultante para mi inteligencia, ¿no te parece?

—Muchacha, no sabes dónde te has metido. Acabas de firmar tu sentencia de muerte.

—Sí, claro. Eso es fácil decirlo, pero ¿quién lo va a cumplir?

Chándal da un paso atrás para acercar la mano al revólver.

—No te dejes llevar por la adrenalina —le advierte ella, haciéndole un gesto hacia la tele—. Esto no es un octágono de artes marciales mixtas; no hay ningún árbitro que pueda salvarte.

—¿Estás segura? —dice él sonriendo, envalentonado—. Yo veo un árbitro con seis balas que piensa lo contrario.

Ella hace una mueca despectiva.

—Puede que ese árbitro lo piense —dice—, pero no puede asegurarlo.

Issa no desea matarlo; necesita hacerle preguntas que abrevien su estancia. En concreto: ¿dónde guarda Oleg el dinero?

Entonces todo se complica.

Se escucha el sonido de las uñas de las patas de Baba Yaga bajando por las escaleras aprisa, corriendo sobre las baldosas. Issa se gira y cierra la puerta antes de que la perra alcance el umbral y se escucha el encontronazo contra la madera; pero ese segundo y medio de desvío de su atención, Chándal intenta aprovecharlo y se abalanza sobre ella.

Por supuesto, le puede la virilidad y el contagio eufórico de la pelea de la UFC, y comete el típico error de subestimarla por su peso y género. La aferra por el cuello y la empuja contra la pared, acomodándola para descargarle un puñetazo rotundo en el rostro, pero Issa le agarra la mano, le rompe dos dedos y aprovecha su crispación inmediata para soltar el táser y asestarle un golpe con la base de la palma que le hunde el tabique nasal.

Chándal se viene abajo, fuera de combate, la mano contorsionada y la nariz sangrando con profusión. Issa expele el aire. Del otro lado de la puerta, las uñas de Baba Yaga arañan la madera con frenesí.

—Te lo advertí, pero nadie escucha mis consejos —dice Issa—. No hay árbitros aquí, ni reglas que puedas invocar para sacarte de esta situación. No me mires con rencor. Piensa en mí como una aliada, alguien capaz de minimizar los daños; pude haber cambiado el ángulo del golpe y el tabique se te hubiera enterrado en el cerebro, y ahora estarías muerto. Aprécialo.

El ruso tendido en el suelo profiere un juramento, pero, aparte de cubrirse el rostro ensangrentado con la mano sana, está claro que no podrá levantarse sin asistencia. Es probable que tenga una hemorragia importante y el shock lo ha aturdido.

—Esa pelea es del 2018 —dice Issa refiriéndose al match de la UFC—. McGregor es un luchador inteligente y tenaz, pero esa noche en Nevada, Khabib fue más listo; se metió en la mente de McGregor, lo desconcertó y terminó por vencerlo. Porque, al final, una pelea no se reduce a la cuestión de músculos y corpulencia, sino a la fuerza mental, a la habilidad de confundir a tu adversario. ¿Entiendes ahora qué ha pasado y por qué terminaste en el suelo?

Baba Yaga sigue arañando la puerta.

Chándal cierra los ojos. Es sorprendente que no haya perdido el sentido.

Issa no quiere que eso ocurra, claro. Coge la lata abierta de cerveza Baltika que hay sobre la mesa y vierte el contenido sobre el rostro del ruso desde lo alto, como si escanciara sidra. La bebida espumosa le escuece y lo saca del aturdimiento.

Baba Yaga, al otro lado, suelta un ladrido lastimero.

—No te me desmayes ahora, hermano —le dice ella—. Escucha cómo esa cachorrita se desvive y sufre por ti. Debe de tenerte mucho afecto. Seguramente salís juntos cada mañana a practicar *canicross* por el camino de tierra, porque veo que te mantienes en forma.

Él se escurre la cerveza del rostro e intenta decir algo, pero ella lo detiene.

—Escucha, reserva el aliento y ayúdame. Vine a buscar una cosa. Solo dime dónde está y dejaré de molestarte.

El ruso se desinfla y pestañea en señal de asentimiento.

—Dime, ¿dónde está el dinero?

—¿Qué?

—El dinero de Oleg. ¿Dónde lo guarda?, ¿en qué lugar de la casa?

Niega con la cabeza y el dolor dibuja líneas de tensión en su rostro.

—No... No puedo...

—Venga, tío, no me salgas con evasivas. Ya sé que le tienes miedo al Oso.

—El cobertizo... —dice Chándal—. Ve al cobertizo.

—No te creo —replica—. Oleg no guardaría dinero en esa caseta de mierda ahí atrás teniendo toda esta casa disponible. —Se le está empezando a agotar la paciencia. Le pone la bota sobre la garganta y presiona—. No me hagas perder el tiempo. Dime ahora mismo dónde está el dinero o te rompo el pescuezo.

El tipo, perdida toda la pose chulesca, empieza a temblar.

—¡Cobertizo! —gime. Y abre la boca de pronto, como si se ahogara en una ciénaga, y suelta un grito—: ¡¡¡Yeeev...!!!

Issa le quiebra de un golpe las vértebras cervicales y los ojos del hombre se vacían de vida.

Se planta ante la puerta cerrada. Del otro lado, Baba Yaga protesta con un gruñido y luego se larga a la carrera, como si oliera la muerte del hombre y decidiera que no vale la pena seguir por allí. Issa espía a través de la ventana y ve pasar a la perra por el costado de la casa; le lanza la última descarga de táser y uno de los dardos la alcanza en un muslo. La perra suelta un quejido al sentir el corrientazo, pero se apresura hacia la verja abierta y, cojeando visiblemente, abandona el recinto y desaparece entre los árboles.

—Chica lista —murmura Issa—. Sabes muy bien cuándo toca retirada.

Recoge el revólver de cañón corto y lo acomoda en la cintura de su vaquero, a la espalda, junto a la HK Compact que ha traído. Abre la puerta y sale al pasillo interior de la casa. Revisa las habitaciones de la planta baja, una por una, y luego sube a la planta alta y repite el circuito de búsqueda.

Encuentra armas en el ropero: una semiautomática Tokarev TT-33, un par de Walther P99 de polímero preciosas y —ah, la vanidad pueril de un matón— un rifle AK-47 chapado en oro y con bayoneta incorporada.

Sin embargo, a Issa le place encontrar en el armero oculto una pieza muy interesante: un fusil de francotirador Dragunov con culata plegable y mira telescópica, el preferido de las tropas paracaidistas rusas. Todo un hallazgo.

Pero con el dinero no hay suerte.

Nada en las habitaciones ni en los armarios lleno de ropa de segunda mano, proveniente de excedentes militares y tiendas que venden complementos del ejército. Nada en los muebles básicos de IKEA que hay en el rellano y en la mayoría de los cuartos. No hay nada tampoco en el cajón del canapé de tres plazas donde duerme el Oso, que se abre por el somier abatible con ayuda de ocho pistones hidráulicos. Es tan grande que tiene dos colchones gemelos de látex y podría acomodar con facilidad a cuatro adultos. El resto de la casa está bastante despoblado de muebles y elementos decorativos, excepto por el altar rústico con velas, máscaras y cálices que hay abajo en el salón principal.

El dinero de las recaudaciones ha volado. Ya no está aquí. Deben de haberlo trasladado a la mansión de Kurkov en Palafrugell. Han llegado tarde.

O quizá, reflexiona, Chándal le estaba diciendo la verdad cuando le sugirió ir al cobertizo. Habrá que revisar esa caseta, después de todo.

Con probar no se pierde nada.

Issa regresa a la planta baja y sale al patio. Al acercarse a la caseta metálica, escucha el sonido de la música que viene de dentro: punk rock ruso, de un grupo noventero llamado Kommunizombi. Se detiene y saca el revólver de cañón corto. Piensa en el grito final de Chándal: «Yeeev». «Yev» es una llamada de auxilio, un nombre. Yevgueni. Por eso insistía en que ella fuera a la caseta; para que se encontrara con el otro custodio del recinto.

Extiende la mano y abre la puerta con el revólver por delante.

Hay un tío derrengado en una silla ergonómica para gamers, con las piernas estiradas sobre la mesa estrecha donde está el ordenador portátil que reproduce la música y dos altavoces pequeños. Tiene la silla de espaldas a la puerta y uno de los brazos pende laxo de un costado, como si el tío estuviera profundamente dormido. Hay un olor remanente a gas benceno, muy tenue, que procede de unos bidones de combustible.

Al fondo del habitáculo hay una jaula hecha con barras de acero corrugado soldadas de manera tosca y, dentro, se encuentran cautivas dos chicas. Ambas tienen rasgos eslavos; una es una niña que no rebasa los diez años de edad, y la otra es una adolescente en torno a los quince. Ella ignora lo que piensan al verla, pero ambas se abrazan entre sí. Levanta la mano para indicarles calma y se acerca al tío de la silla. Le coloca el cañón del arma en la coronilla y dice:

—¿Yevgueni?

El tío no responde. Está desnudo de cintura para arriba y tiene la piel pálida del torso y los brazos cubierta en su casi totalidad por tatuajes carcelarios e iconografía ortodoxa grabados en tinta azul: motivos religiosos, ángeles, santos y lemas de lealtad a la Troika escritos en grandes caracteres cirílicos.

Entonces ve la jeringuilla de plástico, con la aguja encajada en la vena del brazo que descansa lánguido en el reposabrazos de la silla. Yevgueni tiene los ojos entreabiertos, la mirada vacua, saliva espumosa en los labios, la respiración muy leve. En los párpados también se advierten letras tatuadas.

Está volado, ido, en trance; está de viaje por la dimensión zombi y todo indica que va a demorarse un tiempo en volver. Si algo falla en el camino, se quedará al otro lado para siempre.

Issa se da cuenta de que hay semen en el suelo, cerca de la jaula y junto a la silla gamer. Se enfurece tanto que sufre una visión de túnel momentánea y está a punto de meterle a Yevgueni el cañón niquelado entre los dientes y apretar el gatillo, pero desiste de hacerlo; no quiere someter a las chicas a un acto extremo que las perturbe aún más. No puede ni empezar a imaginarse las cosas por las que deben de haber pasado: secuestradas de sus hogares, llevadas lejos de su familia y encerradas en una jaula como animales porque Oleg Medved tiene en marcha un pequeño negocio de tráfico de menores a espaldas de Kurkov.

La jaula está cerrada con un candado sencillo. Issa cierra la tapa del portátil y el punk rock se interrumpe. Toma la llave que hay junto al ordenador y abre la jaula. La niña, que teme que vayan a separarlas, oculta el rostro en el pecho de la adolescente y se echa a llorar, pero la otra la tranquiliza con palabras en un idioma que Issa no entiende.

Saca el móvil vetusto del bolsillo delantero de la chaqueta y selecciona un número en marcación rápida.

—¿Todo bien? —pregunta Mercè al responder la llamada.

—Tienes que venir —le dice Issa—. Ahora mismo.

—¿Por qué? No quisiera volver a entrar ahí. Esa casa me da escalofríos.

—Lo sé, pero te necesito aquí. No tendrás que entrar. Estoy en la caseta del patio trasero.

—¿Ocurre algo?

—Sí. Tendrás que verlo por ti misma.

Las chicas son del este europeo. Se parecen, pero no son familia y las han raptado en distintos países. La niña se llama Vesna y es croata, y la adolescente es checa y su nombre es Božena. Como ni Issa ni Mercè hablan checo o croata, no consiguen averiguar mucho más. Tampoco es necesario.

Mercè y las chicas abandonan la caseta mientras Issa saca unas bridas de plástico y ata a Yevgueni por la muñeca a uno de los barrotes de la jaula.

Luego entra en la casa y va a la planta superior a buscar piezas de ropa o una manta para que las chicas no pasen frío.

En el armario de Oleg las prendas militares son enormes y la mayoría hiede a ese olor a pelaje húmedo que invadió el Volkswagen de Lyosha cuando el Oso se sentó a hablar con él la noche anterior. Recuerda haber visto unas mantas razonablemente limpias dentro del canapé, pero antes de abrirlo retira los colchones gemelos para evitarse el esfuerzo.

Al levantar la tapa y alcanzar el ángulo límite de cincuenta grados, incluso con la ayuda de los ocho pistones hidráulicos, nota que sigue siendo demasiado pesada. Sin los colchones. Echa una segunda ojeada al ancho somier y descubre que tiene dos portezuelas por abajo.

Las abre y —la suerte del buen samaritano— el dinero empieza a caer.

Ladrillos de dinero. Paquetes gruesos envueltos en plástico.

El fondo del cajón se llena de billetes.

No es la recaudación de Kurkov. Es mejor aún: son los ahorros de Oleg.

Debió de haberlo imaginado.

Después de todo, los dragones duermen sobre aquello que atesoran.

Después todo se acelera, ocurre rápido por necesidad. Issa baja con las mantas para Vesna y Božena y pone a Mercè al tanto de su feliz descubrimiento. Ambas experimentan una suerte de euforia compartida debido al botín hallado y, a la vez, un malestar indescriptible por lo que, asumen, deben de haber sufrido esas dos chicas, pero ahora son un equipo que necesita rematar la faena.

El tiempo apremia.

Mercè le escribe a Elenka. Esta responde: no hay noticias de Lyosha todavía.

Va a buscar la furgoneta y la trae, conduce marcha atrás hasta el mismo borde del porche y evita en el proceso atropellar a los dos rottweilers que siguen tendidos donde cayeron. Para entonces, Issa se ha dado otra vuelta por la caseta y ha regresado a la planta alta de la casa cargada con los bidones de gasolina. Luego, acomodan a las chicas en el vehículo y, entre las dos, colocan las tres bolsas de viaje The North Face de gran capacidad que han traído y que ahora van cargadas a rebosar de ladrillos de dinero empaquetado. En la tercera bolsa van, como extra, las Walther P99 y el fusil Dragunov. Previamente, arriba, Issa ha desmontado las partes metálicas enchapadas en oro del Kaláshnikov y las ha lanzado con ímpetu a la maleza que crece más allá de la verja.

El combustible vertido en ambas plantas de la casa es generoso. Las velas encendidas del altar pagano de Oleg, que Issa ha volcado de una patada, inician la ignición. Entran a la Caddy y se quedan contemplando el ritual del incendio.

Luego Mercè arranca y pisa el acelerador. Están a cinco minutos de la estación de cercanías de Montcada i Reixac cuando Issa saca el móvil 3G para hacer dos últimas llamadas: los bomberos, por razones obvias, y la policía, por cuenta de las chicas que están a punto de dejar junto a la estación ferroviaria. Luego, le extrae la tarjeta SIM y tira el aparato en un curso de agua.

Božena y Vesna rompen a llorar al quedarse solas y Mercè se ahoga en lágrimas durante todo el trayecto a la ciudad.

Están entrando por El Clot cuando suena el teléfono. Como ella conduce, Issa coge la llamada.

—Lyosha me ha llamado —informa Elenka, con voz agitada—. Dice que aquello fue un paseo. Aunque no obtuvieron explicaciones sobre drogas ni asaltos.

—Era de esperar —dice Issa—. Los golpes de crochet tienen ese efecto. Te sacuden el cerebro, te sacan del paso y luego nadie sabe nada.

—Oleg no se lo creyó. Secuestró a uno de los cubanos y mató a los demás.

—Oleg, siendo Oleg. ¿Te extraña?

—Los hombres de Maxim van camino del Mashenkas.

Oleg se lleva al cubano a su casa, para…, ya sabes, para interrogarlo.

—Vaya —dice Issa—. Pues se va a llevar un disgusto cuando llegue.

—¿Y vosotras?

—Ya estamos casi en casa. Debes estar lista para mañana.

—¿Mañana nos vamos?

—Sí. Mañana es el día. Ve despidiéndote de esta ciudad.

—Pero ¿cómo os ha ido hoy?

—Mejor que bien —contesta Issa.

CUARTA PARTE

Deudas de sangre

Sería Carol, en mil ciudades, en mil casas, en tierras extranjeras donde irían juntas, en el Cielo y en la Tierra.

PATRICIA HIGHSMITH,
Carol

32

Issa tiene la Caddy estacionada en un subnivel de un aparcamiento de Rosselló a la espera de que aparezca su proveedor para empezar a cerrar el accidentado capítulo de Barna de una vez. En concreto, han de traerle un vehículo de compra y documentos con identidades nuevas para Elenka y para ella —Mercè ha dicho no estar lista para convertirse en otra persona— y tres móviles nuevos.

No tiene que esperar mucho. Pronto, un SUV utilitario plateado baja por la rampa y se detiene al lado. Se trata de un Chevrolet Suburban —de gasolina normal, pero con etiqueta medioambiental C, lo que hará que Mercè no proteste demasiado— de siete plazas y espacio de carga aumentado con la tercera fila de asientos abatida, muy conveniente si se tiene en cuenta que, además de las tres bolsas de lona The North Face, tanto Elenka como Mercè se están despidiendo de su vida anterior y deben acarrear lo que les sea imprescindible.

Issa sale de la Caddy y sube al asiento del copiloto del Suburban. En el asiento del conductor está el proveedor, un tío de ojos verdes y sonrisa fácil en la treintena, oriundo de Tánger, cuyo *nom de guerre* es Bridge.

Bridge pasa de protocolos y enseguida le entrega los documentos. Ella los examina —los suyos están a nombre de Sofía

Barat, y Elenka ha sido rebautizada como la ciudadana polaca Wiktoria Surawiecka— y les da el visto bueno. Los papeles del Suburban están a su nombre, junto con la licencia de conducción. Luego le entrega dos smartphones Samsung Galaxy 4G de gama alta y un móvil tonto LG.

—¿Satisfecha con las identidades? —le pregunta Bridge.

—Seh —responde Issa—. Ya veremos si resisten la prueba del tiempo.

—Claro, pero ¿quién la resiste? —dice él, con una media sonrisa y un encogimiento de hombros—. ¿Te gusta el coche?

—Es espacioso. Llegado el caso, se puede dormir ahí con comodidad.

—Bien. ¿Alguna cosa más?

—Necesito munición —declara Issa—. ¿Tienes?

—Depende de lo que entiendas por munición —bromea él—. ¿Proyectiles de calibre 9 mm o misiles balísticos intercontinentales?

—Sin exagerar, aunque no me vendrían mal un par de Stingers.

—No me hagas reír —dice Bridge, captando el chiste—. Los Stingers están en veda ahora que los ucranianos les han cogido el gusto. Venga, dime, ¿qué munición necesitas?

—Acompáñame a la furgo y te muestro.

Salen y van a la Caddy. Issa saca dos envoltorios de debajo del asiento trasero que contienen el Dragunov y las pistolas incautadas. Bridge silba al ver el fusil de francotirador. Luego dice:

—Bueno, son tres enfoques diferentes. —Va señalando las armas—: Con esta pistolita te doy un susto, con esa otra te mato de un solo tiro, y con ese fusil te pulverizo directamente. Cualquiera diría que te estás preparando para una guerra, pero ya sabes que nunca te he preguntado por tu línea de trabajo.

—Me limito a estar preparada lo mejor posible para lo que venga, pero te agradezco que nunca hayas preguntado.

Vuelven al maletero del SUV y Bridge abre un estuche de ABS con cajas de munición. Le entrega varias cajas con cartuchos de 9 mm para las P99 y una caja con proyectiles Tokarev de 7,62 mm.

—Pensé que el 7,62 sería un calibre difícil de encontrar —dice ella.

—No creas —responde Bridge—. En España lleva usándose desde la Guerra Civil. Por cierto, ¿qué tal te fue con los pikachus?

—¿Pikachus? No te sigo.

—Las pistolas de electroshock.

—Ah, geniales —dice ella—. Hicieron su trabajo a las mil maravillas.

—Si no piensas utilizarlas más, te las puedo quitar de las manos.

—¿Cómo es eso?

—Te las recompro. Por la mitad del precio de venta.

Issa ya no tiene los problemas de liquidez de antaño, pero responde:

—Me parece bien. Del lobo, un pelo.

Al final, entre adquisiciones y recompras, es menos dinero lo que ella tiene que desembolsar por el coche de recambio y las identidades nuevas. Todos satisfechos.

Bridge tiene la deferencia de ayudarla a transportar las tres bolsas abultadas The North Face al SUV, luego ella se pone al volante y él le cierra la puerta.

—¿Nos damos un apretón de manos para cerrar el negocio?

—Nah —le dice Issa, jocosa—. Yo no estrecho manos. Esas son mariconadas de hombres.

Bridge se ríe y regresa a la Caddy con su estuche ABS en la mano. Ella pone el Suburban en marcha y sube por la rampa de salida.

33

El rugido del motor V-8 apenas se escucha dentro del SUV mientras recorre la N-II rumbo al punto de encuentro acordado con Mercè y Elenka, en el aparcamiento del supermercado ALDI, frente a la playa de Llevant y el club de vela de Premià de Mar.

A su derecha, más allá de las líneas R1 de Rodalies que corren paralelas a la carretera, el mar se riza levemente contra el litoral bajo un sol que hoy no se esconde. El Mediterráneo se despide de ella con un día sereno y amable.

Antes, al hablar con Mercè y con Elenka, les ha dado instrucciones de llevar la menor cantidad de bártulos posibles y ha insistido en que usen el autobús o el tren para llegar a Premià de Mar. Pero, conociéndolas, sabe que es probable que, en ese momento tan disruptivo de sus vidas, ninguna de las dos sea capaz de cumplir a cabalidad lo prometido.

No se equivoca. Una de ellas cumple a medias. La otra, incumple.

Cuando llega al punto de encuentro, Mercè la está esperando; acarrea poca cosa, pero ha venido en taxi. Elenka, para colmo, no aparece.

Acomodan la mochila y el bolso del DIR que Mercè ha traído y esperan.

Mercè se preocupa cuando pasan treinta minutos y Elenka sigue ausente. Ya no pueden llamarla. Se supone que todas se han deshecho de sus móviles, fundamental para comenzar una nueva vida sin conexión con la anterior.

—Tranquila —le dice Issa—, hay margen. Ya aparecerá.

El margen pactado es de dos horas máximo, por si surgen complicaciones. Si los rusos han sospechado y han retenido a Elenka, no tardarán en sacarle una confesión completa. No pueden darse el lujo de esperarla mucho tiempo sin arriesgarse a caer en un cerco de la Troika. Un cerco que terminaría con las tres bajo tierra.

Pasa una hora. Mercè va al ALDI a comprar agua embotellada, tres boles de ensaladas Florette para llevar y una bolsa de caramelos de eucalipto y mentol. Issa se queda sentada tras el volante, tan centrada en el movimiento de gente en la estación de Renfe y en el túnel que pasa por debajo de la N-II y desemboca en el aparcamiento que no se da cuenta de que el peligro está a su espalda, estacionado entre la larga hilera de coches frente al supermercado.

Mercè regresa con ella. Acomodan las compras. Luego esperan.

Quince minutos.

Se miran nerviosas. Issa no quiere decir lo obvio. Si Mercè se le viene abajo, tendrá que tomar una decisión drástica o cambiar los planes y poner en peligro todo lo que han logrado. La demora de Elenka, más que un contratiempo, más que un presagio ominoso, es un mensaje subliminal. La brisa del mar y el halo dorado del sol sobre la comarca parecen sugerirle: «Vete ya mientras puedas. Despega, aléjate y entierra el pasado».

Pero para entonces ya es tarde. Y las cosas se tuercen.

Issa no ve llegar a la subinspectora Teresa Fortuny porque se acerca desde atrás avanzando por su punto ciego, del otro lado del coche.

Un toque de nudillos en el cristal que le arranca un sobresalto a Mercè.

Fortuny apunta a Issa con la P30 reglamentaria directamente al rostro, le hace señas de que baje la ventanilla. Issa duda un momento. No puede saber si la subinspectora es una poli corrupta al servicio de la Troika o si sus motivos policiales son auténticos y honestos, pero no quiere arriesgarse a recibir un disparo en plena cara para salir de dudas. Aprieta el botón y el cristal desciende con un zumbido apagado. A su lado, Mercè se ha quedado atónita.

—La última vez que hablamos te advertí sobre las malas compañías, ¿cierto, Sardà? —dice Fortuny, que habla con ella sin dejar de mirar a Issa con fijeza—. También te prometí dos cosas: que mi paciencia había llegado a su límite y que la próxima vez no me verías llegar. Y aquí estoy, cumpliendo lo prometido.

Mercè no dice nada. Su rostro ha perdido el color y parece derrotada.

Issa se fija en que Fortuny no lleva chaleco protector antibalas ni cámara Axon corporal para grabar su intervención policial.

—Me pregunto para quién trabaja usted —le dice a la mujer.

—Eso vas a averiguarlo en breve, no te preocupes —responde Fortuny.

—Quizá ya me esté haciendo una idea. Al verla sola, sin apoyos.

—Y quizá te estés haciendo la idea equivocada —dice Fortuny—, a fin de cuentas, todos cometemos equivocaciones. Por ejemplo, estoy convencida de que tú ocultas muchas más cosas que yo. —Saca unas esposas de acero del bolsillo y se las tiende a Mercè—. Venga, *noia*, ponle los grilletes a tu colega. Ciérralos bien, que tienen un seguro para que no le hagan daño.

Mercè no mueve un dedo. El pavor que siente ante el cañón del arma que le apunta a Issa es tal que no consigue reaccionar.

—¿Por qué no viene a ponérmelas usted misma? —le dice Issa.

—Oh, no. No te las pienso poner. No quiero que me rompas los dedos. Te subestimé muchísimo la primera vez que nos vimos, y la segunda también, pero poco a poco me he ido haciendo una idea más clara de lo que puedes hacer.

—Pues estamos en un brete, entonces.

—No, no lo estamos —replica Fortuny con falsa alegría—. Sardà te va a poner los grilletes y, si haces un movimiento que no me guste, te voy a pegar un tiro en el muslo, o en la cadera, a ver cómo te va con eso. Y luego te voy a engrilletar igual, así que no lo hagas todo más difícil.

—No dispare, por favor —le pide Mercè con voz temblorosa.

—Dependerá de las decisiones de tu amiga —responde la subinspectora. Le pone las esposas en una mano—. Venga, *noia*, date prisa, que no tenemos toda la tarde. Y no interpongas el cuerpo porque recibirás un balazo.

Mercè las toma. Issa, al ver que Fortuny rectifica su posición junto a la ventanilla y cambia el ángulo de inclinación de la pistola para apuntarle a la cadera, extiende ambos brazos y se deja esposar. Las esposas son de bisagra, con doble cierre, que impiden la movilidad de las muñecas. No es el fin del mundo, piensa Issa, pero es un *impasse* retorcido cuyo resultado recaerá en el destino que les tenga preparado esa mujer.

—Ahora te toca a ti —le dice a Mercè, y le tiende unas bridas de plástico que saca de la chaqueta gris con el lazo ya preparado.

—¿Qué? —se burla Issa—. ¿Va escasa de recursos?

—No —le contesta Fortuny dando la vuelta por delante

del SUV mientras la mantiene encañonada—. Es un tema de proporcionalidad. La señorita Sardà es una chica sensible y abnegada cuya vida se ha visto distorsionada por ciertas malas decisiones, pero me temo que tú tienes una historia muy diferente. —Las anima a caminar entre las hileras de coches aparcados—. Venga, moveos hasta llegar al Seat que está al fondo.

Van al sitio indicado. Algunas personas que están descargando las compras en los coches las siguen con la mirada, pero en general no hay muchos testigos. A Issa le da mala espina que el vehículo que las espera no sea un Tarraco de tracción 4×4 de la nueva hornada de los Mossos, con programas en red de gestión de flotas, sino un Seat Ibiza vapuleado y algo polvoriento al que le han colocado una lámina divisoria de metacrilato entre los asientos delanteros y traseros para aislar al conductor de los detenidos.

Las chicas se sientan detrás y Fortuny, satisfecha, les ajusta los cinturones de seguridad y luego se pone al volante. Se queda mirando un momento la playa a través del cristal polarizado del Ibiza y dice pensativa:

—Tengo una duda. ¿Qué esperaban en este sitio? ¿O a quién?

—Esperábamos a que el sol aflojara para salir a Cadaqués —contesta Issa—. De tarde es más bonito viajar junto al mar.

—Perdona, pero estaba hablándole a la señorita Sardà —replica Fortuny—. Nada que salga de esa boquita tuya es digno de crédito.

Mercè no dice nada. Siente como si el cielo y la tierra se estuvieran cerrando sobre ella, dejándola sin espacio para respirar en libertad. La mirada se le nubla y su mente se disocia. Cree que si Elenka está muerta, ya nada puede empeorar demasiado.

—Bien —dice la subinspectora con ánimo jocoso—. ¿Nada que declarar?

Silencio en el fondo del Seat Ibiza.

Arrancan, pasan el túnel y suben por una calle interior en dirección al museo romano de Premià de Mar mientras se alejan de la N-II. Issa está tan absorta en sus pensamientos, en su próximo movimiento, que no repara en el vehículo que ha salido del fondo del aparcamiento del ALDI y ha seguido al Ibiza a una distancia prudencial.

—Y yo, ciega a tus actos, pensando que esa pose irreverente te metería en problemas —dice Fortuny, como si estuviera tratando de organizar sus ideas sobre Issa—, pero empecé a sospechar, tal como le dije a Sardà hace unos días, que estabas relacionada con esos latinos muertos en el hotel. Luego leí unos informes sobre enfrentamientos violentos en un barrio de Roquetes sobre un muchacho asesinado en su propia casa. Después apareció otro muerto, con un perfil similar, en un trastero de Gràcia, y tuve la suerte de ir al hospital y entrevistar a una chica que resultó herida. Esta, una residente cubana, por cierto, no fue capaz de explicarme mucho, pero sus descripciones de la persona que los atacó en el trastero coinciden con la que nos dio un testigo acerca de la joven que convivía con el chico asesinado en Roquetes. La misma persona: delgada, mechas rubias, discreta, ojos grandes...

—No me aburra —la interrumpe Issa—. ¿Qué fue de la chica del hospital?

—Supongo que mejoró. Cuando regresé a hablar con ella, me contaron que vino su padre a los dos días y se la llevó sin esperar a que le dieran el alta. No sé, llamadme desconfiada, pero dudo mucho de que se tratara de su verdadero padre.

—A lo mejor era el marido.

—Lo dudo —dice Fortuny, pasando una rotonda con una plaza en medio—. La cosa huele a chanchullos entre cubanos. Chanchullos oficialistas, me refiero. Algo me dice que tal vez tú me puedas ayudar en esa dirección.

—No sabría cómo ayudarla —declara Issa—. A lo mejor está viendo fantasmas de tanto trabajar sin coger vacaciones. Quizá todo es más sencillo y esa chica tiene una familia controladora de las que no confían en la calidad de la sanidad pública, hay gente muy rara.

—Me imaginé que dirías eso. Pero luego, anoche mismo, un grupo de tíos se metieron en un piso de L'Hospitalet donde vivían cubanos y montaron una escabechina. Testigos hablan de enmascarados que proferían gritos en ruso...

—A lo mejor era serbio, o polaco, o bosnio, o incluso ucraniano. La gente anda muy sensible estos días con los rusos y cree verlos por todas partes, ¿no?

—Sé que te estás burlando de mí —le dice Fortuny con gravedad—, y voy a tenerlo en cuenta a la hora de empapelarte. Tu falta de cooperación no hace más que empeorar la situación de la señorita Sardà, no sé si me entiendes.

—Dejemos a Mercè fuera de esto —dice Issa—. Cuando me muestre sus cartas verdaderas, le mostraré las mías.

Por delante del Ibiza se aprecian los elevados de la autopista del Maresme.

—No sé qué quieres decir con cartas verdaderas —dice Fortuny—. Si crees que esto es un juego, vas muy desencaminada. Os voy a joder a las dos.

—Mi gran duda es: ¿por qué se comporta como una sheriff de pueblo? ¿Por qué ha venido sola a detenernos?

—Ah, ¿eso? Porque no me gusta compartir los méritos con nadie.

—Debe usted tener algún problema de autoestima.

Están a punto de pasar bajo los elevados cuando el coche que las ha estado siguiendo desde el ALDI acelera y empieza a darles alcance por el carril contiguo. Issa lo ve agrandarse en el espejo retrovisor y enseguida lo reconoce. Es como una revelación.

El Hummer de Oleg: enorme, amarillo neón, agresivo.

—Ahora entiendo de qué lado de la ley está —declara Issa.

Las cosas le quedan claras.

O no.

—No entiendo qué insinúas… —empieza a decir la subinspectora en el momento en que el Hummer da otro acelerón como quien va a adelantarlas y embiste al Ibiza por el costado con las barras delanteras.

El choque es brutal: cristales rotos, el chillido histérico de Mercè, la imprecación gutural de Fortuny; el mundo gira varias veces mientras dan vueltas de campana, como si un misil hipersónico disparado desde la península de Crimea hubiera ignorado su objetivo en el frente ucraniano y, tras desviarse para sobrevolar el mar Negro y media Europa en un trayecto de cinco mil kilómetros, decidiera estallar junto al Ibiza.

Después, los sentidos de Issa sucumben a una súbita oscuridad.

34

Alguien silba; una tonadilla alegre que —en la conciencia confusa de Mercè— suena infantil, reminiscente de un coro de festividad tradicional en la *escola bressol*, se cuela en sus oídos y deriva hasta convertirse en la intro de «Wind of Change», un tema de transición y paz.

Huele a metal incandescente, a ambiente cerrado, a óxido y sudor.

Un ladrido interrumpe la tonada y el vozarrón de Oleg, diciendo algo en un idioma que ella no comprende, la hace estremecerse. Baba Yaga y el Oso; una pesadilla recurrente, atrapada otra vez entre fauces y garras.

La vista se le aclara y empieza a situarse. Está adolorida, conmocionada, pero ilesa, gracias al cinturón de seguridad del coche de la subinspectora. Issa y Teresa Fortuny también están allí. Fortuny se ha llevado la peor parte de la colisión, el lado izquierdo del rostro inflamado y con cortaduras.

Están en una nave industrial rectangular de veinte metros de largo por sesenta de ancho, con paredes de ladrillo visto, ventanas enrejadas, el suelo de cemento agrietado y polvoriento y un techo de chapa que se alza a quince metros de altura. A Issa y a ella las han esposado separadas a una tubería de cobre que corre a lo largo de la pared y están sentadas en el suelo, pero a la subinspectora la han colocado en una silla para operarios y tiene ambas muñecas atadas con bridas de plástico a los brazos del asiento.

Baba Yaga, que tiene una cadena atada al collar de cuero y los cuartos traseros apoyados en el suelo, vuelve a ladrar para avisar a su dueño de que Mercè ha recuperado el sentido.

—Ya va, preciosa, ya va —dice Oleg en español—, no desesperes.

El gigante está al otro lado de la nave, muy cerca de la puerta de riel que sirve de entrada, inclinado sobre un cuchillo cuya hoja ha metido en el fuego de una fragua artesanal. Desnudo excepto por el sempiterno pantalón de camuflaje multiescala recortado y las botas del ejército, Oleg retira la hoja al rojo vivo y se da la vuelta. Sonríe. Es su decorado, su tramoya, su puesta en escena, y lo está disfrutando, convencido de que el ambiente condicionará los resultados.

Oleg avanza con calma y se detiene en medio de la nave, bajo el recuadro de luz que entra por una abertura en la chapa ondulada del techo. Las motas de polvo danzan a su alrededor.

—Tú y yo tenemos una cuenta pendiente —le dice a Mercè.

Chasquea los dedos sonoramente. Baba Yaga se incorpora, retrae el hocico y se lanza a la carrera hacia Mercè; la cadena va desenrollándose detrás de ella con estruendo de eslabones. Aterrada al verla venir, se encoge contra la pared y cierra los ojos.

La cadena acaba y se queda tensa, deteniendo a la dóberman a un metro escaso de Mercè. Issa se da cuenta de que Oleg lo ha calculado todo de antemano, que está jugando con ellas. Baba Yaga se detiene frustrada ante el tirón del collar cuyo otro extremo está sujeto a una argolla en la pared opuesta, y se queda dando ladridos.

Oleg suelta la carcajada y el lugar retumba.

—Pensaste que sería así de rápido, ¿verdad, Merche? —pregunta burlón.

—Con un «Mercè» bastaría —interviene Issa, haciendo énfasis en la correcta pronunciación del nombre.

Oleg vuelve la cabeza hacia ella. Los ojos le brillan.

—¿Y tú quién coño eres?

—No soy nadie —responde Issa—. Nadie en especial. Pasaba por aquí. Soy una simple pasajera. Si me dejaras ir ahora mismo, no volveríamos a vernos...

—Deja de soñar —la corta él—. Eso no va a ocurrir.

—Bueno, nada. Era solo una sugerencia.

—Sé que estás con ella —declara él—. Seguí al taxi que pidió tu amiga para ir hasta Premià para encontrarse contigo, entré en el estacionamiento detrás y me oculté en las plazas del final. —Señaló a la subinspectora—. Detrás de mí entró esa poli, pero no estaba pendiente de mi coche precisamente. Así que aquí estamos, en el sitio adecuado para hacer preguntas y obtener respuestas.

—Eres Oleg Medved, ¿cierto? —interviene Fortuny desde la silla.

—En carne y hueso —responde él con una nota de orgullo.

—En la foto de la INTERPOL sales mejor parado, por eso no te reconocí —dice ella—. Pero he visto tu expediente y sé quién eres. Sé que te las gastas de sádico y peligroso, pero al secuestrar a una subinspectora de los Mossos d'Esquadra te has pasado muchos pueblos, *noi*. ¿Tienes idea de lo que te va a pasar cuando mis compañeros del GEI derriben esa puerta?

Issa duda de que el Grup Especial d'Intervenció tenga la más remota idea de dónde encontrarlos. Ni siquiera ellas saben dónde están.

—Escucha bien —gruñe él—, el día que le tenga miedo a

la policía, será el día en que haya perdido mi nombre. De donde vengo yo, un tío no vale nada sin su nombre. —La apunta con un dedo grueso de uña ennegrecida—. Alguien fue a mi casa y mató a mis perros, robó mi dinero y quemó mis propiedades. Y todos los que estén implicados van a pagar con su vida, ni más ni menos.

Ninguna de ellas dice nada. Abrir la boca es complicarse la existencia.

—¿Ves, mi niña? —pregunta Oleg, y Baba Yaga se mueve nerviosa; saca los dientes y emite un quejido cada vez que sus ojos se encuentran con la mirada de Issa—. No quieren cooperar. Tendremos que estimularlas.

—¿Qué quiere saber? —dice Mercè sollozando.

—No —replica él, mirándola con desdén—. Todo a su debido tiempo. Tú y yo ajustaremos cuentas después. —Se planta delante de la subinspectora y se encaran mutuamente. La figura musculosa de Oleg es imponente; su estatura, abrumadora. La cabeza es un peñasco de cabello apelmazado, brazos y piernas como ramas de roble nudosas y rudas; los trapecios abultados son una prolongación de su espalda descomunal. Levanta el cuchillo—. Primero, vas a decirme qué polis están involucrados en el robo de mi dinero...

—El tiempo vuela —le dice la subinspectora—. Mis hombres, involucrados o no, están a punto de echar abajo esa puerta. Será mejor que corras...

—¡¡Será mejor que cooperes, estúpida!! —brama él, y le suelta un golpe en el rostro con el dorso de la mano libre. El latigazo es formidable, tan enérgico que la mujer sale despedida hacia un lado y vuelca con la silla.

Mercè sigue llorando. Issa espera en silencio.

Fortuny tose en el suelo. El gigante agarra la silla y, sin el menor esfuerzo aparente, la vuelve a levantar. A la subinspectora se le ha quedado marcado el dibujo a relieve del anillo de

Oleg; Issa puede distinguir la forma del caballero, el corcel encabritado y el dragón trazados con sangre en la piel de su mejilla. Fortuny vuelve a toser y escupe tres dientes sanguinolentos al suelo.

Él se inclina hasta quedar frente a sus ojos y sonríe con fiereza.

—Tengo muchas preguntas que hacerte —le espeta.

—Y yo no tengo ninguna respuesta para ti —contesta ella—, ¿ves el dilema?

Issa se queda sorprendida; en el fondo, lamenta —aunque solo un poco— haberla juzgado mal. La mujer tiene brío.

—Quiero saber los nombres —insiste Oleg.

Fortuny gira la muñeca izquierda por debajo de la brida y abre la mano.

—Si me pones las pelotas en la mano, te contaré un secreto —le dice.

Una expresión malévola se perfila en el rostro del gigante.

—¿Cuál dices? —pregunta—. ¿Esta mano?

Baja la hoja de acero incandescente con un gesto rápido y le cercena la mano a Fortuny de un tajo. La sangre brota y el grito de dolor de la mujer se funde con el grito de espanto de Mercè, que enseguida aparta la vista cuando Oleg pega la hoja humeante al muñón sangriento para cauterizarlo.

Issa permanece alerta, observando el curso de los acontecimientos mientras tira de las esposas con disimulo solo para constatar que las abrazaderas de la tubería son demasiado sólidas para intentar liberarse a la fuerza.

El olor a carne quemada le revuelve el estómago a Mercè, que se arquea y vomita entre espasmos. La subinspectora se ha desmayado, la barbilla caída sobre el pecho, y Oleg agarra un trozo de cable eléctrico revestido de goma aislante que encuentra por el suelo y le hace un torniquete en torno al borde del muñón. Luego se inclina, recoge la mano de Fortuny y se la lanza a la perra, que la pilla al vuelo y empieza a masticarla con avidez.

El llanto de Mercè se ha convertido en un sonido ahogado.

—Ey —la llama Oleg—, ¿no querías hablar? Ahora podemos hacerlo.

Mercè sigue llorando con la cara enterrada en las manos.

—Chica —insiste—, tranquilízate. Todavía puedes salvarle la vida a la poli. Dime dónde está el dinero.

—Está en el coche —responde Mercè entre sollozos.

—¿El coche? ¿Qué coche?

—El coche que se quedó en Premià —explica ella—. Pensé que lo sabías.

Oleg se queda perplejo por un momento. Se cambia el cuchillo de mano y saca un revólver del bolsillo lateral del pantalón recortado. Ha cortado el guardamonte del revólver para que el dedo índice le pueda llegar al gatillo, y el arma parece un juguetito en su zarpa. La apunta, a cinco metros de distancia. Al ver el arma de fuego, la dóberman suelta la mano mutilada y se pone alerta.

—No sé si creerte —dice él—. Última oportunidad.

—Te estoy diciendo la verdad —susurra Mercè—. El dinero estaba allí, en la parte trasera, metido en tres bolsas de lona. Pero a estas alturas ya debe de haberlo recogido otra persona.

Issa parece calmada, pero hierve por dentro. Cree que se encuentra en esa situación por cuenta de sus propios defectos inexcusables de carácter, por no ser tan expeditiva como ha requerido cada ocasión.

—Te está mintiendo para ganar tiempo —dice Fortuny, que ha recuperado la conciencia—. Tu dinero lo tienen los Mossos.

Oleg se vuelve. Dispara la pistola junto al oído de la mujer.

El estampido es atronador y el eco rebota en las paredes. El aire se impregna de olor a pólvora.

—¡Para ya! —grita Mercè desesperada.

—*Malparit* —escupe la subinspectora, que debe de haberse quedado sorda.

—*Súka* —le responde Oleg con desprecio y cambia el ángulo de tiro.

Aprieta el gatillo otra vez. Estampido. El pecho de Fortuny estalla en una flor de sangre y Baba Yaga da un salto hacia ella, la derriba al suelo y empieza a desgarrarle la garganta, zarandeándola con furia. Issa ve que la mujer tiene los ojos abiertos, la expresión de sorpresa y dolor congelada en el rostro, pero se da cuenta de que ya está muerta.

Oleg se vuelve hacia Issa y Mercè, atadas a la tubería, y dice:

—Creo que esa vieja se ha ido con un bonito pensamiento en la cabeza.

Issa se queda mirándolo a los ojos con absoluta frialdad. Él hace una mueca y el costurón enrojecido se comba como una serpiente subcutánea.

—Bueno, ¿por dónde íbamos? —dice. Y vuelve a alzar el revólver.

Mercè tiene los ojos cerrados, la frente apoyada contra la superficie abrasiva de la pared de ladrillo; siente la presión del cilindro del cañón en la nuca.

—Ey —le dice Oleg—, todavía quiero oír tus respuestas.

Ella se vuelve y el cañón le queda a la altura del entrecejo. Enfrenta la mirada del Oso y declara:

—Se lo dije. El dinero está…

—¡A la mierda el dinero! —la interrumpe él—. Eso no me importa. Lo único importante es la afrenta. ¿Quiénes fueron a robarme?

—Ya le conté todo lo que sé —responde con resolución—. Si va a disparar, hágalo. No tengo más respuestas para usted.

Oleg tira hacia atrás el percutor del revólver con su pulgar enorme. El clic metálico que hace la pieza le pone la carne de gallina, pero ella ya ha decidido que el destino no está en sus manos. Cierra los ojos y acepta el final.

—Te robaron los cubanos —declara Issa.

—Imposible. Le apreté las tuercas a un oficial cubano que capturé ayer y no sabía nada de rutas de entrega, dinero, drogas, y mucho menos dónde vivo. Alguien nos hizo creer que fueron ellos, pero...

—Tu propia gente te la jugó —dice Issa—. Te traicionaron.

Mercè abre los ojos. Oleg todavía tiene la boca del arma apretada contra su entrecejo, pero parece haber perdido el impulso homicida. Ella se estremece; no puede creer que Issa esté a punto de sacrificar a Lyosha o a Elenka, en caso de que aún esté viva.

—¿De qué me estás hablando? —inquiere Oleg.

Issa asiente y dice:

—Si tienes el detalle de quitarle ese cañón de la cara a mi amiga, me sentiré menos nerviosa y podré explicártelo.

Oleg baja el arma y se aleja de ella dos pasos. Mercè respira aliviada.

—Hay varias facciones de cubanos en la región de Catalunya. Debes de haber pillado al oficial de la facción equivocada. Hay otra casa refugio de operadores cubanos fuera de la ciudad, y esos son los que están metidos en el ajo. Pero lo importante aquí es de dónde sacaron la información de las rutas de entrega y de tu vivienda. La obtuvieron de los tuyos. Te han traicionado, probablemente alguien muy cercano.

Mercè se da cuenta de que Issa está vendiéndole humo al gigante; datos que ha recabado a través de Lyosha y de Elenka, supone.

—Estás mintiéndome —replica Oleg con voz hueca—. Sasha y Yevgueni no me traicionarían. Son leales a mí, y tampoco tienen valor para hacerlo.

—Recibían órdenes. Órdenes que no podían desobedecer.

—Imposible. Yevgueni está detenido y Sasha murió en el incendio.

—Entonces Sasha es tu caballo de Troya. Estoy segura de que el cadáver que se quemó no es el suyo. ¿Y sabes de dónde venían las órdenes de traicionarte?

A Oleg se le oscurece el rostro. Suelta un gruñido, pero no dice nada.

—De Kurkov —continúa Issa—. Nikolái quiere deshacerse de ti, joder parte de tu prestigio ante la Troika, por eso elaboró los autogolpes, chantajeó a uno de tus hombres de confianza e hizo planes con los cubanos para que se metieran en tu casa a robarte e incendiarla. Kurkov está empeñado en desalojarte de Barcelona, que te maten o que las autoridades te pongan en busca y captura, lo que sea, pero que te veas forzado a irte de la ciudad. Sabe que no puede perjudicarte ante Efremov, pero podría conseguir que los mandamases de la Troika te declarasen un activo tóxico. ¿Entiendes ahora de dónde vienen tus problemas?

La mirada del Oso se torna helada. La comidilla conspiranoica que Issa le ha hecho tragar se degrada y chisporrotea en sus sinapsis. Se le nota incómodo, intentando integrar todas las implicaciones detrás de la información.

—¿Y tú? —dice de pronto—. ¿Quién eres y cómo sabes tanto del asunto?

—Soy una operadora cubana —le responde Issa—, y mi misión consiste en rastrear al grupo de agentes renegados que ha provocado todo esto. No tengo ningún interés en las luchas de poder de la Troika o las traiciones entre rusos, y mucho menos en tu dinero o en ti. Lo más probable es que la poli que acabas de matar estuviera trabajando para Kurkov, pero con ese disparo has cortado toda posibilidad de que pudiéramos averiguar si nos detuvo porque mis actividades estaban empezando a interferir con los intereses de Kurkov y los cubanos. De cualquier modo, ahora ya está hecho.

—¿Y qué pasa con Elenka? —pregunta él.

—¿Elenka? No sé de quién me hablas. Primera vez que la oigo mentar.

Oleg se mete el revólver en el bolsillo y se aproxima más a Mercè. Se inclina hacia ella hasta que solo queda un palmo entre sus rostros y le alza la barbilla para mirarla a los ojos. El olor de su sudor es acre y su aliento hiede.

—Pues tu colega sabe muy bien quién es Elenka Vasilyeva —le dice Oleg a Issa, sin dejar de escrutar a Mercè con sus ojos crueles—. Vino a mi casa con ella, y poco después empezaron los problemas.

—¿Y a santo de qué la tal Vasilyeva tendría que ser alguien relevante para esta conversación?

—Eso habría que preguntárselo a ella —repone Oleg, que exhibe la hoja del cuchillo muy cerca del rostro de Mercè para amedrentarla; el calor que despide el acero le hace lagrimear más—. Pero mientras tú parloteas, ella asiente a todo lo que dices. Dime, ¿qué hacíais en Premià de Mar? ¿Cuál es vuestra relación?

Ella, inmóvil, una presa frágil y paralizada, retiene el aliento.

—Una relación exclusivamente colaborativa —le explica Issa—. Cuando esa poli apareció, estábamos preparándonos para ir a Cadaqués, donde se refugian los renegados. Oleg, escúchame, ¿qué te parece si dejas de perder el tiempo asustándola y colaboramos los tres? Si nos liberas, podríamos ir juntos al sitio donde están los ladrones de tu dinero y ajustarles las cuentas. Yo quiero llegar a ellos para completar mi misión, y tú quieres venganza. No veo que ambos objetivos sean excluyentes o que estemos forzados a ser enemigos.

Medved murmura algo en ruso. Luego, sin apartar la mirada de ella, dice:

—¿Y por qué no la dejamos aquí, y nos vamos tú y yo a ese sitio?

—Porque solo ella sabe la dirección exacta de la urbanización donde viven.

—Y en ese caso, ¿de qué me sirves tú?

—Yo tengo las contraseñas y códigos para llegar a ellos, y mi experiencia puede serte útil. Te conviene llevarme como refuerzo. —Le muestra su mejor sonrisa—. Objetivos comunes, ¿recuerdas?

Otro gruñido. La dentadura de oro refulge con la mueca voraz.

A veces las ideas primitivas se imponen al razonamiento, o quizá el coloso es un pigmeo racional, prisionero de su herencia volátil e impulsiva, por la cual sus ancestros hubieron de ser exterminados por clanes de hombres más astutos y previsores.

Se inclina más, hasta rozar la piel de Mercè con los labios, y le dice al oído:

—Pero antes, tú y yo tenemos una cuenta pendiente que saldar.

Ella aparta el rostro por reflejo, pero no hay margen para retroceder. Oleg la hace girar con violencia hasta dejarla de espaldas a él; la aferra por la nuca y la mantiene aplastada contra la pared de ladrillos. Mercè jadea y empieza a hiperventilar y él, con el cuchillo empuñado hacia abajo, mete el filo caliente por la cintura del pantalón y empieza rajarlo en tiras verticales.

—No, no, no, por favor, no lo hagas... —suplica Mercè—. No lo hagas...

Baba Yaga, con la cadena tensa al máximo, se pone a dar saltos agitada.

La ropa rasgada cae al suelo y los dedos rasposos de Oleg la soban, luego engarfian las bragas de algodón y se las arranca de un tirón, dejándole expuestas las nalgas pálidas, trémulas. Mercè siente que la vergüenza y un miedo cerval se apoderan de su mente y un sonido gutural, de pavor desencadenado, trepa por su garganta y se libera en el espacio cerrado de la nave.

Sin soltarla del cuello, la retiene más fuerte y le separa las piernas con golpes de la mano libre. Ella pierde el control del esfínter y la orina cálida le desciende por los muslos y anega las zapatillas y los jirones de tela a sus pies.

Baba Yaga suelta un largo aullido.

—¡¡Basta, basta, basta!! —implora ella, sacudida por los temblores.

Oleg se baja los pantalones, el pene erecto, y se pega desnudo y sudoroso al trasero de Mercè. Se ríe a carcajadas cuando la voz de Issa resuena imperiosa.

—¡Eh, maldito *mudak*! —le grita—, *Kozyol Srany*!

Funciona. De inmediato. La frase es como un latigazo eléctrico en el cerebro del coloso, tan agraviante y ofensiva que da un respingo, se endereza y vuelve el rostro deforme hacia Issa. Pregunta algo con voz de trueno y ella le contesta, altiva. Hablan un ruso rápido, locuaz y zahiriente, y aunque Mercè no entiende nada de lo que se dicen, al escuchar la palabra «Volchitsa» asume que Issa está atacando la espiritualidad de Oleg, que lo fuerza al apelar a códigos culturales ineludibles, enraizados en creencias y folclore, lo cual es un indicio de que Issa está desesperada y se está quedando sin opciones.

—¿Estás segura de lo que me estás pidiendo? —pregunta Oleg en español y, por primera vez, Mercè percibe en él un tono prudente por encima del desdén, como si la presencia de

Issa hubiera adquirido otro grado de relevancia—. Sery Volchitsa no te sacará de esta.

—A eso me refiero —replica Issa, que lo apuñala con la mirada—. Si me sueltas, ahora mismo lo averiguamos.

—No me da miedo la oscuridad del abismo. Te aplastaré como a una nuez, y a Sery no le quedará más remedio que regresar gimiendo al inframundo. No será la primera vez.

—Menos charla y más sangre —espeta ella.

Mercè todavía tiembla como un helecho en la tormenta. Ve a Oleg alejarse hacia Issa y suelta un suspiro de alivio. Semidesnuda y humillada, quebrada y llorosa, se siente como un animalejo al que han apaleado en un callejón bajo la lluvia. Issa es la última barrera de contención, es lo único que interfiere entre su integridad y el horror. Observa a la chica, cuya estatura apenas alcanza el esternón del coloso, henchida de coraje, y no sabe cómo hacer para ayudarla.

La melodía de un Galaxy S22 comienza a sonar.

Issa sabe que Oleg está sorprendido mientras procesa el reto. Hay reglas, incluso para ciertos psicópatas extremos. Ahora mismo todo su ímpetu inicial tiene los cuatro intermitentes encendidos.

Se miran.

Al otro lado de la puerta de riel, suena «Over the Horizon», el tono de llamada entrante preseleccionado por defecto en uno de los móviles nuevos que ha adquirido para Elenka y Mercè. Oleg se los debe haber quitado cuando ellas estaban KO después del choque, y seguramente los ha dejado al otro lado de la puerta con el resto de los objetos personales.

—Alguien llama —señala ella—. ¿Vas a responder?

—¿Es para ti?

Issa niega con la cabeza.

—No. Pero podría tratarse del padre de esa chica que has estado a punto de violar. Tendrás que rendirle cuentas, me parece.

El Galaxy S22 sigue sonando.

Oleg parece evaluarla más a fondo, reflexionando. El menosprecio retorna a su rostro prognato, tal vez le resulta divertido que una mujercita de apenas sesenta kilos se atreva a desafiarlo a un combate singular. Está parado a cuatro metros de ella. Ella lo ha visto en acción un par de noches antes y sabe lo rápido que puede ser el gigante. Rápido, fuerte y explosivo. Si decide atacarla ahora que está esposada a la tubería, está frita. «No puedes dejar que Oleg se te acerque —piensa Issa—. Si te pesca, en el tiempo que tardas en partirle los dedos de una mano, él tendrá tiempo de romperte el cuello a ti».

La llamada del móvil se interrumpe.

—Pensé que esta sería una pelea limpia —le dice Issa.

—Limpia ¿cómo?

—Limpia en plan que deberías recogerle diez metros de cadena a tu perra para que no se interponga entre nosotros, y luego me dejas las llaves para quitarme las esposas. ¿O prefieres que luche con un brazo atado a la pared?

La melodía del Galaxy vuelve a comenzar. El volumen va *in crescendo*.

—Alguien está desesperado por tener noticias de alguna de vosotras.

—Responde la llamada —le sugiere ella—. No voy a irme a ninguna parte.

—Eso ya lo sé —dice Oleg—. ¿No estarás tratando de ganar tiempo?

Ella no responde. Lo observa. Los dientes de oro del gigante chirrían. El sonido persistente de «Over the Horizon» debe de resultarle exasperante.

—Las llaves están al otro lado —explica Oleg—, junto al teléfono.

—Me parece perfecto —dice ella sarcástica—. Ve a buscarlas y, de paso, contesta la llamada de una vez o rompe ese maldito cacharro que nos está interrumpiendo este momento tan íntimo.

Él asiente y, casi una capitulación, dice:

—Te has salvado por la campana. Ahora vuelvo.

Echa a andar a grandes trancos, molesto por el sonido del móvil, siguiendo el sendero de la cadena. Baba Yaga lo ve alejarse hacia la puerta y se mueve nerviosa, los eslabones de acero resuenan sobre el suelo.

Issa y Mercè se miran intrigadas. Solo una persona puede llamar a ese número telefónico.

Oleg llega a la puerta, corre el grueso pasador de la cerradura y le da un tirón a la pesada lámina metálica. La puerta empieza a desplazarse con lentitud hacia la izquierda sobre la guía del riel, dando acceso al almacén contiguo.

Detonaciones. De escopeta Mossberg. Dos estampidos rápidos.

Dos impactos en el pecho que lanzan a Oleg al suelo. Ni un quejido.

Recargan la escopeta antes de que los ecos se desvanezcan.

Un nuevo estampido. La cabeza del gigante da una sacudida al recibir el impacto en el rostro y la sangre salpica el suelo polvoriento.

Baba Yaga retrae el hocico, suelta un ladrido y embiste con furia. Va lanzada, impulsada por el instinto, seguida por el ruido del arrastre de eslabones, y a punto de alcanzar la puerta un disparo entre los ojos la detiene en seco, suelta un aullido de dolor y recibe otro disparo en la escápula que termina por derribarla.

Cinco segundos han pasado.

La puerta sigue desplazándose sobre el riel por inercia hasta abrirse del todo. Y allí está ella, Mossberg por delante, una belleza de hielo.

Elenka.

35

Autopista.

Tras la tormenta, la calma instalada entre ellas se parece menos al alivio colectivo y triunfal y más al silencio sombrío del estrés postraumático de los soldados sobrevivientes de una derrota sangrienta.

Sin proponérselo, aprovechan al máximo la comodidad de las tres filas de asientos del SUV —que han recogido frente al supermercado ALDI después de que Elenka las llevara de vuelta a Premià de Mar—: Issa, al volante; Elenka, en la segunda hilera de asientos, donde ha enchufado su móvil nuevo a uno de los puertos USB de carga y está trasteando en los ajustes, y Mercè en la tercera hilera, en silencio, abrazada a las piernas que lleva recogidas sobre el asiento, con la cabeza inclinada a un lado y la sien apoyada al cristal de la ventanilla.

El aire del SUV huele a La Panthère de Cartier que Elenka le ha echado a Mercè tras cambiarla de ropa para enmascarar el olor a orina que aún le impregna las piernas. Todo el cambio de imagen de Elenka consiste en haberse teñido de negro el cabello, pero Issa reconoce que ha sido una suerte que la rusa desoyera sus consejos previos y acudiera al punto de encuentro en un vehículo que ha rentado en el MEC *electric carsharing* de la calle Còrsega, usando por última vez la cuenta de banco con su antigua identidad. Gracias a esa tendencia a la rebeldía, a ser previsora e ir armada con la Mossberg —y a que Lyosha conoce los planes de secuestro de Oleg y en qué dirección de Badalona la Troika posee un viejo almacén—, se ha obrado el milagro del rescate.

Recuperado el Suburban en Premià, convierten la vieja y despejada N-II en un corredor de libertad: Mataró, Pineda, Tordera, para luego seguir rumbo norte, adentrarse en Girona y bordear la ciudad.

Comen en una granja llamada L'Olivero, donde aprovechan el sol de la tarde en la terraza: pescado y patatas de Olot, butifarra dulce, *xuixos* y vino de denominación local. Issa da buena cuenta de todo, Elenka picotea mientras charla y Mercè se concentra en el vino e ignora la comida. La brisa es agradable y el cielo ha ido adquiriendo una cualidad perlada según avanza la jornada, pero Mercè permanece distante, sumida en el silencio. Issa la observa de reojo; le preocupa que, tras lo ocurrido, esté construyéndose una fortaleza de mutismo y autocompasión que desemboque en algún tipo de neurosis. Elenka, por otro lado, parece incómoda por algo, como si acabar con la sombra alargada del Oso no fuera catarsis suficiente.

Traen los cafés. Issa va a la caja registradora a pagar la cuenta en efectivo y, de paso, deja una buena propina.

—¿Adónde estamos yendo? —le pregunta Elenka cuando está de regreso.

—Al norte —contesta.

Elenka suelta un resoplido.

—El norte es una dirección —dice—, un rumbo que puedes seguir hasta el polo si tienes medios, pero no es un destino. ¿Adónde vamos?

Issa se sienta, agarra la tacita de café y le da un sorbo. Está fuerte y caliente.

—No lo sé aún. Seguiremos por la N-II.

—¿Y dónde dormiremos esta noche?

—Es pronto para saberlo. Y, la verdad, no vamos a decidir ningún destino concreto hasta que no te deshagas del reloj.

Elenka mira el smartwatch en su muñeca y sacude la cabeza.

—¿Qué pasa con él?

—Es parte de tu vida anterior. Va dejando rastros. No puedo permitirlo.

—No es la misma tarjeta SIM —le explica ella—. Ya lo he sincronizado con la del nuevo número telefónico.

—No confío en el historial de ese cacharro —replica Issa severa—. Si vas dejando rastro, nos pones en peligro a todas.

—No deja rastros. Y además, ¿sabes cuánto me ha costado?

—Me da igual lo que haya costado. No tienes problemas de dinero, así que puedes comprarte uno nuevo en otro momento. No te aferres a esa excusa. Rómpelo, tíralo al monte, regálaselo al primero que sonría al pasar a tu lado, lo que prefieras, pero deshazte de él ya. No quiero que haya casualidades.

Elenka niega empecinada, pero no responde. El sol le da de frente y su cabello teñido de negro, lustroso, hace que el azul de sus ojos destaque más que antes. Issa se acomoda, da otro sorbo al café y echa una ojeada a Mercè que, aunque está escuchándolas, sigue sin decir nada. A un par de kilómetros, sobre un promontorio vertical y con forma de cuña que recuerda a la proa de un barco, se alza un bosquecillo de arbustos escuálidos cuyas copas reverdecidas se mecen en la brisa.

—Elenka —dice Issa, aprovechando que la granja se ha vaciado de comensales—. No hemos hablado de lo ocurrido antes. Agradezco muchísimo que nos salvaras el pellejo, de veras, pero eso ya pasó, ahora estoy a cargo de la seguridad de las tres y tendremos que hacer las cosas como yo diga. No nos pondremos en marcha otra vez hasta que no te deshagas de ese reloj.

Elenka suspira, masculla algo ininteligible en ruso. Chasquea los labios y tiene un exabrupto: suelta la correa del smartwatch y lo desliza con fuerza hacia el otro costado de la mesa. Issa lo atrapa, se pone en pie y lo lanza ladera abajo hacia unos matorrales tupidos.

—¿Ya estás contenta? —pregunta Elenka.

Issa asiente, se vuelve y abre la boca para responderle.

—Los perros —dice Mercè de pronto.

—¿Qué perros? —pregunta ella.

—Dijo que sus perros habían muerto en el incendio. —Se refiere a Oleg.

—Puede que mintiera.

—Parecía muy enfadado. Tiene que ser terrible morir quemado.

—Bueno, no te culpes. Fui yo la que los puso a dormir. Y no creo que hayan muerto quemados. En todo caso, habrán inhalado el humo. Esas cosas ocurren, no puedes preverlo todo. De todos modos, recuerda que esos animales...

—¿Podemos irnos ya? —la interrumpe Elenka. Pero lo dice con cierta flema, casi aristocrática, la compostura recuperada del todo, como si en vez de ser una campesina de un óblast norteño fuera la última dama de la dinastía Romanov exigiendo que la saquen de palacio antes de que los bolcheviques arriben.

Issa mira a Mercè, que se pone en pie y secunda a Elenka. Al menos ha salido del mutismo, ha empezado a reaccionar; es un progreso.

—Sí, claro —le dice—. Nos vamos.

Vuelven a la autopista y reinician la huida hacia delante.

Poblados, polígonos industriales, casitas en las laderas de

las colinas, torres del tendido eléctrico de alta tensión, coches con bicis enganchadas en la parte trasera. El plan es seguir subiendo, alejarse, convertir Barcelona en el pliegue más oculto de la pieza de origami que conforma Europa.

Issa quiere escuchar un programa de música llamado *El Club Tortuga*, que transmite Ràdio Sant Cugat por la sintonía 91.5 FM y se especializa en rock, folk, country y blues, de la mano del entusiasta Pep Aliè, pero como sabe que es imposible sintonizarlo a esa distancia, le pide el Galaxy S22 a Mercè, busca la versión pódcast en internet, la conecta vía bluetooth a los altavoces del coche y reproduce una emisión al azar.

El blues «Ten Million Slaves» inunda el coche y se mete bajo la piel de las tres, haciéndolas vibrar; Otis Taylor extrae con armonía y estilo sureño el dolor metafórico de diez millones de esclavos africanos mientras el SUV sigue la cinta del asfalto hacia el Alt Empordà, con un cielo de acuarela inflamado sobre la vastedad exuberante de verdes que crece a ambos lados del camino.

Abandonan la autopista para entrar a Les Forques, y el verde va cediendo ante el predominante ocre mustio a medida que avanzan.

Adormilada por la monotonía del paisaje, la calefacción y el sonido del V-8, Mercè cruza el umbral de la duermevela y revive la risa contagiosa de Clara, que está sentada junto a la piscina con forma de pera, rodeada de césped, allá, al otro lado de los Pirineos, en un caserío del País Vasco francés. La besa en los labios, luego da un salto y se sumerge de cabeza en el agua helada; la memoria muscular hace que su cuerpo se encoja de frío y la traiga de vuelta a la vigilia.

—Figueres —anuncia Issa al aminorar el coche.

—¿Nos vamos a quedar en este sitio? —pregunta Elenka,

que está mirando a través de la ventanilla las fachadas de los edificios y Mercè, que ha aprendido a leerle el rostro, nota cierto reproche en su expresión. Es sorprendente lo mucho que la favorece el nuevo color del cabello.

—Ya veremos —responde Issa. Dobla una rotonda y toma una calle que las aleja de la estación de Vilafant—. No vinimos a visitar el museo Dalí, y nunca me han gustado las ciudades pequeñas.

—Necesito hacer algunas compras —declara Elenka—. Agua, chocolate con nueces y pañuelos de papel, entre otras cosas.

Issa conduce más hacia el centro de la ciudad y detiene el SUV frente a un supermercado cerca de un parque municipal. Elenka pregunta si alguien quiere algo en especial y recibe negativas. Se baja y echa a andar. Issa y Mercè salen a estirar las piernas y la observan alejarse.

—Tenemos que mantenerla al margen de las decisiones —dice Issa.

Mercè aparta la mirada de la zona de recreo infantil del parque.

—Esa chica nos salvó la vida hace unas horas, ¿lo has olvidado? —señala—. Mató a un hombre por nosotras.

—También estaba salvando su dinero —replica Issa—. Ella no sabía dónde lo habíamos guardado. Nos necesitaba vivas. Las inversiones exigen dosis de valor y capacidad de sacrificio.

—¿Me estás diciendo que si no fuera por eso, estaríamos muertas?

—No, no he dicho eso. Solo te comento que existe más de una forma de analizar lo que hay detrás de un acto heroico.

—Issa, no hace falta que te diga que, desde mi punto de vista, se necesita un coraje extraordinario para hacer lo que hizo Elenka por nosotras. Presentarse allí, sola, arriesgarse, enfrentarse a ese monstruo, el tío que la violó y que... —Se interrumpe, respira con fuerza, intentando alejar las imágenes lacerantes que han acudido en tropel a su cabeza—. Yo no hubiera sido capaz de hacerlo. No voy tan sobrada de valor.

—La gente puede llegar a ser muy contradictoria, lo digo por experiencia.

—Issa, respóndeme a esto: ¿qué hay que hacer en este mundo para ganarse tu confianza?

La chica desvía la mirada y se queda mirando a lo lejos.

—No lo sé —contesta—. Todos creen que es un atributo que se puede conquistar con esfuerzo, adquirirse a base de gestos y complicidad, pero no es así con exactitud; la confianza tiene una base subjetiva y el acto de otorgarla implica intuición y procesos subconscientes, así que no puedo decirte cómo hacer para ganarse la mía.

Mercè se encoge de hombros y mira al cielo. El viento esculpe figuras efímeras en las nubes y la paleta del azul celeste ha ido perdiendo brillo e intensidad en la última hora.

—Yo lamento no haberle tenido confianza a la señora Fortuny —dice ella—. Me arrepiento profundamente. Si hubiera sido más franca con ella, quizá esa mujer estuviera viva.

—Fortuny era arrogante, cometió el error de actuar en solitario. Ya la oíste; ella misma reconoció que tenía problemas para compartir el mérito.

—Pero lo que le ocurrió en ese almacén fue horrible. Lo que ese asesino le hizo... No es justo. La Troika entera debería pagar por los crímenes de Oleg.

Issa suspira y le pone una mano sobre el hombro.

—¿Por qué piensas que no es justo? ¿No crees que ella sola se metió en la boca del lobo?

—No merecía morir así. Solo estaba buscando hacer justicia.

—Mercè, escúchame bien. Por poco tiempo que haya pasado desde que nos conocimos, me considero tu amiga, y si me encontrara a mano, estaría dispuesta a hacer lo que fuera por ayudarte, sin dudarlo. Aprecio tu honestidad y tu capacidad de sacrificio, pero ese altruismo es fortaleza y también debilidad; eres una ciudadana honrada que vive instalada en un paradigma de justicia social y derechos cívicos que son una ilusión. Hay fuerzas que los ciudadanos honrados no deberían enfrentar. Cuando un periodista expone las actividades de una agencia secreta del Gobierno o pone en jaque a un grupo mafioso, terrorista o de espionaje, lo lógico es que resulte asesinado; en la vida real, la de los poderes soterrados, no hay espacio para eso que la gente común llama justicia o tener la razón de su parte. Si juegas contra ellos, te matan y punto.

—Me dices eso, tú que te enfrentas...

—Sé jugar bien mis bazas. Y, créeme, no soy una ciudadana honrada.

—Entonces ¿eso quiere decir que me has mentido?

—Puede ser —dice Issa—. No necesitas saberlo todo sobre mí.

—Eso me molesta. No me gusta que me mientan.

—Reconócelo, Mercè. A todos nos gusta que nos digan la verdad, y a todos nos gusta mentir. Solo nos interesa la verdad que va en una dirección: la nuestra.

Siguen allí, disfrutando de la brisa, sin decir nada más. Mercè considera que quizá una de ellas tenga la razón, pero solo a la otra la asiste la franqueza.

Al poco rato Elenka regresa. Lleva un par de bolsas con las compras y parece más satisfecha que cuando salió del coche. Mercè aprecia su vestimenta por primera vez en lo que va de día: abrigo de visón con capucha de un tono de negro que hace juego y se confunde con su cabello teñido y la cubre hasta los muslos, pantalones de piel y botines de tacón alto que realzan su esbeltez.

Reanudan el viaje. En opinión de Issa, la ciudad de Dalí no

ofrece suficiente seguridad. Toman una vía local que pasa sobre la autopista de la Mediterrànea y las lleva al noroeste, a la ciudad dormitorio de Llers, y Mercè, que ahora se ha pasado a la segunda fila de asientos junto a Elenka, siente la mano cálida de la rusa aferrarse a la suya mientras contemplan la luz del sol resplandecer en los baluartes del castillo de Sant Ferran.

Tierras de labranza, canteras de caliza, un nuevo tipo de belleza reverdece ahora que el invierno se ha marchado.

Atraviesan el centro del pueblo y pasan junto a la torre rajada del castillo de Llers, que a Mercè le recuerda que el lugar en sí arrastra una historia de sangre, devastaciones y malos augurios; asedios franceses en el Medioevo, un conde vampiro en el siglo XII, los azotes de las guerras carlistas y la explosión del polvorín local de los republicanos en 1939 que hizo saltar en pedazos la mayor parte del poblado. Si se abstiene de contarlos, es porque no quiere que Issa ponga de manifiesto su vena pragmática con comentarios mordaces.

Bordean un barrio de aspecto desastrado y toman una callejuela que discurre hacia los límites del poblado hasta llegar al borde de un mirador que se asoma a un valle desde el que se avista a lo lejos la estribación pirenaica de la sierra de L'Albera. Salen del Suburban a contemplar la panorámica; la cordillera parece tener su propio tirón gravitatorio, invitándolas a seguir hacia el norte.

Issa señala una casa con fachada de piedra al otro lado de la calle.

—Ahí hay un cartel que pone «se vende» —dice.

—La vista del valle ya amerita por sí sola comprarla —comenta Mercè.

Se acercan a la puerta. No están buscando comprar, desde luego, pero el camino termina en el mirador y la noche de una jornada muy larga está a punto de echárseles encima. Intentarlo se les antoja una buena opción.

Tocan el timbre, un artilugio oxidado que no escuchan sonar, pero que debe de funcionar porque al poco rato una señora les abre. Canosa, un mapa de arrugas en el rostro curtido por el sol de la huerta, sabiduría y nostalgia conviviendo en los ojos de iris color nogal. Dejan hablar a Mercè. Le explica que vienen desde Santa Coloma de Farners, que están buscando un alquiler por una noche, quizá dos, y que prefieren pagar en efectivo sin importar el coste.

La mujer, que se presenta como Roser, frisa los setenta años y le pregunta a Mercè, muy cautelosa, por qué no se quedan en un hotel de Figueres o en uno de esos servicios de Airbnb rural que tan de moda se han puesto. Issa interviene y le explica que ella y Mercè trabajan para los servicios sociales y Elenka es una extranjera maltratada que ha escapado de un hogar de abusos, que las directrices laborales prohíben dejar constancia de nombres y documentos de identidad y que tanto los hoteles como los Airbnb son muy estrictos con la documentación.

Roser asiente, las deja pasar y dice que puede invitarlas a cenar.

Para empezar.

La casa de piedra tiene dos plantas; es centenaria —según explica la dueña, fue la única en esa parte de Llers que se salvó de la infame explosión del 39— y sus ventanas son estrechas, pero han remodelado el baño, que está situado en la parte de abajo, y al menos la planta superior es confortable y cálida gracias a la estufa antigua de leña que enciende Roser. Mercè repara en la elegante pieza de hierro fundido, sus patas de curvatura, los grabados y roleos de elementos vegetales en la portezuela de alimentación.

El inmueble es más grande de lo que parece, y la mujer las invita a pasar a la parte que ella habita, que es una extensión de la planta superior, donde otra caldera está en funcionamiento; el olor de la cocina le trae a Mercè recuerdos adormecidos de la masía de su abuela materna y le hace gruñir el estómago.

Mientras les sirve un guiso que contiene alubias blancas de Bossots, ternera, cerdo, garbanzos y fideos, Roser les cuenta que sus hijos se marcharon del pueblo y su marido murió el año anterior, de modo que le gustaría vender la mitad de la casa, que le queda muy grande, para «complementar» —y lo dice guiñando un ojo— su exigua pensión de viudedad. Está claro que Roser ha visto la ropa que se gasta la presunta esposa maltratada y ha echado cuentas rápidas.

—La joven puede ocupar la mitad de la casa —sugiere Roser— y hacer obras de ampliación hacia la parte trasera, construir más habitaciones, una cocina moderna, una terraza en el porche trasero para comer en verano y puede plantar árboles, pues el terreno es bastante grande.

La oferta es apetecible, digna... si estuvieran interesadas, que no lo están.

Mientras comen, atraídos por el olor o los ruidos de la cocina, aparecen tres gatos. Uno de ellos, franjas blancas y amarillas, se esfuma al instante y apenas lo ven, y otro —un cartujo robusto, de vistoso pelaje gris y grandes ojos de un naranja cobrizo que sugieren audacia y perfidia— se acerca descaradamente y se sube a la mesa servida de un salto.

—Estos son mis inquilinos —dice Roser con indulgencia, pasándole la mano por el lomo. El cartujo maúlla con descaro y olfatea del cuenco de la mujer—. Este es Facundo, un sinvergüenza y camorrista muy territorial, siempre detrás de los bichos y los pájaros. Ese que salió huyendo es Félix, tan asustadizo que nunca se deja tocar por nadie ni tolera que se le acerquen. —Señala al tercer gato, un bonito Van armenio de color blanco y pelaje sedoso que está erguido junto a la caldera—. Y aquel otro es Dolç, el mimoso del trío. Para él no existe la posibilidad de que le hagan daño y siempre está dispuesto a la ternura, todo lo contrario de Félix.

Elenka se acerca a Dolç, cuya cabeza y cola son de un color castaño intenso, y lo acaricia bajo la barbilla. El felino ronronea complacido y cierra los ojos; ella se inclina y lo toma en brazos. Como si se conocieran de toda la vida.

Mercè nunca ha sido una persona con necesidad del afecto de una mascota. Quizá por sus alergias o porque su padre no permitía ni gatos ni perros en su casa. Se levanta y se acerca a la ventana. Afuera, la noche ha caído sobre el valle y el macizo montañoso ha desaparecido en la oscuridad. Se siente muy cansada, presa de un agotamiento que es sobre todo mental, pero haber venido a Llers y beneficiarse de la bondad de Roser acaba por reconducirla a una epifanía.

Ya hablará de ello más adelante.

Cuando la señora, sin interrumpir su charla copiosa, les trae cuencos con *mel i mató*, Mercè ya sabe que la mujer ha decidido dejarlas pasar la noche.

Issa le paga a la propietaria una generosa cantidad de efectivo por dos días de estancia y luego baja a meter el SUV en el garaje de la casa. Después de darse una ducha caliente —no tan larga como desearían, porque se trata de un calentador eléctrico con un depósito de agua pequeño—, conscientes del incordio de tener el baño en la planta baja donde la temperatura es incómoda, Mercè y Elenka se acomodan en la única habitación de la planta alta. Mercè se tiende en la cama, desnuda excepto por las bragas. Elenka le da una pastilla para dormir y le examina las magulladuras del cuerpo provocadas por el accidente en el coche de Fortuny y de haber estado esposada a la tubería del almacén.

—Estoy rota —se queja—. Siento que me voy a caer en pedazos.

—Tengo el remedio a tus males, querida —le dice Elenka al oído—, para eso fui de compras esta tarde.

Se ha traído un kit de cintas kinesiológicas de colores y le va colocando los vendajes neuromusculares adhesivos a lo largo del pecho, el cuello, la espalda y las extremidades: verde fosforescente para aliviar el dolor muscular, negro cromado para las articulaciones, azul neón para los tendones inflamados y rosa pastel para eliminar las contracturas.

—Me has dejado lista para una pasarela de fitness, de esas donde las chicas van desnudas, con las zonas más estratégicas ocultas por cintas de colorines —bromea ella al rato, tumbada bocabajo sobre el colchón mientras siente los efectos sedantes del vendaje verde—, aunque con este cuerpo tan poco curvilíneo y con tendencia a engordar desde hace cinco años, dudo que tuviera mucho éxito.

—No seas tonta. Descansa. En un par de días estarás como nueva. ¿Dónde dormirá Issa?

—Ahí al lado, en el salón. Estará muy bien junto a la estufa. Espero que al hiperactivo Facundo no se le suba la chulería a la cabeza y vaya a molestarla durante la noche.

—Pobre de él si se le ocurre hacer eso. Siete vidas no le bastarán a ese gato para salir bien parado si desata su ira.

Elenka la besa en la nuca, en el nacimiento del cabello, y la cubre hasta los hombros con el edredón de plumón. Una calidez bienhechora le recorre el torso y se extiende poco a poco hacia las extremidades. Bosteza.

—Ya sé a dónde nos iremos a vivir —dice ella, cerrando los ojos.

—¿Ah, sí? —pregunta Elenka—. ¿Adónde?

—Lejos de aquí.

—Pero ¿en qué lugar?

—Permíteme el privilegio de llevarme el secreto a dormir esta noche. No te preocupes, mañana te lo diré. Será una sorpresa.

—No me gustan las sorpresas.

—Esta te gustará —murmura. Y se duerme.

36

Forman un equipo precario, piensa Issa al despertarse de madrugada.

A su lado, tendido en el reposabrazos del viejo sofá de muelles donde ha dormido, Dolç ronronea en sueños. Y en un costado del salón, los ojos de Facundo brillan como ascuas. Siente la presencia de Félix, aunque no lo vea; está oculto, quizá agazapado en alguna de las vigas horizontales del techo a dos aguas, vigilando a la intrusa.

Issa, que ha dormido con la ropa deportiva puesta, se quita de encima las mantas que la señora Roser le ha proporcionado y va hacia la ventana estrecha, caminando descalza sobre el cálido suelo de madera pulida por el tiempo. Afuera, la oscuridad ha adquirido una cualidad aterciopelada que sugiere la cercanía del alba. Escucha las respiraciones de las chicas en la habitación contigua; la respiración sosegada de Elenka emite un silbido tenue y Mercè sufre una apnea leve que podría estar relacionada con la hipertensión.

Concluye que el trío está sentenciado al fracaso. Mercè es dócil y llevadera, pero le cuesta ver el peligro y está hipnotizada por Elenka. Y la rusa se muestra díscola; marcada por hechos dramáticos y carencias afectivas fundamentales, le cuesta horrores aceptar un plan ajeno. Hay demasiado desequilibrio.

Elenka terminará haciendo que las reglas salten por los aires.

No puede seguir con ellas.

No va a funcionar.

Se calza las Dr. Martens, pensativa, baja las escaleras y cruza el pasillo que lleva al garaje. Saca del Chevy Suburban las maletas de viaje de ambas chicas junto con dos de los bolsones The North Face y las amontona en una esquina. Luego escribe una nota que pone LO SIENTO en un trozo de papel y lo deja encajado sobre la cremallera superior de la valija.

Conduce siguiendo las luminarias viales, da un rodeo para evitar el valle y, buscando el norte, ir al encuentro de la sierra.

Sin mirar atrás.

Al pasar por un poblado con muchas curvas, tiene que dar un frenazo para evitar atropellar a un chaval que surge cojeando de la nada como si fuera una pesadilla. Va vestido con un chándal negro que tiene un estampado de huesos en pintura fosforescente y una calavera en la parte trasera de la capucha. Cuando los faros del SUV lo iluminan por detrás, el chaval se vuelve, alza la mano formando una pistola imaginaria y remeda hacerle un disparo. Luego se aleja, dando la inquietante impresión de un esqueleto humano que camina de espaldas, internándose en la oscuridad.

Issa sale de la zona de curvas y acelera por la autopista de la Mediterrànea. Si se da prisa, cruzará la frontera con Francia en menos de diez minutos y estará en Perpignan antes de que salga el sol.

A la altura de La Jonquera toma una salida y se desvía.

Aparca en el arcén, apaga el motor y se queda contemplando el incendio de luz crepuscular en el cielo ampurdanés. La embarga la difusa sensación de un recuerdo fragmentado, enterrado en el subconsciente hasta este momento: ella, colmada de tristeza, caminando por un largo surco de tierra rojiza, solitaria bajo la luz tamizada del alba.

Piensa en Mercè. Se ve a sí misma en el suelo ensangrentado de aquel aseo, balbuceando ante la desconocida, a punto de colapsar. Recuerda despertar en la habitación de Elenka, vendada y medicada gracias a una total extraña.

Frunce los labios, incómoda, incapaz de lidiar con la creciente decepción que empieza a corroerla.

Saca el móvil y hace una llamada. Siete tonos.

Al otro lado del Atlántico, le contestan.

—Empiezo a pensar que quizá debería deshacerme de este teléfono —dice el instructor—. ¿Por qué sigues exponiéndote?

—Porque me gusta escuchar tu voz —responde ella.

—No me digas. Ambos estamos muy viejos para ponernos sentimentales.

—Y también quería darte las gracias, ya sabes por qué.

—Una promesa es una promesa. ¿Todo bien?

—Viento en popa, podría decirse.

—Me alegra saberlo, pero creo que si sigues gastando en teléfonos, te vas a arruinar. ¿Alguna otra cosa que necesites de mí?

—¿Te desperté? Allá debe de ser casi medianoche.

—Estaba despierto —dice él—. Ya no duermo mucho. Me acuesto sobre las tres de la madrugada y me tiro de la cama antes del amanecer. Quizá sea porque tenga cargos de conciencia, pero a lo mejor es mi naturaleza biológica que está sugiriéndome que aproveche al máximo el tiempo de vida.

—No eres tan viejo.

—Depende. ¿Comparado con quién?

—En eso tienes razón —dice ella—. Pero también quería agradecerte por tu consejo de estrategia. Lo de las damas turcas demostró ser idóneo.

—Bien aplicado, sus resultados suelen ser aplastantes. Pero, claro, también depende del estratega.

—Sí, supongo. Lo cierto es que la cosa se desmadró bastante por cuenta de las acciones de la Troika. Me temo que en L'Hospitalet no ha quedado ningún operador del DOE vivo para contar su versión de la historia.

—Eso ya me lo imaginé —dice él—, teniendo en cuenta las veces que este teléfono ha estado sonando en los últimos días.

—Te han llamado de arriba, ¿no?

—Y que lo digas. Dos coroneles de Interior y un general.

—Uy, eso estuvo cerca —comenta ella irónica—. Cualquier día de estos vas a recibir la visita de alguna vaca sagrada.

—Las vacas sagradas son octogenarias y no van por ahí pidiendo favores. Ni siquiera piensan en términos políticos. Esos invierten su tiempo en las vallas de peleas de gallo, el whisky Blue Label a mil doscientos dólares la botella y en aprovisionarse de viagra para mantenerse activos con jovencitas interesadas.

—¿Qué te pidieron, que vinieras a buscarme?

—Imagínatelo. Les colgué el teléfono. Luego recibí una citación.

—No saben pillar las indirectas.

—No iré, me importa un carajo lo que deseen. A mi edad, la lealtad es una de las pocas cosas auténticas que me reservo. Estoy retirado y no me pueden obligar a nada. Además, cada día me siento más a gusto en mi fortín.

Issa recuerda eso que él llama «fortín». No alcanza a escuchar el oleaje, pero se lo imagina allí, en la terraza de la Villa Montserrat, en la divisoria entre las playas Santa María del Mar y Boca Ciega, y siente un aguijonazo de nostalgia.

—Por cierto —dice él—, si ya no te encuentras bajo asedio, ¿por qué estás despierta tan temprano?

—Asuntos pendientes. Debo tomar una decisión importante.

—Casi todo se resume a eso. Tomar decisiones y rectificar los errores sobre la marcha. ¿Querías consultarme algo?

—Quería —responde Issa mirando la niebla descender por la cordillera—, pero ya no será necesario. Ya tengo mi respuesta. Hace tiempo que descubrí que a veces tus silencios me dicen tanto como tus palabras.

A ella le parece escuchar un suspiro al otro lado de la línea.

—Bueno, Issa, me gustaría...

—Ya lo sé —lo interrumpe ella—, no quieres que vuelva a llamarte excepto si se trata de una urgencia de vida o muerte.

—Tú lo has dicho. De vida o muerte. ¿Podemos despedirnos ya?

—Sí, supongo que sí —responde ella con cierta reticencia—. Te dejo ahora, pero puede que recibas una postal mía en Navidad. Algo nevado y con colinas.

—Me gusta cuando bromeas —dice el instructor—. Significa que todavía hay en ti un espíritu socarrón dispuesto a abrirle la puerta a la felicidad.

—Antes de colgar, quiero aprovechar para dejarte en claro un par de cosas —dice ella, aprovechando un impulso—. Yo también te quiero, y me gustaría mucho volver a verte.

—Tranquila, eso podría ocurrir —responde él—. Cuando las cosas cambien.

—Siempre hay esperanza, ¿ves?

—Ajá. Cuídate. Adiós.

Cuelga. Le extrae la batería al móvil y lo guarda en un compartimento del panel interno de la puerta. Luego enciende el motor, sale del arcén a buscar el giro de carretera propicio y enfila el SUV de regreso a Llers.

Las chicas siguen en la cama cuando ella está de vuelta, así que es la señora Roser —custodiada por el celoso Facundo— quien la recibe en la puerta.

Cuando mete el coche en el garaje, ve que las valijas y las dos bolsas siguen allí amontonadas, pero descubre que la nota escrita ha desaparecido. A menos que la señora Roser haya estado fisgoneando y se haya tomado atribuciones, alguna de las chicas debe de habérsela llevado. Vuelve a guardarlo todo en el SUV.

Entra en el baño y se da una ducha rápida ahora que hay suficiente agua en el depósito. El agua caliente le despeja las ideas y la revitaliza.

La están esperando arriba cuando sube, frotándose enérgicamente el cabello con la toalla de algodón de gran gramaje que Mercè compró en la ciudad tres días antes, sentadas a la mesa con el desayuno servido: café, *pa de pagès* casero con tomate maduro de la huerta de Roser, aceite de oliva y leche semidesnatada de tetrabrik como única concesión a la barbarie industrial, butifarra de perol, un surtido de *panellets* (fuera de temporada) y coca dulce.

Comen y charlan. Roser, feliz de tener invitadas en su mesa; Mercè —que tiene unas cintas adhesivas de colores en los brazos, la clavícula y el cuello— ríe a carcajadas por primera vez desde que Issa la conoce. Facundo, sobre la mesa del desayuno, bebe leche de un cuenco mientras Dolç dormita sobre el regazo de Elenka. Y esta, sobre todo, parece una persona renovada, como si acabara de leer el asombroso final de una historia reveladora y eso la hubiera ayudado a cerrar un capítulo trascendental de su propia vida para convertirse en alguien más dichoso y cambiado.

Arriba, en la viga del techo, descubre a Félix echado, que

las observa con ojos atentos, atraído por el olor de la comida, repelido por el contacto humano.

Después del desayuno, Elenka acompaña a Roser al extenso terreno detrás de la casa, en forma de cuesta, donde está el huerto y algunos árboles frutales, acelgas, menta y un jardín de lavanda y siempreviva. Issa las está observando recoger hortalizas cuando escucha a Mercè subir por la escalera y acercársele.

—He tomado una decisión —le anuncia con voz calma.

—¿Sobre qué? —pregunta Issa.

—Anoche se me ocurrió una idea y lo consulté con la almohada. Hay un sitio donde puedo establecerme con Elenka, lo suficientemente lejos de aquí, y tan apartado de las grandes ciudades como para que a nadie se le ocurra buscarnos allí. Si te parece bien, estás invitada a quedarte con nosotras todo el tiempo que necesites. O para siempre.

—«Para siempre» es una promesa muy grande para llenarse la boca —replica Issa—. La gente cambia, se vuelve huraña, errática. Las relaciones de amistad, como las sentimentales, a menudo suelen empeorar más de lo que...

—Deja de darme largas —la interrumpe Mercè—. Eres bienvenida a venir a vivir con nosotras, y si llegan tiempos difíciles, ya los resolveremos. ¿Vendrás?

—Depende. ¿Dónde está ese sitio?

—Al otro lado de la frontera.

—¿En Francia?

—Sí, a quinientos kilómetros de aquí —responde Mercè—, cerca del litoral del golfo de Vizcaya, en un pueblecito entre montañas en el País Vasco francés. Clara, mi pareja anterior, compró allí una casa rural hace unos años y le hicimos algunas remodelaciones, pero desde que ella murió no he querido volver. Más bien no me he atrevido, por los recuerdos. Sin embargo, eso ha cambiado ahora; es un sitio magnífico para empezar una nueva vida.

—¿No tendrás problemas legales para ocuparla?

—Por supuesto que no. Tengo las llaves y el certificado de adquisición de la propiedad en mi poder. Todo legal. ¿Qué te parece?

—Interesante. Puedo acercaros hasta allí y luego decidir qué voy a hacer.

—Eso sería lo ideal.

Issa señala con el mentón hacia el jardín.

—¿Ya se lo dijiste? No estoy tan segura de que le siente bien la vida en una casa rural en el País Vasco, por muy a salvo de la Troika que esté allí.

—Aún no —reconoce Mercè con embarazo—. Quería discutirlo contigo primero, ver qué pensabas de la idea.

Afuera empieza a levantarse viento. Una fuerte ráfaga comba los arbustos.

—Está bien —dice Issa—. Pongámonos en marcha, entonces.

—¿Ahora?

—Sí, ¿para qué esperar? Vayámonos ya, antes de la hora de la comida.

—¿Y Elenka?

—Se lo diremos en el camino. Tendrá que aceptarlo.

—¿A qué viene la prisa? Le hemos pagado a Roser por estar aquí dos días.

—Eso no tiene importancia —replica—. Reflexiona, Mercè, estamos cerca de Cadaqués, donde Kurkov tiene su mansión. Lo mejor, ahora que lo tienes claro, es irnos tan pronto podamos. Tengo la sensación de que mientras sigamos en Catalunya, estaremos en jaque.

—¿Por eso te fuiste esta madrugada?

La pregunta toma a Issa por sorpresa. Se da cuenta de que el sonido del V-8 ha despertado a Mercè muy temprano y, al bajar se encontró con la nota manuscrita. Le sostiene la mirada, pero no se atreve a responderle.

—Gracias por regresar —dice Mercè mientras le da un abrazo.

El viento arrecia y la tierra se queja. Es la tramontana, que acelera a través del Pirineo catalán en rachas turbulentas que alcanzan cien kilómetros por hora y puede castigar a las poblaciones seis días seguidos. El aire se reseca veloz, se carga de electricidad estática, saltan chispas del pelaje de los gatos cuando los acarician, la gente sensible dice escuchar risas de brujas y ecos de tiempos pretéritos, y los vientos enardecidos, inclementes, inducen a las mentalidades volátiles a planear —y conseguir— ejecutar al prójimo o a sí mismos.

Razón de más para marcharse. El mensaje pavoroso de los elementos las acosa, las amenaza, las expulsa en rachas crecientes.

Antes del mediodía, con el caos llamando a las puertas y aullando en las ventanas, están listas para salir. A Elenka no le ha sentado nada bien la partida abrupta, pero el azote de la tramontana la espanta y termina por acatar. Roser confunde su abatimiento con desolación y le pone a Dolç en los brazos; le dice que es un regalo, que él tampoco se merece el flagelo de la tramontana, que con ella estará muy bien.

La generosidad de la señora empaña los ojos de Mercè; le advierte, con un nudo en la garganta, que con el gato está renunciando al amor en el hogar.

—No te preocupes, bonica —responde ella con ternura. Le señala al azorado Félix, que se asoma a la escalera, y a Facundo, que husmea engrifado el aire cargado de estática—. Me quedan el miedo y la ira, y con eso es suficiente. El amor del hogar ya lo aportaré yo.

El SUV baja por la callejuela y Roser se va desdibujando en la lejanía.

37

La voz de chica sexy en el navegador GPS del Suburban sugiere que la ruta óptima para ir desde Figueres a San Sebastián consiste en bajar hasta Girona y conducir durante casi siete horas por una autopista hasta Guipúzcoa. Pero Issa prefiere mantenerse alejada de la ciudad y opta por la ruta pintoresca, el Eje Pirenaico N-260 —una carretera de curvas, ascensos descomunales, túneles, barrancos, tramos sinuosos y desfiladeros, casi quinientos kilómetros a través de los Pirineos— que cruza Catalunya, se interna en Aragón y las lleva hasta Sabiñánigo, en territorio de Huesca.

Hacen un alto a media tarde en un pueblito, al pie de un valle y muy cerca de una iglesia románica, para merendar y echar combustible.

—Ya queda menos —comenta Issa, mirando cómo Elenka deja a Dolç sobre el capó del coche; este se estira cuan largo es sobre la superficie cromada para aprovechar el calor que irradia el motor.

—No era mi idea original de vacaciones en las Seychelles, pero el paisaje ha valido la pena —dice Mercè envuelta en su abrigo de plumón de Zara mientras se bebe la kombucha que ha comprado. El sol asoma entre las nubes y a ella le da un ataque de estornudos fóticos y luego, ya controlado, se echa a reír.

Elenka no dice nada. Viste una parka roja Shelburne con capucha de pelo que le llega a los muslos y, aún con expresión de inconformidad por abandonar Llers a toda prisa y someterse al viaje, su mirada recorre las montañas.

Issa, que va con vaqueros y un forro polar, se cala el gorro y se ajusta las gafas de sol mientras observa las cumbres nevadas. Piensa que tal vez debería cumplir la broma de enviarle una postal a su instructor desde allí. Le llama la atención cómo oscila la temperatura en esta época del año; el frío, que ha estado retrocediendo a lo largo de marzo y abril, parece recuperar terreno.

Deja pasar un rato y les dice:

—Venga, seguimos. Esta noche dormiremos en Pamplona.

La idea es ir cambiando de carreteras hasta Navarra y, al día siguiente, coger la ruta a San Sebastián para entrar al País Vasco francés por el paso de Irún.

La radio está puesta. Van por la N-240, con el embalse de Yesa como telón de fondo a un costado, ya muy cerca de la frontera navarro-aragonesa, cuando la voz melódica de Pablo Milanés entona el tema «Ámame como soy».

Issa sube el volumen de la música.

Entonado, Pablo declara que amar es un laberinto inédito, que induce a romper mitos, vencer ritos y declarar su amor a gritos.

Echa un vistazo a las chicas en la segunda hilera. Mercè y Elenka escuchan la canción en silencio con Dolç acomodado junto a la rusa. El sol reflejado en el embalse restalla contra el cristal de la ventanilla y las ilumina con una franja cálida. Dan la impresión de ser las personas más felices del mundo.

Ojalá les dure.

Pamplona. Exhaustas por el viaje, se alojan en un hostal con decorado nórdico *low cost* y sin servicio de desayuno, que acepta el pago en efectivo y la estancia queda registrada a nombre de las señoritas Sofía Barat y Wiktoria Surawiecka. En vez de estar numeradas, las habitaciones de huéspedes tienen nombres de personajes ilustres. A Mercè le resulta gracioso que el joven imberbe a cargo de la recepción —la versión motivada de su excompañero Marc—, mientras les entrega una llave de latón pulido estilo *vintage* con el nombre MARK TWAIN grabado en el agarre, les explique muy orondo que el hostal ostenta la etiqueta «detox digital», que es la forma molona de explicar que las instalaciones carecen de wifi y 4G.

—Bienvenidas a la desconexión —le dice el empleado con una reverencia. Detrás de él, en la pared, el reloj es una proyección LED que forma un círculo de neón púrpura con una única manecilla en su interior que va girando. Issa se pregunta si el objetivo es que los huéspedes se esfuercen por interpretar la hora o si se trata de algo puramente artístico, sin pretensión funcional.

También aceptan mascotas.

Van a la habitación. Elenka protesta al cabo de un rato diciendo que odia el ambientador químico y que el picaporte de bronce de la puerta del baño le deja un olor raro en la palma de la mano. Por el contrario, el gato, puro conformismo, se amodorra sobre una de las camas y cierra los ojos.

Duchas, cambio de vestuario y salida rápida a cenar.

Un lugar en el casco viejo, callecitas acogedoras donde se ha conservado el empedrado de adoquines. Comen ligero, carpaccio de ternera con parmesano —guardan algo para Dolç, que duerme en la habitación— y algo de vino, pero luego se sueltan el pelo y piden unos *cocktails* de ginebra Bombay Sapphire, lima exprimida y agua tónica fría. Un par de rondas. El alcohol las desinhibe, las sintoniza en la misma longitud de onda optimista: están cerca de la meta, un nuevo hogar al doblar de la esquina.

Aprovechando la conexión del local, Issa consulta las noticias en el teléfono de Mercè. Navega en la hojarasca —Bitcoins, rebelión mediante criptomonedas contra el respaldo centralizado y estatista de los bancos; la explosión de una pareja de estrellas binarias a 1.800 años luz que se podrá observar en breve desde la Tierra y que significa la formación de un nuevo sistema solar (luz fósil, añeja, noticias viejas de lugares remotos); misiles que pierden el rumbo y caen en países neutrales; un accidente de colisión entre dos satélites orbitales que ha estado a punto de provocar una cascada de ablación, cualquier cosa que eso signifique—, pero al final da con un par de noticias útiles.

OFICIAL DE LOS MOSSOS D'ESQUADRA DESAPARECIDA

Teresa Fortuny Mondragó, de cuarenta y cinco años, subinspectora del cuerpo de los Mossos d'Esquadra en la ciudad de Barcelona, se encuentra en paradero desconocido después de hallarse su coche siniestrado en una zona residencial de la localidad de Premià de Mar. La Policía Local acudió al sitio tras recibir el aviso de un conductor. Hasta el momento, no se tiene noticia de la mencionada oficial, y las autoridades policiales no ofrecen información extra que ayude a esclarecer si la subinspectora se encontraba en la zona en relación con una investigación o si estaba bajo estrés por asuntos personales. La búsqueda...

Suficiente. En otra página de noticias, encuentra una breve nota:

INCENDIO DOMÉSTICO EN LA LLAGOSTA DESTAPA
UNA RED DE TRÁFICO HUMANO

Nombra a Oleg Medved, ciudadano ruso buscado por la INTERPOL, como presunto propietario de un recinto dedicado a la retención de mujeres y niñas con el objetivo de venta o transferencia a redes de pederastia, y especula acerca de la vinculación del incendio con la aparición en Montcada i Reixac de dos menores de edad secuestradas en países de Europa del Este.

Ni una mención sobre ellas. Tampoco se sabe nada de Medved.

—Bien —les dice Issa—. Otra ronda, por el anonimato.

Más ginebra Bombay Sapphire. Bromas. Risas compartidas, como un grupo de submarinistas de alta profundidad que aceptan el periodo de descompresión colectiva en un compartimento estanco.

La noche languidece y algunos comensales se marchan. Afuera, más allá del panel de cristal del cálido local, los turistas reacios al frío navarro se esfuman. Con la cocina ya cerrada, las risas de sobremesa continúan y cierta atmósfera de reflexión empieza filtrarse en las conversaciones.

—Deserté por cuenta de un tío llamado Frank Mulkay —dice Issa—, hace tres años y medio.

Elenka la observa con la mirada distraída, pero Mercè, que lamenta haber bebido un poco más de la cuenta, presta suma atención debido a que Issa rara vez hace confesiones o se explaya sobre su pasado.

—¿Un espía cubano? —pregunta Elenka.

—No, para nada. Era un tecnólogo, un metalúrgico lumbreras, egresado del Politécnico cubano, que se había especializado en Bélgica en microscopía óptica, petrografía y evaluación de la pureza de aleaciones especiales.

—Nadie importante, entonces —dice Elenka.

—Depende —replica Issa—. El Estado cubano se considera a sí mismo dueño de todo el capital humano del país. De

Cuba nadie puede salir con un contrato de trabajo al extranjero que no procese, controle y fiscalice el Gobierno. De hecho, les roban el noventa por ciento del salario.

Mercè suelta un leve resoplido de estupefacción. Elenka pide otra ronda y dice:

—Esos son peores que los míos.

—No sé si peores, pero más buitres, seguro —asiente Issa—. En los últimos veinte años varias asociaciones internacionales de Derechos Humanos han acusado al Estado cubano ante Naciones Unidas y el Parlamento Europeo por esclavismo laboral con todos los profesionales y contingentes médicos que exporta.

—¿Y qué pasó con el tal Frank? —pregunta Mercè.

—Hizo el doctorado en la Universidad de Gante, en Flandes, y luego volvió a Cuba. Al poco tiempo lo enviaron a Burdeos a hacer un postdoctorado sobre una técnica híbrida de vanguardia que implicaba dispersión de óxido e impresión 3D, una cosa novedosísima en el campo metalúrgico, pero se ve que a las dos semanas de que lo destinasen a Francia desapareció sin dejar rastro.

—¿Desapareció?

—Ajá. Dijo que iba a comprar cigarrillos y se esfumó al doblar una esquina de la hermosa Burdeos. Se evaporó en el aire enrarecido de la noche.

—Ya. Y ahí es donde entras tú en la historia, ¿cierto? —le pregunta Elenka.

—Qué remedio. Mi especialidad en el Departamento de Operaciones en el Exterior consistía en encontrar personal cubano desaparecido, cosa que ocurre bastante a menudo en Europa, Latinoamérica, África y, sobre todo, en Estados Unidos. A algunos los secuestran delincuentes para pedir el rescate, otros se meten en problemas, pero hay muchos que abandonan las misiones a riesgo de no volver a ver a sus familiares nunca más, en el mejor de los casos.

—Es horrible. No sabía nada de eso.

—De Cuba nadie sabe casi nada, Mercè. La mayoría de los europeos tiene una visión distorsionada de ese país, basada sobre todo en una idea romántica y arraigada en sensibilidades ideológicas de una época. El asunto es que Frank Mulkay desaparece y en la facultad donde estaba haciendo el postdoctorado no tienen la menor idea. El consulado envía a varios funcionarios a averiguar su paradero, pero el tío no ha dejado pistas, así que los mandamases del DOE me despachan para encontrar su rastro.

—Quizá el hombre sufrió un percance —sugiere Mercè.

—Ellos sabían que Frank había desertado, pero prefirieron no informármelo cuando me dieron la tarea de encontrarlo. Normalmente, y he encontrado a muchas personas huidas del sistema, me piden que los busque y los localice y luego un equipo de operadores se dedica a recuperarlo y devolverlo a Cuba.

—¿En contra de su voluntad?

—En la mayoría de los casos. Hay protocolos especiales para la extracción de personal renegado, pero también he encontrado a gente, sobre todo en África y Latinoamérica, que estaba secuestrada. En el caso de Frank Mulkay me contaron que era un tecnólogo con información sensible para la seguridad del país, cuya misión era recibir adiestramiento especial, y que era posible que alguna agencia enemiga de Cuba lo estuviera reteniendo para obtener esa información. Lo busqué durante diez meses hasta que lo encontré viviendo a las afueras de la ciudad flamenca de Alost. También descubrí que viajaba con regularidad en tren a una empresa en Gante relacionada con la producción de aceros industriales, pero no parecía estar bajo ningún tipo de restricción.

—Por supuesto —dice Elenka—, el tío se les había escapado.

—Eso fue lo que les informé a los oficiales del DOE, y entonces cambiaron su versión y me explicaron que Frank había traicionado al país, vendido una parte de la información sensible que poseía a cambio de protección y asilo y me ordenaron tenerlo bajo estricta vigilancia hasta que llegaran los operadores encargados de ejecutarlo. —Se termina el *cocktail* y continúa—: Pasé tres días vigilándolo, siguiendo sus rutinas, y empecé a dudar de la legitimidad de las acciones que el DOE le atribuía. El tío se había casado con una muchacha belga y no hacía mucho habían tenido mellizos.

—No tiene pinta de haber sido un agente del Gobierno —dice Mercè—. Solo buscaba escapar y empezar una nueva vida.

—Como nosotras —añade Elenka, y empina la copa.

—Pasaron doce horas y recibí una llamada de un oficial. Me explicó que las cosas se habían complicado con el equipo de ejecución que tienen en Bruselas y que tenía que encargarme yo de liquidar a Frank.

Elenka se queda expectante. Mercè pone los ojos como platos y dice:

—¿Y qué hiciste?

—Lo que debía hacer, el trabajo por el que me pagaban. Entré en la casa en su ausencia y lo esperé. Por supuesto, eché un vistazo por allí, vi las fotos de esposo feliz y padre entusiasta, miré sus escritos técnicos, ficheros de trabajo sobre análisis de materiales, diseños de aleaciones, informes sobre la calidad de las piezas de una línea de producción siderúrgica y me di cuenta de que el DOE me había estado mintiendo desde el mismísimo primer día. La mayoría de las veces que localicé al objetivo para que los operadores se hicieran cargo, el futuro de alguien que se creía libre o de alguna familia se había ido a pique, y se habían segado ciertas vidas.

—Es duro descubrir que te han manipulado de esa forma —dice Mercè.

Issa no le responde. Su mente parece instalada en algún sitio distante.

—Pero... —pregunta Elenka, y hay quizá una nota morbosa en su tono—, ¿mataste a Frank?

—Lo esperé —dice ella—. Llegó solo, ya anocheciendo; la esposa, primeriza y desbordada con dos bebés, se quedaba en la casa de su madre los días que Frank trabajaba hasta tarde. Se llevó un buen susto al verme aparecer en el salón, pistola en mano. Se le aflojaron las piernas y le ordené que se sentara. Se echó a llorar, como un niño desconsolado. Esperé mientras me hablaba de su vida perfecta en Flandes, colaboraba con la universidad donde había hecho el doctorado y tenía un buen empleo en el laboratorio de investigación; me habló de su matrimonio, de sus peques mellizos de seis meses, cosas que no necesitaba aclararme porque ya yo las había comprobado por mí misma.

Las chicas permanecen atentas, expectantes, como si la historia de Frank les hubiera disipado los efectos del alcohol en sangre.

—Tomé una decisión, una que condicionaría el resto de su vida y cambiaría la mía —declara ella—. Le di a escoger entre morir allí, en medio de su salón o dejarlo todo e irse lejos de Bélgica, abandonar su trabajo y sus investigaciones y convertirse en otra persona. Le sugerí que se llevara lo indispensable y que tratara de llevarse a su esposa y a sus hijos, que le explicara a ella que estaban en peligro de muerte. Porque yo, al tomar la decisión de no dispararle, lo único que estaba haciendo era comprarle tiempo, no salvarle la vida. Porque el DOE seguiría buscándolo para matarlo.

—No es precisamente una disyuntiva lo que le ofreciste —replica Elenka—. Es bastante fácil decidir entre la vida y la muerte.

—Te equivocas —interviene Mercè—. No es fácil dejarlo

todo atrás. —Le busca la mirada a Elenka—. Solo se cambia por amor.

—Lo he captado, querida —dice ella, y la besa en los labios. Luego se vuelve hacia Issa y pregunta—: ¿Y qué hizo ese lumbreras? ¿Se fue?

Un breve encogimiento de hombros.

—No lo sé —le responde—. No me quedé allí para averiguarlo. Yo ya había hecho mi parte, mi contribución sustancial a su libertad. Así que me apliqué mi propio consejo y deserté. Saqué un pasaje de tren a Bruselas y luego seguí el viaje hasta París. Aquella tarde, en el vestíbulo del hotel HDL, los operadores del DOE me acababan de localizar por segunda vez en tres años.

—Y aquí estamos ahora —celebra Mercè, que levanta la copa medio llena.

—Todavía vivas y dando guerra —dice Elenka triunfal.

—De momento —aclara Issa.

38

San Sebastián, luego Irún y el cruce sobre el río Bidasoa al País Vasco francés, carreteras como meandros, la bruma matutina brotando como pellizcos de nube de entre el verde esmeralda de las colinas onduladas. Desayunan *croissants* en la tienda de una localidad de casitas blancas; el hojaldre mantequilloso, de textura crujiente, diferente al estilo de los *croissants* de Barcelona, parece darles la bienvenida a un sitio donde recomenzar la vida.

El destino es una localidad llamada Sainte-Croix, en el distrito de Bayona. Una población de doscientos habitantes dispersos en un área de más de cuarenta kilómetros cuadrados, con apenas dos caminos de acceso y muchas rutas de escape a campo traviesa.

Mientras entran por el camino de asfalto que conecta la autopista con la entrada de Sainte-Croix, Issa detecta euforia en el rostro de Mercè y curiosidad en la expresión de Elenka. Abre las ventanillas para catar la temperatura del aire y el sonido del viento les crea un efecto helicóptero en los oídos. Suben una cuesta leve a medida que rodean el centro del poblado: edificios bajos de fachada blanca en torno al ayuntamiento, faroles, una pared cubierta por ristras de pimiento seco, una iglesia medieval, un frontón de pelota vasca y un pequeño cementerio al fondo —todas las puertas, contraventanas y balcones, pintados del color *rouge basque* de la norma comunitaria— y siguen avanzando, siempre subiendo, durante un par de kilómetros de curvas hasta llegar al prometido refugio.

El caserío se alza al pie de un prado reverdecido que va empinándose hasta fundirse con el firmamento a lo lejos, en un cambio súbito al azul cian del cielo despejado: una casa rural típica construida en piedra de pizarra, diez metros de altura, dos plantas, reconvertida en vivienda acogedora por las reformas que hicieron Mercè y Clara cuatros años antes.

Bajan del SUV y contemplan el paisaje. Montañas, laderas cubiertas por pinares, brezales, robles y fresnos, zonas de pasto hasta donde alcanza la vista, rebaños de ovejas en una cumbre al oeste y ni un solo avistamiento humano. Una vastedad que cala el alma, silencio excepto por el sonido del follaje mecido por el viento y el graznido ocasional de algún ave en las alturas.

—Maravilloso —declara Elenka, aparentemente satisfecha.

—Y, en cierto modo, aislado —añade Mercè orgullosa—. Aquí podríamos quedarnos a esperar el fin de los tiempos.

—A menos que la guerra de Ucrania escale y empiecen a llover misiles por aquí —dice Issa.

—¿Siempre imaginas el peor escenario? —le pregunta Mercè, picada.

—Me enseñaron a pensar así, y ha rendido sus frutos —se justifica ella—. Y, por cierto, ¿hay que salir de Sainte-Croix para comprar comida?

—Sí, es el único modo. Hasta aquí solo llega el cartero, pero las compras hay que hacerlas en España, que es lo más cerca que tenemos, o ir a Hendaya, la ciudad litoral francesa más cercana, o incluso ir a Saint-Jean-de-Luz. Supongo que, si adecentáramos el huerto abandonado, podríamos plantar hortalizas y legumbres, y en la parte trasera del caserío tenemos manzanos. El pan de cada mañana podemos comprarlo en una máquina expendedora que hay a la salida del pueblo...

—Pan de una máquina expendedora, ¿me estás tomando el pelo?

—No te dejes llevar por las apariencias. El pan de la máquina es una delicia; una panadería de Irún lo repone recién horneado cada mañana. Te encantará.

—A mí ya me encanta —interviene Elenka, que deja a Dolç en el suelo.

—Por otro lado, también podemos ir a otros caseríos, a varios kilómetros, donde podemos adquirir leche, cuajadas, quesos y carne.

—Hay cercados que demarcan los territorios.

—Para que los animales no escapen, supongo.

—No los veo. ¿Dónde están?

—No lo sé, Issa, tendrás que descubrirlo todo tú misma. Adelante, a partir de ahora, si lo deseas, estos serán tus dominios. Aquí soy casi tan nueva como tú. Cuando estaba con Clara, vinimos cuatro veces a lo sumo, más que nada para supervisar las obras. No he vuelto desde 2019.

El gato husmea las plantas junto a la grava, salta sobre un banquillo rústico que hay en uno de los costados del caserío y luego se escurre por la celosía que da paso al jardín. Mercè saca la llave, abre la puerta y entran.

Hay una buena capa de polvo sobre todas las superficies y huele un poco a humedad, pero el trabajo de remodelación iniciado años atrás es estupendo. La planta baja, que durante doscientos años ha albergado el granero, los establos de los animales y las variadas dependencias agrícolas, se ha reacondicionado en tres ambientes: un salón lujoso con calefacción eléctrica, suelo cerámico, vidrio termoaislante en las ventanas y las vigas maestras del techo y los pilares de roble los han tratado con un barniz especial; una habitación de suelo laminado, con vestidor y baño —han tirado abajo una sección de dos metros por cuatro en la pared de piedra para reemplazarla por una puerta corredera de vidrio que permite ver el prado, las arboledas y la piscina—, y una cocina comedor bien equipada y con muebles de IKEA.

—No está mal —bromea Issa—. Solo nos faltan un par de perros.

—Pero tenemos un gato —replica Mercè—. Es un comienzo.

—No puedo creerme que te hayas olvidado de mencionarnos esta maravilla durante tantos días —le reprocha Elenka—. Esa Clara estaba forrada, sin duda.

—Tenía un buen trabajo —dice Mercè—, y muchas ganas de crear un espacio que fuera acogedor, hermoso, para convertirlo en un retiro espiritual.

—«Vuestro» retiro espiritual —insiste Elenka haciendo un énfasis ridículo.

—Supongo. Clara quería que fuéramos felices en este sitio. Y aunque ella casi no pudo disfrutarlo, ahora es un buen punto de partida para nosotras tres.

—¿Podemos ver la parte de arriba?

Escaleras de madera. La planta superior, que ha dado cobijo a generaciones de labriegos y pastores gascones, todavía está a medio reformar, los suelos por poner, pero tiene un baño y tres grandes habitaciones, una de ellas totalmente renovada para usarse como cuarto de invitados. Issa abre la ventana y las contraventanas y deja que la luz diurna entre a raudales.

—Me gusta esta habitación —dice—. Me la quedo.

La vista es inmejorable; el ángulo y altura, privilegiados. Puede admirar el paisaje bucólico y a la vez, tener bajo vigilancia el único camino por donde el peligro puede acercarse a la casa.

—Estamos a salvo, Issa —le dice Mercè—. Nadie sabe que existe este lugar.

—Bueno. El tiempo dirá. Esto tampoco es una caja negra.

Mercè la interroga con la mirada. Ignora qué ha querido decir con eso, pero no se atreve a formular la pregunta.

Issa no dice nada más. Se inclina hacia delante y trata de avistar la iglesia en la lejanía. No lo consigue, pero, hacia levante, unos trescientos metros cuesta arriba, distingue una casita de piedra y techado de tejas rojas.

—¿Qué es aquello? —pregunta.

—Es la granja que pertenece a este caserío, parte de ella era una antigua herrería. El propietario anterior nos la vendió para que trasladáramos todo lo que había en la planta baja que íbamos a reformar. Fue muy amable.

—¿Y qué hay allí?

—Un par de tractores y espacio extra para aparcar nuestro coche. Eso y piezas, maquinaria desechada, materiales que compramos para seguir con las reformas y puede que alguna cosa más.

—Tendré que ir a echarle un vistazo —le dice Issa.

—Tú misma. Como dije antes, también es tu casa.

—Te tomo la palabra.

La piscina es un desastre: agua sucia de lluvia, hojas del brezo que se cierne sobre ella y limo acumulado. Y hay fango sobre el entarimado donde se alza la pérgola con los muebles del jardín. Por suerte, es todo remediable.

Después de fregar y repasar con barniz de secado rápido el entarimado de pino, sacan la plancha de cocina a gas y la reinstalan junto a la pérgola. Elenka se pone a hacer las verduras que consiguen rescatar del huerto y filetes que han traído empaquetados de Llers mientras Mercè mete el robot limpiador BWT bajo el agua, lo activa, y luego vierte en el sistema depurador de la piscina un producto que contiene sal de alta alcalinidad y abre el grifo de la cascada para recuperar el nivel del agua. Por supuesto, había sido idea de Clara construir una piscina de sal en vez de una de cloro químico, más dañino para la piel y menos respetuoso con el medioambiente.

Issa sube la cuesta hasta la granja y, antes de entrar, echa un vistazo desde allí. El paisaje de cimas y valles, los verdes frondosos, el tejado rojizo del caserío rodeado por setos y senderos allá abajo; resulta un lienzo espectacular.

El sonido de una campana hiende el aire a lo lejos. Alerta, desvía la vista y atisba, desde su posición elevada, la cúspide del campanario. Respira hondo. Necesita frenar, aflojar la tensión, bloquear la inercia psíquica que ha moldeado sus decisiones en los meses recientes, pero no puede evitar sentirse incómoda, como si la sensación de inseguridad persistiera a pesar del panorama relajante.

La puerta de la granja tiene una cerradura vieja de metal oxidado. Descorre el pestillo y abre; los goznes chirrían bajo el peso. Dentro encuentra maquinaria agrícola, embalajes, varios bidones de combustible y, aparcado detrás de dos tractores y un cortacésped, descubre algo que le gusta.

Mercè está sentada bajo la sombra de la pérgola emparrada; se bebe una cerveza y observa al robot limpiador moverse por el fondo de la piscina mientras el nivel del agua crece, cuando escucha el sonido automotor acercarse por la cuesta. Issa aparece por detrás del seto montada en un quad de chasis tubular negro y lo detiene con pericia a un palmo de la plataforma de roca que constituye el costado de la piscina. El vehículo es un Honda TRX, de neumáticos anchos, frenos de disco hidráulico y que puede alcanzar setenta y cinco kilómetros por hora en carretera.

—Veo que encontraste el quad de Clara —le dice.

—Es ideal para explorar Sainte-Croix y sus montes circundantes —dice Issa—; cada vez estoy más convencida de que Clara era una maravilla nacional. Cada una de sus decisiones fue un acierto.

—Lo mismo pienso —comenta ella con amargura—. Te habría gustado conocerla. En estos últimos días he estado soñando con ella. La recuerdo sentada ahí, al borde de la piscina, tomando el sol y leyéndome textos poéticos marcados con rotulador de sor Juana Inés de la Cruz; yo estaba tan fascinada con ella que no prestaba demasiada atención a lo que me contaba y ahora todo se me mezcla en la cabeza y no sé hasta qué punto algunos detalles son parte de los sueños. Me contaba algo sobre el amor y el desasosiego y, por alguna razón, se la veía tocada por la tristeza. Ahora creo que presentía, de alguna manera, que algo fatal iba a ocurrirle.

—Tienes que buscar ese libro, el que estaba leyendo ese día. Leer las cosas que subrayó. Entender qué le ocurría.

—Lo haré. Tal vez todavía esté por ahí, tirado sobre algún sofá.

—¿Dónde está Elenka?

—Por ahí atrás —responde Mercè señalando con el pulgar—. Ha colocado la hamaca entre dos manzanos y se ha puesto a tomar el sol. Como ves, todo el mundo se está adaptando.

Issa vuelve la vista al norte. Bajo un fresno frondoso distingue una pieza metálica, el esqueleto de un viejo arado de tracción animal enganchado a una rueda de engranaje que la hiedra ha cubierto en su mayor parte; da la impresión de que lleva ahí cien años y le hace recordar la ilustración en un libro de historia de la escuela primaria, algo relacionado con un símbolo de libertad de esclavos y la guerra cubana de independencia en el siglo XIX.

—¿Tienes pensado explicarme lo de la caja negra que mencionaste cuando estábamos arriba?

Issa, sentada sobre el asiento del quad, suspira y dice:

—Fue un postulado de la psicología conductista, pero luego ha derivado en un modelo de investigación que tiene que ver con la información que entra y la que sale, y lo que significa ser una «caja negra» en ese contexto.

—No he pillado nada. ¿Qué tiene eso que ver con nosotras?

—Olvídalo —responde Issa—. No te calientes la cabeza con mis neuras.

Endereza el manillar, da gas, esquiva el seto y se aleja prado abajo.

39

El sol asoma entre las nubes y acaricia sus párpados cerrados. La despierta.

Los ojos de Elenka, a un palmo de los suyos, la contemplan.

—¿Qué? ¿Me estás velando el sueño?

Elenka se abraza a ella bajo las sábanas.

—Creo que tenías mucho sueño atrasado —dice—. Llevamos tres días aquí y no hay manera de que te levantes de la cama antes de las diez de la mañana.

—Estoy de vacaciones, ¿lo recuerdas?

—Me lo repites cada día...

—¿Dónde está mi desayuno?

Elenka le besa en el ombligo y dice:

—Si con desayuno te refieres a lo que me estoy imaginando, pues...

—No seas tonta —se ríe Mercè—, me refería a un buen café con leche y a un bocata con tortilla de queso artesanal y jamón. Después de eso —le guiña un ojo—, cuenta conmigo para hacer temblar las paredes.

—Pretenciosa —le dice Elenka. Se retrepa en el colchón viscoelástico hasta quedar sentada, con la espalda recostada contra el cabezal de la cama—. El café está recién hecho, pero tendremos que esperar a que Issa vuelva con lo que falta. Se fue hace media hora a ese caserío que vende leche y elabora quesos y cuajadas, y dijo que luego iría a la máquina a buscar el pan.

—Qué suerte contar con ella. ¿Qué haríamos si no se hubiera quedado?

—Adaptarnos. Y me parece que tarde o temprano terminará hartándose de esto y regresará a la vida urbana. —Sentada, la sábana se le ha deslizado hasta la cintura; sus pechos son hermosos, con aureolas rosáceas y protuberantes—. Ayer mismo me estaba comentando que, a pesar de la tranquilidad de Sainte-Croix, prefiere las ciudades.

Mercè se recuesta sobre el pecho pálido y pecoso de Elenka y mira hacia fuera. Bajo el brezo en flor, el agua cristalina de la piscina con forma de pera resplandece por primera vez en varios años y, de vez en cuando, por la manguera auxiliar del robot limpiador brotan pequeños surtidores.

—Si se va, la echaré mucho de menos —murmura Mercè.

—¿Acaso no te basta conmigo?

Las nubes se mueven y ocultan el sol.

El Honda TRX ruge al bajar la cuesta para tomar un atajo hacia la salida de Sainte-Croix. A Issa —que lleva tres días familiarizándose con la zona, mapeando en su cabeza los senderos entre montañas— le complace la ductilidad del vehículo: la vibración, el traqueteo, la estabilidad elegante del quad al tomar las curvas, el accionar de los amortiguadores al acomodarse a los desniveles del terreno, la calidad del frenado integral.

El sendero corre paralelo al Bidasoa, Guipúzcoa en la ribera opuesta del río, y luego se aparta con brusquedad para bordear un cerro que lleva hasta la frontera del poblado, muy cerca de la autopista, donde está la estación de expendedoras. La niebla se niega a retirarse esta mañana, está por todos lados, una gasa densa que se desliza como ectoplasma entre los matorrales, así que pega un frenazo antes de salir al camino de asfalto y detiene el quad.

El sonido de cascos la sorprende con el motor al ralentí, y de pronto los ve aparecer: potros al galope que surgen de la niebla, las crines al viento, cruzan veloces el tramo de pavimento y desaparecen en el siguiente campo. Es un momento majestuoso, hipnótico, de una magia cinemática que roba el aliento; Issa siente que una parte visceral y primitiva en su interior se desprende de ella para marcharse sierra arriba con la manada.

Suelta el freno, acelera y sigue bajando por el camino.

Aparca en la vía detrás de dos cabinas con el rótulo LEDISTRIBPAIN, el logo verde de WhatsApp y la dirección web impresos en la parte superior. Issa ignora la máquina que ofrece *pain au chocolat* y *croissants*, y se acerca a la expendedora de *baguette*. El gorjeo de los pájaros en los árboles escandaliza.

Está considerando el tipo de *baguette* que va a comprar cuando ve reflejada en el cristal del expositor una furgoneta negra que se detiene al otro lado de la carretera. Un tío con el gorro de invierno calado hasta las orejas se baja y se le acerca con sigilo.

En su mano derecha, medio oculta tras la cadera, lleva una pistola.

Ya están aquí.

Sonríe, aliviada. Como si llevara una eternidad esperando este momento.

Mete una moneda y aprieta el botón que libera la *baguette*

para que el otro se confíe, y al ver que el tío levanta el arma para apuntar, da un salto y se parapeta detrás de la cabina. El disparo llega tarde y abre un agujero en el metal esmaltado de rojo de la máquina expendedora. Issa se asoma por el otro costado, con la P99 empuñada y lo sorprende: dos impactos en el pecho lo derriban sobre el asfalto.

La furgoneta negra se pone en marcha, pero Issa, con la pistola enfundada en la cintura del vaquero, ya ha subido al quad y sale de la rotonda donde está emplazada la estación. Conduce hasta la entrada del poblado y, antes de doblar, mira hacia atrás y ve que la furgoneta se ha detenido y otro hombre baja a recoger al tío abatido. No espera más; acelera con la palanca del manillar y empieza a remontar la carretera empinada.

—El día se ha estropeado —protesta Mercè mirando las nubes grises.

—Es demasiado temprano para asegurarlo —replica Elenka. Están tendidas de lado bajo las sábanas; la rusa se ha acomodado detrás de ella, pegada a su espalda. Siente su respiración en el cuello.

—Tengo miedo —dice Mercè.

—¿Miedo a qué?

—No lo sé. De repente se ha nublado el cielo y he sentido miedo. ¿Qué pasa si te aburres de mí y te vas y yo no consigo superarlo?

—En ese caso, podríamos parafrasear *Casablanca* y decir que «siempre nos quedará Barna».

—No te burles. Soy una mujer insegura.

—Espabila —le susurra Elenka—. Recuerda lo que te dije una vez.

—*¿Navsegda?*

—Para siempre, sí. Soy tu última causa justa, querida.

El quad vuela por el camino, pero Issa sabe que la furgoneta está ganándole terreno poco a poco. Tiene que tomar una decisión importante antes de llegar al cruce y encontrar una ruta que se aparte del caserío; no puede atraer ese tipo de problema sobre las chicas ahora, y de todos modos le darán alcance antes de llegar hasta allí.

No le conviene alargar esta huida. El bosque de pinos es muy tupido en esta parte y no le permite apartarse del camino; terminarán atropellándola.

Se desvía en el cruce y toma el sendero inclinado que discurre al borde de un pronunciado declive y bordea el cerro, alejándose del centro de Sainte-Croix en dirección a Hendaya. Issa acelera al máximo sobre el colorido tapiz de hojas secas que cubre el sendero, los pinos pasan veloces a su lado y enfila el tramo recto hacia la niebla que atraviesa el camino más arriba, cien metros por delante, donde ella sabe que hay una curva abrupta.

Mira atrás, la furgoneta también acelera, acortando la distancia.

Se inclina hacia delante, pegada al manillar, como un jockey encorvado en la recta final hacia la meta, se mete en la niebla a toda velocidad y aplica los frenos sin comprobar el camino despejado. A ciegas.

Primero el disco hidráulico trasero.

Inmediatamente después, el delantero.

Alterado el momento lineal, el corto intervalo de frenado hace que el quad derrape hacia la izquierda con chirrido de neumáticos y que al soltar los frenos, aproveche la inercia y gire a la perfección con la curva. Issa detiene el Honda en la parte interior del camino, saca la P99 y apunta justo en el momento en que la furgoneta negra se materializa entre los jirones de niebla.

Aprieta el gatillo. Tres rápidas detonaciones. Impactos en el parabrisas.

La furgoneta no frena, no dobla la curva; sigue recto y se precipita por el declive. Va chocando con los arbustos hasta que el follaje la engulle.

Issa se baja del quad y va hasta el borde del sendero.

La duda la carcome. Tendrá que ir a comprobar.

Cuando llega abajo, se encuentra el vehículo panza arriba, el parabrisas astillado, las ventanillas rotas. Dentro hay dos hombres muertos. El conductor, retenido al asiento por el cinturón, cuelga cabeza abajo. Ha recibido un disparo en el cuello y la caída ha rematado la faena. La sangre le baja por el rostro de ojos abiertos y gotea sobre el limo y las plantas.

En un bolsillo de la cazadora encuentra un móvil. El menú y el teclado están configurados en ruso. Lleva un NIE que lo identifica como Ilya Kurkov.

Es peor de lo que pensaba.

El cielo encapotado le ha robado el color a los prados. Elenka y Mercè están acurrucadas, con las manos entrelazadas, mirando hacia fuera a través del cristal de la puerta corredera cuando los escuchan entrar por la puerta de la habitación.

Elenka suelta un gemido de sorpresa y Mercè da un chillido al verlos.

Kurkov y Maxim están parados en el umbral.

Maxim va armado con una pistola.

A Elenka, que siempre ha mostrado entereza, se le crispa el rostro y se echa a llorar. Mercè la envuelve en un abrazo, pensando que el miedo es la causa de su llanto, hasta que se da cuenta de lo que significa que Kurkov haya dado con ellas en tan poco tiempo y entiende al fin a qué se refería Issa al decir que Sainte-Croix no es una caja negra.

Elenka ha faltado a su promesa. Ha mantenido contacto con el exterior.

Y Lyosha debe de estar muerto.

Algo eclipsa el resplandor más allá del cristal. Otro hombre, que ha venido por esa entrada para cortarles la retirada, abre la puerta corredera y entra en la estancia. Hace una mueca al contemplarlas y la expresión resultante es lo más espantoso que Mercè ha visto en su vida.

40

Ataja entre los cerros para llegar al caserío. Tarda quince minutos.

Deja el quad en el bosque de pinos que está al oeste del prado y hace el trayecto trotando hasta la granja que hay en lo más alto del terreno, donde tiene aparcado el SUV. Nada le impediría irse tranquilamente y olvidarse de las chicas, excepto el peso en la conciencia, pero es otra cosa lo que tiene en mente.

En el maletero del coche, envuelto en una funda de tela impermeable, tiene el arma idónea para enfrentar esta situación: el fusil semiautomático Dragunov SVD. Lo saca, le coloca la culata plegable y mete el cargador con diez cartuchos calibre 7.62 mm. Luego le ajusta la mira telescópica estándar PSO-1 de 4x24, confeccionada con mimo en la fábrica de instrumentos ópticos de Novosibirsk.

A Issa le complace disponer del Dragunov; no es que sea un fusil demasiado preciso para las distancias mayores de seiscientos metros —como sí lo son el DAN .338 israelí, el Barret norteamericano o el M110 británico—, pero es lo bastante fiable para los escasos doscientos cincuenta metros que la separan del caserío. Además, este fusil está equipado con un freno de boca de tres tabiques, lo cual reduce el retroceso un cuarenta por ciento, muy pertinente ahora mismo para ella.

Amparada por los hierbajos que hay frente a la puerta de la granja y con la ventaja táctica que le da estar en terreno elevado, se tiende en la tierra y centra el caserío en la retícula de la mira. Explora. La ventana abierta de su habitación, en la planta alta, no muestra nada, excepto su ropa doblada sobre la cama perfectamente tendida. En la planta baja, a través del cristal de las puertas correderas, nada sospechoso llama la atención. Las chicas no están en la cama, pero quizá se encuentren en la cocina o en el salón y desde allí Issa no tiene ángulo para verificarlo.

Podría tratarse de una falsa alarma y la furgo de Ilya y su compañero ser una avanzadilla. O el interior del caserío podría estar a tope de enemigos. No lo sabe, y no piensa arriesgarse a bajar. Tiene que cambiar de posición. Moverse a través del bosque de pinos al final del prado elevado hasta alcanzar un punto de observación que le permita cubrir la parte delantera del caserío.

Podría ir trotando, pero, para ahorrar tiempo y aliento, vuelve corriendo al quad y hace el trayecto amparada por la profusión del pinar. Aparca, desmonta y se asoma desde la linde del bosque.

Sorpresa. Abajo, a casi trescientos metros de distancia, está estacionado el lujoso Rolls-Royce Cullinan de Kurkov. Ella no lo ha visto antes, pero Mercè se lo ha descrito. Las cuentas le van saliendo: en la furgoneta negra desbarrancada hay espacio para siete hombres, y en el Rolls-Royce deben de haber venido Kurkov atrás y los dos gorilas delante, turnándose para conducir. En total podrían tratarse de entre siete y diez hombres de la Troika.

Dos de ellos han caído ya, por lo que quedan ocho. O quizá cinco.

Espera. El cielo se ha tornado gris, el aire huele a humedad. A lo lejos, sobre el golfo de Vizcaya, destellos de azogue perfilan las nubes. Observa con atención: nada en la cocina, nada en la habitación de la planta superior. Si están en el salón, no hay mucho que pueda hacer sin acercarse.

Sigue esperando. El viento sopla desde el mar, pero es apenas una brisa, nada que pueda alterar la trayectoria de trescientos metros de una bala con el núcleo de acero templado que viaja a más de tres mil kilómetros por hora.

La paciencia es un atributo que trae recompensa.

La puerta delantera del caserío se abre y un tío calvo de espaldas anchas vestido con cazadora de piel sale con andar confiado y se dirige al maletero del coche. Su sola presencia es una confirmación de la gravedad de la situación. Va a buscar herramientas para obligar a las chicas a confesar dónde está escondido el dinero, o tal vez para hacer espacio y meter los cuerpos en el maletero. No es necesario esperar más. Es el momento que ha estado esperando.

Quita el seguro en el selector de disparo y lo coloca en semiautomático.

El calvo abre el maletero y su espalda robusta ocupa el centro de la retícula en la mira del Dragunov. Issa retiene el aire en los pulmones un instante. Lo suelta y aprieta el gatillo. La detonación es ensordecedora, crea ecos en las colinas y el cuerpo del hombre se sacude y luego se derrumba con la mitad superior dentro del maletero. Probablemente, la bala ha entrado en la columna vertebral y lo ha atravesado antes de que él llegue a escuchar el disparo.

Reacomoda el rifle y, mientras fija la retícula en la puerta del caserío, escucha el sonido del siguiente cartucho al entrar en la recámara del arma. Tres segundos, cuatro segundos... Crisis, oportunidad, recompensa. Dispara otra vez al ver a un segundo tío con cazadora de cuero salir a la puerta a comprobar qué sucede; la cabeza le estalla como una sandía y sus sesos se estampan en la madera pintada de *rouge basque*.

Issa cambia el ángulo y hace dos rápidos disparos a las ruedas del costado del coche. Los cauchos vuelan en pedazos y el pesado Rolls-Royce se inclina vencido sobre las llantas. Ahora se han quedado varados allí.

Retrocede con cautela hacia el cobijo de los pinos y corre hacia el este para encontrar una nueva posición desde la cual disparar, aunque supone que nadie volverá a arriesgarse a salir. Imagina el desasosiego en el interior del caserío.

Pasan un par de minutos. En el bolsillo trasero de los vaqueros de Issa el teléfono del fallecido Ilya empieza a vibrar. Ella, cómoda en su nueva posición, comprueba la pantalla: un tal «K». Desliza el pulgar y atiende la llamada.

—¡Zopenco! —dice una voz en ruso—, ¿dónde diablos estás metido?

—Me temo que Ilya no está ahora en condiciones de dar explicaciones —le responde Issa en el mismo idioma—, pero, en cambio, puedes hablar conmigo.

—¿Quién coño eres? —dice la voz. Su tono es firme, imperativo, una voz acostumbrada a que la teman, a hacerse obedecer.

—Soy la fuente de todos tus desvelos.

—Ya veo. Pero pronto serás una fuente seca, porque todos tus pasos están encaminados al suicidio. ¿Qué le has hecho a Ilya?

—Nada drástico —miente ella—. Está aquí cerca, amordazado y amarrado a un árbol mientras escucha nuestra conversación. Me pregunto si es una prueba de mala paternidad el que obligues a tu hijo a participar en los asuntos turbios de la Troika.

—Es el hijo de mi hermano —le aclara la voz—, y siempre ha sido un inútil.

—Qué se le va a hacer, con la familia uno tiende a ser más indulgente.

—Ni se te ocurra tocarle un pelo. No agraves tu delicada situación.

—Ya lo he despeinado un poco, pero te prometo que no lo volveré a tocar.

—Quiero verlo. Necesito que me des una prueba de vida.

—Creo que has visto demasiadas películas de rehenes —dice ella—. Eso no va a pasar.

—Necesito ver a mi sobrino —insiste la voz—, saber que sigue vivo.

—Y yo necesito verte a ti. ¿Por qué no te asomas a la ventana y me das una prueba de buena fe?

—Por supuesto que no —dice él.

—Pues eso. Tendremos que confiar el uno en el otro.

Issa mantiene el caserío en la mira y observa las ventanas.

—Dime lo que quieres.

—Menos mal, pensé que nunca lo preguntarías —dice ella—. Quiero hacer un canje. Tu sobrino y la localización del dinero a cambio de las chicas. De más está decir que las quiero vivas. Y, si quieres, te puedes quedar con el gato. Es un animalito de lo más cariñoso y algo me dice que andas falto de afecto en los últimos tiempos.

—Estás abusando de mi paciencia con tu charla insulsa —replica Kurkov, aunque lo dice calmado—. Me llama la atención que no pienses en las consecuencias de tus actos. ¿Cómo crees que va a terminar esto para ti?

—No lo sé, ¿cuál sería tu versión?

—Voy a aplastarte —sentencia él—. Si no es hoy, será mañana...

—Eso me preocuparía si supieras cómo encontrarme, pero no es el caso. Mientras tanto, puedo seguir derribando a los tuyos de manera indefinida. Tú dirás.

—Tú eres una. Nosotros somos un ejército.

—No veo que tengas ningún ejército contigo. He dado de

baja a dos de tus gorilas y tu preciado coche está inutilizado. ¿Cuántos refuerzos te quedan?

—Estúpida —dice él con desdén—. Con una llamada telefónica tendré un montón de hombres aquí al anochecer.

—No llegarás vivo al anochecer —le dice ella divertida—. Y creo que ni loco llamarías a Efremov para pedirle ayuda en este asunto. No pareces el tipo de líder que se arriesgue a dar muestras de debilidad ante sus superiores.

El silencio al otro lado de la línea indica que ha tocado nervio.

—Puedo darte a la española —accede Kurkov.

—Las quiero a las dos —le dice Issa—. Ambas son personas de interés para mí. ¿O prefieres que te dé el dinero a cambio de Mercè y que le vuele la cabeza de un tiro a tu sobrino porque no quieres entregarme a Elenka?

—Si haces eso, estará muerta, me entregues el dinero o no.

—Dejemos las amenazas retóricas para otro momento y concentrémonos en lo que podemos hacer de verdad, que es realizar el intercambio. Quiero que me entregues a Mercè y a Elenka en perfecto estado de salud, ¿entendido? Libéralas y que vayan caminando en dirección al centro del poblado. Cuando compruebe que se han alejado lo suficiente, te diré dónde he escondido el dinero.

—¿Por qué te empeñas en las dos?

—Ya te lo expliqué. Personas de interés…

—¡Elenka es mía! —gruñe él, perdiendo la compostura.

—No seas pueril, Kurkov. Claro que no es tuya. No te aferres a ella, déjala ir, recuerda que la Bella siempre es la perdición de la Bestia.

—No entiendo tu compromiso con Elenka —dice él—. ¿Sabes que os estaba traicionando con su amante? ¿Que ella y Lyosha, ese maldito traidor, planeaban robaros todo el dinero cualquier día de estos y largarse juntos después?

—Tengo entendido que eran hermanos, no amantes.

—La típica mentira de una manipuladora nata como Elenka. Lyosha era un huérfano moscovita que recogí de la calle en los años noventa, lo hice persona y mira cómo me lo ha terminado pagando el maldito desagradecido. Él y esa perra de Elenka se conocieron aquí en Barcelona, en el Mashenkas, y desde entonces han estado tramando robarnos una gran suma y escapar juntos. Os usaron a las dos desde el principio y os iban a dejar peladas sin miramientos. Han estado en contacto todo este tiempo, pero Lyosha se confió y lo pillamos; lo confesó todo anoche, antes de que yo mismo le rajara la garganta por desleal y ladrón. ¿O cómo crees que dimos con vuestro paradero?

Eso explica muchas cosas: los cambios de humor de Elenka, la reticencia a entregar el smartwatch, su disconformidad cuando abandonaron Llers. Issa lo ha sospechado desde el momento en que Oleg reaccionó incómodo a la broma idiomática de «Vasily», pero igual le duele escucharlo. Le duele, sobre todo, por Mercè. Sigue observando el caserío a través de la mira, pero su nivel de concentración periférico está tocado. Sacude la cabeza y se repone.

—Es igual —dice—. Ya te dije que las quiero a las dos. Y vivas. Hagamos el canje. Ya arreglaré cuentas con Elenka a mi manera.

—Tu lealtad hacia ella es inútil —señala Kurkov—. ¿Por qué lo haces?

—Porque en el fondo, soy una sentimental.

Y entonces ocurre algo verdaderamente inesperado.

Por el final del seto advierte un movimiento fugaz. Suelta el móvil, desplaza el fusil y, cuando la mira enfoca, distingue la figura de un hombre que corre veloz hacia la linde del bosque, que en ese tramo de la cuesta está bastante cerca de la piscina. Cuando lo reconoce, a pesar de que va cojeando, se queda estupefacta y el desconcierto le dura un par de segundos que después lamentará, pero enseguida acomoda el fusil, coloca el selector de disparo en modo ráfaga y suelta una andanada en dirección al punto entre los pinos por donde el hombre acaba de escabullirse.

—¿Qué fue eso? —pregunta la voz de Kurkov en el móvil sobre la hierba.

—Nada —responde ella—. Me he puesto nerviosa de repente.

—Espero que no le hayas disparado a mi sobrino —dice él amenazante.

—Hablaremos pronto —le dice Issa, y corta la comunicación.

Se sienta, con el Dragunov cruzado sobre las piernas. Respira hondo.

Porque acaba de ver a un fantasma.

Acaba de ver a un coloso que persiste en sobrevivir.

Ha visto a Oleg Medved salir del caserío y entrar corriendo en la espesura. Y su ráfaga le ha fallado, probablemente. Ahora viene avanzando a través del bosque, con un hacha en la mano, decidido a darle caza. Y ella no tiene ninguna intención de evadir el encuentro, no piensa esquivarlo y dejar que un enemigo tan formidable pueda sorprenderla por detrás mientras ella lidia con Kurkov. No puede arriesgarse.

De repente le viene a la cabeza el sueño que estaba teniendo al despertar en la habitación de Elenka, en el hotel HDL, casi tres meses atrás: un oso pardo que corría hacia ella y se erguía sobre dos patas cuando ella le sonreía desafiante.

Se sube al Honda TRX y espera.

41

Elenka y Mercè sufren el rigor de la ley de las consecuencias imprevistas. Porque el dolor, aunque vislumbrado en obras de ficción, o incluso presenciado en la realidad, alcanza una dimensión diferente, del todo imprevista, cuando se aplica a tu persona. Y los hombres que han irrumpido en el caserío vienen dispuestos a provocar dolor para obtener respuestas y castigar afrentas.

Primero es el turno de Mercè; Maxim la abofetea repetida y salvajemente en el rostro —aunque un torturador experimentado como Oleg opinaría que eso no es emplearse a fondo— y Kurkov espera un minuto eterno hasta que ella, mareada por el dolor y la humillación, recupere el aliento.

—La primera vez que nos vimos —le dice él, parado en el centro del salón del caserío y señalándola grosero con un dedo enjoyado—, te dejé bien claro que te alejaras de Elenka. ¿Qué crees que va a pasar ahora?

Ella contiene las lágrimas y se niega a responder. Por alguna razón, los golpes, en vez de debilitar su voluntad, han fortalecido algo en su interior. En el salón están ellas dos, aún desnudas, y los tres hombres, Kurkov, Maxim y Oleg, ese gigante energúmeno al que creían muerto y que ahora se ha colocado detrás de la maniatada Elenka, a la que obliga a permanecer de rodillas.

—¿No dices nada?

Silencio. Hablar es condenarse.

Maxim vuelve a abofetearla, tan fuerte que siente que las vigas barnizadas del techo empiezan a dar vueltas. Elenka chilla algo en ruso, con creciente furia y desprecio. Kurkov le ruge, se ofenden mutuamente. Luego, el hombre se inclina hacia Mercè y le pregunta:

—Entonces ¿nadie sabe dónde está el dinero que habéis robado?

Más silencio por parte de ella. Elenka niega con la cabeza y le responde con pesar algo en ruso que incluye el nombre de «Issa».

Kurkov se encara con Mercè. Le levanta la barbilla para mirarla a los ojos con desdén.

—Muy bien —dice, exhibiendo una sonrisa feroz—. Querías salvarla de mí, pero lo que has conseguido es matarla.

Le hace un gesto a Oleg, que cubre la cabeza de Elenka con una bolsa de plástico y tira del cierre de cordón en torno a su cuello.

—¡No, no! —grita Mercè.

Elenka se resiste, pero Oleg la retiene contra el suelo y mantiene cerrada la bolsa. El plástico negro se adhiere al rostro de la chica al crearse el vacío en su intento por respirar, amoldándose a su fisonomía, la nariz recta, los labios, los arcos superciliares. Elenka empieza a debatirse desesperada, asfixiándose, y en el plástico se forma la concavidad de su boca. Mercè aparta la vista.

Kurkov alza la mano y Oleg afloja el cierre de la bolsa para que la chica se recupere un poco.

—Dmitri —llama, alzando la voz.

Uno de los tres hombres que hay en el comedor junto a la

salida se asoma al salón y recibe una orden de Kurkov, asiente y se dirige a la puerta delantera del caserío.

—¿Ya recuperaste la memoria? —le pregunta Kurkov a Mercè.

Ella contempla a Elenka, maniatada, reducida en el suelo, su rostro cubierto por el plástico negro, y la embarga una absoluta sensación de derrota.

Se escucha una detonación en la lejanía. Un pop sordo acompañado de ecos.

Kurkov levanta la cabeza al oírla. Él y Oleg se miran.

Mercè, adolorida, consigue sonreír a pesar de la inflamación en sus mejillas. Piensa que, conociendo a Issa, a partir de ahora serán ellos los que empezarán a sufrir el rigor de la ley de las consecuencias imprevistas.

Oleg tarda más de lo esperado en recorrer el medio kilómetro de bosque que los separa. Puede que esté en baja forma o que le cueste manejar su físico descomunal en las distancias largas, o que quizá —y eso sería tener mucha suerte, reconoce Issa— alguna de las balas de la ráfaga lo haya alcanzado.

Pero al final aparece. Listo para jugar la última partida.

Cubre el último tramo caminando, sin prisa, ahora que sabe que no puede contar con el factor sorpresa para liquidarla al venir por detrás. De hecho, en cuanto ambos se avistan, se detiene. Oleg puede parecer un cavernícola, pero no tiene un pelo de tonto; se ha estado acercando a ella al amparo de una hilera tupida de pinos de tronco grueso para evitar convertirse en blanco fácil para un disparo de fusil. Sabe que el hacha corta que lleva en la mano, aunque letal, está en franca desventaja ante el Dragunov, y eso no hace más que incrementar su prudencia.

Tal vez se arrepiente de no haber traído consigo un arma de fuego.

—Venga, venga —lo jalea ella—, que no tenemos todo el día para esto.

Oleg avanza, su silueta imponente siempre al amparo de los pinos. Ambos son conscientes de que, si se acerca a una distancia de diez metros, con árboles de por medio, el fusil no tendrá muchas posibilidades de ser efectivo.

Cuando Oleg está a menos de treinta metros de ella, Issa levanta el arma y le suelta una ráfaga de tres balas, casi como una advertencia. El coloso tensa los hombros y se oculta. Los disparos silban entre los pinos.

—¡No estás jugando limpio! —grita Oleg en tono burlón.

—Tú nunca has respetado las reglas —le responde Issa, que sigue sentada en el quad, el fusil empuñado en la mano izquierda, con el guardamano refrigerado apoyado en el manillar, y la derecha aferrada al acelerador del vehículo.

—Creo que te has quedado sin balas —dice Oleg—. Antes disparaste cuatro veces, y luego malgastaste otras tres al verme correr hacia el bosque. Con esta ronda, ya van diez. Ese cargador ya no da más.

—Podría ser —dice Issa—. ¿Por qué no vienes a averiguarlo?

Oleg, todavía parapetado, le contesta:

—Porque también es posible que seas tan tramposa que hayas reemplazado el cargador mientras yo venía a tu encuentro.

—Uno juega con las cartas que le tocan —dice ella.

El Oso se mueve por detrás de los árboles y avanza diez metros en dos zancadas para volver a escudarse tras un árbol grueso. Issa aprieta el acelerador y cruza entre dos pinos con el quad, buscando un mejor ángulo de tiro, y Oleg va rodeando el tronco para mantenerse fuera de su alcance.

—Podemos hacer esto hasta que se haga de noche o se te acabe la gasolina —le comenta él, muy feliz con su maniobra.

Ella no dice nada. Da un poco de gas con la marcha atrás y espera.

Oleg asoma la cabeza y parte del cuerpo. Issa puede verlo a la perfección, apreciar los estragos en el rostro; la mayor parte de sus labios ha desaparecido, y hay quemaduras y cicatrices radiales en torno al agujero de la boca. Entonces, sus dudas se despejan: Elenka, en su prisa por intervenir para salvarlas en aquel almacén, echó mano de una escopeta ignorando que cargaba munición no letal, probablemente cartuchos de bolas de goma endurecida Trip-Dent o postas de polímero; suficiente para detener en seco al coloso, pero no para matarlo. Ahora entiende por qué cojea al correr; el impacto de los proyectiles debe de haberle producido una lesión cerebral que ha comprometido su equilibrio.

—Tu careto empeora cada vez más.

—Las heridas cuentan mi historia —replica él—. ¿Sabes lo que haré en cuanto te quite ese juguete que llevas en la mano?

—No he pensado en ello, la verdad. Tal vez me falte imaginación.

—Voy a romperte esos bracitos, y luego esas piernas, y después voy a tener una fiesta muy lujuriosa con el resto de ti. ¿Te haces una idea?

—No, pero se nota que eres un hombre de preliminares.

Él amplía la mueca. El oro reluce en el interior del agujero. Ella se pregunta hasta qué punto ese oro ha sido responsable de detener el disparo de Elenka.

—Acabemos con esto de una vez —le espeta Oleg con impaciencia.

Issa decide que tampoco conviene dilatarlo más. Acelera en punto muerto, escandalizando con el aumento sostenido de revoluciones, luego se encorva y mete la marcha atrás y el quad da una sacudida y retrocede. Oleg, pensando que ella intenta escapársele, arremete por detrás de los pinos; va lanzado, kamikaze y ya no puede frenar, un poco escorado por el problema del equilibrio, y al ver que Issa frena, cambia de marcha y acelera hacia delante, le lanza el hacha y continúa su embestida.

El hacha viene girando en el aire, pesada y filosa, y ella no puede hacer otra cosa que mantener el rumbo firme y escudarse interponiendo el Dragunov a la vez que hace un movimiento de giro con el brazo para amortiguar el golpe; el hacha le arranca el fusil de la mano y se desvía hasta encajarse en un tronco, pero Issa aprovecha que él está tomando impulso para saltar sobre ella con intención de desmontarla para acelerar a máxima velocidad y adelantar la colisión.

El choque se produce en el momento en que Oleg inicia el salto. Ella se lanza a un costado y escucha el crujido de las rodillas del Oso al colisionar con los doscientos cincuenta kilos del quad, la voltereta que da en el aire, su alarido de dolor, el vehículo volcando de costado, el olor a gasolina y aceite de motor.

Ha rodado sobre sí misma y ya está de pie, sacando las dos Walther P99 que lleva sujetas al cinturón de los vaqueros.

El Oso, derribado sobre la hierba del prado, parece empequeñecido, un coloso consumido, roto para siempre. Resollando, intenta incorporarse sobre un codo, con la sangre del cráneo cayéndole sobre los ojos, ambas piernas dobladas en ángulos inusuales, y abre la boca para decir algo.

Issa se adelanta y le mete siete balazos en el rostro deforme.

42

Da un rodeo por fuera del perímetro de los terrenos de la propiedad y se acerca al caserío desde el oeste, a través de un sendero entre malezas que pasa junto al huerto, donde la fachada carece de ventanas y le proporciona un punto ciego perfecto. Se escucha tronar a lo lejos y el aire se carga de ozono.

Trepa por el tronco del fresno y luego hace equilibrios sobre una rama para llegar al tejado, subirse a un alfeizar y entrar por la ventana que da a una de las habitaciones de la planta alta que no ha sido sometida a una renovación y aún mantiene el suelo centenario original de losas de barro cocido. El resto de la planta alta es inviable para mantener su presencia en modo furtivo, porque los suelos están recubiertos por un parquet que inevitablemente crujirá con cada paso que dé y la delatará.

Utiliza otra ventana de la habitación, una del lado norte, para volver a salir a los tejados y moverse con extremo sigilo hasta llegar al ala del caserío más alejada del salón y la cocina comedor donde, supone ella, estarán concentrados los intrusos. Junto al área de la piscina y la pérgola emparrada del jardín hay un cobertizo anexo con una claraboya en el techo inclinado. Issa se acerca al cristal y observa el interior. No hay nadie a la vista. Mete los dedos en la juntura de la carpintería antigua y endeble y levanta la tapa de la claraboya. Luego se agarra de los marcos y se descuelga dentro del cobertizo. Recupera el aliento y empuña una de las pistolas. Han utilizado el sitio para almacenar aperos de labranza y muebles en desuso. El portón por donde Oleg había salido corriendo para acceder al bosque está cerrado y atrancado, pero desde allí tiene vía libre para pasar a las estancias de la planta baja.

Cautela. Pasillo, un habitáculo dedicado a lavar ropa, un baño con inodoro y bañera antigua, una habitación estrecha y larga que sirve de alacena. Llega a un recodo que gira noventa grados a la izquierda y se detiene. Escucha las voces que vienen del extremo opuesto del pasillo hablando en ruso; Kurkov está furioso, maldice mientras profiere amenazas. Maxim le replica con temor. Las voces proceden del salón y, para llegar hasta allí, Issa tendrá que pasar primero por la cocina. Se asoma al pasillo y distingue a otro hombre, bajo y fornido, vestido con chinos y un polo, el cabello gris cortado al estilo militar, que está vigilando la entrada delantera, atento a lo que pueda ocurrir en el camino y espiando las laderas de las colinas más cercanas.

El estampido de la Walther es atronador. El balazo entra por la nuca del hombre, sale por la frente y deja un agujero en el cristal del postigo. El impacto lo empuja hacia un lado y resbala pared abajo dejando una franja de sangre en el ladrillo visto. A Issa le retumban los oídos.

El silencio reina mientras ella avanza despacio por el pasillo. Sigue apuntando el arma hacia la entrada del salón y, sabiendo que no queda nadie en su retaguardia, llega al pie de la escalera de roble que conduce a la planta alta y espera. Kurkov conmina a Maxim a comprobar el peligro; este obedece y se asoma cauteloso, escudándose en Elenka, a la que retiene rodeándola con un brazo por el cuello. Ella tiene el rostro enrojecido, el cabello revuelto, pero su belleza parece realzada por una expresión de altivez y resentimiento y en sus ojos no hay miedo. La muerte de Lyosha ha volatilizado sus sueños y ahora solo le queda la furia.

—¡Detente! —grita Maxim en ruso. El cañón negro de una Colt 1911 aparece presionado contra la sien de la chica—. Si das un paso más, le vuelo la cabeza.

Issa, a diez metros escasos de distancia, sin dejar de apuntarle, mete la otra mano en la cintura del vaquero y empuña la segunda Walther.

—Venga, Maxim, no me hagas reír —le contesta ella—, he oído suficientes historias sobre tu falta de valor como para saber que no te atreverías a ejecutar a la chica predilecta de Kurkov. Y, por otro lado, ¿cómo piensas arreglártelas para esquivar mis balas cuando Elenka deje de servirte de protección?

—Le volaré la puta cabeza, te lo juro —gruñe el hombre, y desvía la vista hacia la puerta de salida del caserío.

—Por si te quedan dudas —dice ella—, el Oso ya no va a venir a rescataros.

Avanza un par de pasos y no ocurre nada. Maxim no dispara.

—No la escuches. Si se acerca, dispárale —grita la voz de Nikolái Kurkov a la derecha del salón, pero se mantiene fuera de la vista.

Issa y Elenka intercambian miradas. Issa advierte la resolución en sus ojos.

Maxim aprieta los labios, las dudas están ahogándolo.

—Vamos —le dice Issa—. El verdadero problema aquí lo tiene tu jefe. Tú no tienes nada que temer, todavía no has hecho nada que sea irreparable. Si sueltas el arma y dejas ir a Elenka, podrás salir por la puerta y no volveremos a vernos nunca más. Kurkov es el que no saldrá vivo de aquí, así que podrás contarle a Efremov la versión de la verdad que te venga bien.

—Está jugando contigo —dice Kurkov—. No dejes que se acerque...

—Con suerte —añade Issa sin bajar las pistolas—, te pondrán al frente del cotarro en Barcelona. —Da un salto atrás, anticipándose a lo que Kurkov va a hacer guiado por el sonido de su voz.

A tiempo. Se escuchan tres disparos seguidos y las balas perforan el tabique de la puerta detrás de la que estaba Issa un momento antes. Ella sonríe.

Elenka reacciona, da un cabezazo hacia atrás que le da de lleno a Maxim en la boca y se inclina hacia delante. La Walther de la mano izquierda ladra, Maxim recibe dos balazos a la altura de la garganta y cae hacia atrás.

Issa no espera más y va hacia la puerta del salón. En una esquina, a menos de diez metros, Kurkov tiene a Mercè delante, agarrada por el cabello con una mano mientras le presiona una pistola contra un costado del cuello.

Issa lo tiene encañonado con las dos armas. Está segura de poder acertarle cuando llegue el momento crítico, en cuanto desplace su posición.

—¿No te parece que todo se repite?

—Hija de puta —escupe él perforándola con la mirada—. No vas a salirte con la tuya.

—¿Quién me lo va a impedir?, ¿tú?

—Los refuerzos están llegando.

—Sí, claro. Eso no te lo crees ni tú mismo.

—¿Dónde coño está mi sobrino?

—Con el resto de la peña: bebiendo vodka y cantando viejas baladas mujik en algún paraíso espiritual. Supongo que querrás ir a reunirte con ellos, ¿no?

A Kurkov le brillan los ojos. Está arrinconado contra la

pared, con Mercè interpuesta entre él y la muerte, flanqueado por una barra de bar y un frigorífico donde se guardan los aperitivos, los vinos rosados y las latas de refresco. Issa lo observa, vigilando sus movimientos y su expresión furibunda. Acostumbrado como está a dar órdenes e imponerse, debe de estar costándole horrores mantener el temple.

Sobre la barra, a su lado, hay una botella abierta de Coronado y tres vasos a medio llenar de licor. Issa le apunta con el mentón y dice:

—Venga, Nikolái. Pórtate como un hombre de honor. Dale un buen trago a esa botella y luego haz lo correcto. Deja ir a esa pobre chica y dile adiós a toda esta mierda.

Elenka se pone en pie y se coloca a su lado. Issa ve que ha recogido la automática del .45 de Maxim y la alza para encañonar a Kurkov.

—Piensa en tus antepasados —insiste Issa—. Van a estar orgullosos de ti.

A Kurkov le late una vena en la sien. Le tiembla la mandíbula.

—Menudo Kolya —reprocha Elenka, despectiva—. Nunca supiste estar a la altura de tu nombre.

Kurkov desorbita los ojos. Mueve la pistola hacia ella y le grita:

—¡Perra traidora!

Momento crítico. Desplazamiento.

Cuatro disparos al unísono.

Kurkov recibe en el rostro los disparos de Issa y se estampa de espaldas contra el frigorífico para luego derrumbarse. El disparo del .45 de Elenka le ha alcanzado en el vientre, pero es un daño redundante, porque ya está muerto.

Mercè se recupera del shock. Hace una mueca desesperada y suelta un grito con la vista fija en Elenka. Issa se vuelve, ve la sangre extenderse por el pecho de la chica rusa y la agarra antes de que se desplome. Mercè se le une y la acuna en sus brazos, la besa en los labios y en la frente y le dice llorando *«amor meu, amor meu»* sin parar, como si pudiera salvarla con palabras mágicas.

Se acomoda con ella en un pequeño diván rústico junto a la pared de pizarra. Elenka tiene los labios hermosos manchados de sangre. Tose y trata de decir algo, pero no encuentra la voz, las hebras que la conectan al mundo ceden a la tensión y comienzan a romperse. La sangre va esparciéndose por su vestido y mancha las manos de Mercè, que está murmurándole cosas tiernas al oído.

Elenka le regala una sonrisa.

Luego se desmadeja.

Epílogo

No para de llover y tronar durante el resto de la tarde.

A ellas les viene bien. Acomodan los cadáveres de los seis intrusos dentro del Rolls-Royce y luego Issa lo conduce —inclinado, porque la parte derecha del coche va rodando sobre las llantas directamente— hasta alcanzar lo más alto de la cuesta; lo adentra en la arboleda y lo detiene al borde de un pequeño barranco que pertenece a la propiedad. Deja el motor encendido y la marcha lista, pero con el freno de mano echado. Cuando está fuera del vehículo, se inclina, retira el freno de mano y el Cullinan arranca y cae por el barranco hasta desaparecer en el tupido matorral del fondo. Un ataúd de lujo, improvisado, tan bueno como otro cualquiera. Quizá más de lo que se merecen, piensa Issa.

Entierran a Elenka bajo la lluvia, al pie del fresno, en un agujero que cavan en la tierra reblandecida con ayuda de unas palas que han traído de la granja. Mercè ha envuelto el cuerpo de la chica en una mortaja hecha con la funda de gasa de un edredón, un tejido tan fino que, al empaparse de lluvia, se transparenta sobre el rostro y da la impresión de que Elenka está dormida.

—¿Quieres decir algo? —le pregunta Issa.

—No —responde ella—. Lo importante ya se dijo en vida.

No llora, pero experimenta una terrible sensación de ruptura inevitable, la coraza naif que la protege se ha rajado, a la vez que algo oscuro y convulso arraiga en su pecho con cada paletada de tierra que Issa va tirando en la tumba.

La temperatura pega un bajón repentino, la lluvia se solidifica y empieza a caer un granizo que restalla contra el follaje del fresno, como si los elementos, confabulados, hicieran una contribución al sepelio de la reina de hielo.

Están empapadas, pero el árbol es un paraguas contra el granizo.

—Te quería —comenta Issa. Parece quitarse un peso de encima al decirlo.

—Lo sé —asiente ella—. A su manera. Ahora ya no sirve de mucho.

—Al final se sacrificó por ti.

—¿Estás tratando de hacerme sentir culpable por eso?

—No, por supuesto que no. Pero deberías ser consciente de su integridad. Sé que no entendiste ni una palabra de las que dijimos, pero cuando Elenka vio que Kurkov estaba a punto de segar tu vida de un disparo, desvió su atención y provocó su ira al reprocharle la deshonra de su nombre.

—¿Su nombre?

—Sí. Kolya, Nikolai, que viene del griego y significa «protector», o «aquel que conduce a su pueblo a la victoria», algo que Kurkov nunca fue. Quizá no lo entiendas, pero, en ciertas culturas, deshonrar el nombre que te dio tu padre al nacer es un agravio espiritual de peso. De ahí que...

No dice nada más.

Mercè no responde. Piensa en los sacrificios supremos y en la combustión permanente del fuego sagrado, en chispas que saltan y encienden otras almas. Un movimiento atrae su atención y divisa una manada de potros que corre por la cuesta del prado bajo la granizada. Arriba se escucha un fragor creciente, como si alguien estuviera demoliendo los cielos tras las nubes.

Le tiende la mano a Issa.

Y espera.

Agradecimientos

A mis lectores beta de lujo Alejandro Otero, Ariel Cruz y el especialista del género negro Jordi Canal, por las extensas charlas, las críticas narrativas (también las risas) y las acertadísimas sugerencias bibliográficas.

En la agencia Silvia Bastos, a la maravillosa Silvia; a mi agente Pau Centellas, con el cual tengo una enorme deuda de gratitud por su capacidad para orientarme y encontrar un excelente nicho editorial para mi obra, y a la siempre diligente Gabriela Guilera.

En Penguin Random House, al editor y talentoso novelista Toni Hill, por confiar en la obra y aportar siempre consejos valiosos; a los correctores Mari Carmen Boy y Jordi Rodríguez, por salvarme de mis vicios de estilo, y a la atenta y encantadora editora técnica Anna Adell, cuya contribución aseguró que este libro sea mucho mejor que el manuscrito original.

A Félix Nuñez, director del Club de Lectura de novela negra del Ateneu Santcugatenc y a sus entusiastas integrantes (sé que no repetís autor, pero las reglas están para romperlas; a ver si nos ponemos las pilas).

A Mari Carmen Sinti, conductora del programa «Lletres i música» de Radio Sant Cugat, a Mercedes Hermoso y Charo

González (incombustibles «ángeles de Charlie» del *noir*), por las entrevistas, el apoyo y la visibilidad.

A Imma Folch y Clara Isamat, por el regalo de Llers, la amistad y los vinos artesanos.

A Ramón Estévez y a Barbarito (de la Biblioteca Cubana de Barbarito), que año tras año me retan a salir del dique seco y adentrarme en las procelosas aguas literarias. Hermanos, más que un lema de resistencia colectiva, «Patria y Vida» amerita una novela.

A Pia Biundo, cuya excelencia idiomática obra milagros. Que tu estupenda *Alle Zeit der Welt* vuele alto y lejos: *bis zur Unendlichkeit und noch viel weiter!*

A Teresa Udina (mi familia catalana, irremplazable) y Antonio Moreno, por décadas de inestimable amistad; sin vosotros, esta experiencia no habría sido la misma.

A Marlene Durán, por su reiterada bondad más allá de los lazos familiares, y por permitirme transformar su idílico entorno bucólico de Biriatou en el pasaje dramático de la recta final de esta novela.

Y en especial a mi familia: mi hijo Erick, compañero leal de ficciones cinemáticas y asistente de trivia técnica (pertinente para esta novela); mi hijo Iker, hiperactivo, que planifica para mí un desafío intelectual diario, y mi esposa, María Elena Durán, cada vez más importante en nuestras vidas.